EIN SÜSSER NEUANFANG: TUMULT IN DER FAMILIE

HANNAH LYNN

PAPER CAT PUBLISHING

BÜCHER VON HANNAH LYNN

Das ewige Leben des Walter Augustus

Die komplette süße Neuanfangsserie

Ein süßer Neuanfang

Ein süßer Neuanfang: Die Romanze beginnt

Ein süßer Neuanfang: Tumult in der Familie

Ein süßer Neuanfang: Hoffnung im Herzen

Ein süßer Neuanfang: Sonnige Tage

Ein süßer Neuanfang: Eine Sommerhochzeit

Ein süßer Neuanfang: Schnee Fällt

Ein süßer Neuanfang: Ewiges Glück

Die komplette Wildflower Lock-Serie

Wildflower Lock: Neue Ufer

Wildflower Lock: Kaffee und Kucken

Wildflower Lock: Blauer Himmel

Wildflower Lock: Für immer Liebe

Diese Geschichte ist erfunden. Alle Namen, Personen, Organisationen, Orte, Begebenheiten und Vorfälle entspringen der Fantasie der Autorin. Ähnlichkeiten mit lebenden oder verstorbenen Personen, Ereignissen oder Orten sind *fast* rein zufällig.

Erstübersetzung veröffentlicht 2023
Satz: Paper Cat Publishing

ISBN: 978-1-915346-23-0

Lektorat: Carol Worwood
Übersetzung: Evelyne Schulz, Con-Text.org
Umschlag: Cherie Chapman

Für die andere Hannah.

KAPITEL EINS

Holly Berry streckte ihren Arm aus. Sie fühlte sich außerordentlich wohl auf dem Sofa und wollte auf keinen Fall aufstehen. Mit einem langen, enttäuschten Seufzer stellte sie fest, dass die Tüte mit den Sahnekaramellen außer Reichweite war, selbst wenn sie sich komplett ausstreckte.

»Du könntest auch einfach aufstehen und sie holen«, sagte Ben und nahm seinen Arm von ihrer Taille, damit sie sich bewegen konnte. Holly zog ihn prompt wieder zurück.

»Aber ich fühle mich gerade so wohl.«

»Willst du, dass ich sie hole?«

»Nein! Du bist der Grund, warum ich mich so wohlfühle«, entgegnete sie und schmiegte ihren Kopf an seine Brust. »Wenn du aufstehst, kann ich es genauso gut selbst machen.«

»Wirst du es also tun?«

Sie dachte einen Augenblick nach. Sahnekaramellen waren gut, aber sie könnte auch bei der Arbeit welche essen.

Das Kuscheln mit Ben wollte sie jedoch auf keinen Fall aufgeben.

»Wahrscheinlich nicht«, antwortete sie.

Dann, genau wie sie gehofft hatte, hob Ben ihren Kopf an und küsste sie leidenschaftlich auf die Lippen. Es war ein langer, nachklingender Kuss, der sie mit Wärme erfüllte. Ja, das war eindeutig besser als ihre Lieblingssüßigkeiten. Nichts war besser als gemütliche Stunden in Ben Thornburys Wohnzimmer, während der Regen gegen das Fenster prasselte. Ben Thornbury war der örtliche Bankmanager, ein begeisterter Radfahrer, ein rundum netter Kerl und offiziell Holly Berrys Freund.

Seit ihrem ersten Kuss, der an einem verschneiten Winterabend unter den glitzernden Lichtern des Weihnachtsbaums in Bourton-on-the-Water stattgefunden hatte, waren drei Monate vergangen. Man konnte durchaus sagen, dass ihre Beziehung nicht den reibungslosesten Start gehabt hatte. Bei ihrem ersten Treffen hatte Holly Ben vom Fahrrad gestoßen, weil sie blindlings auf die Straße gerannt war, um eine Gruppe jugendlicher Ladendiebe zu verfolgen. Es waren mehrere Monate vergangen, bevor sie beschlossen hatten, mehr als nur Freunde zu sein. Dann wäre Ben bei einem ihrer ersten Dates fast ertrunken. Und sie konnte auch das unerwartete Auftauchen ihres Ex-Freundes Dan nicht vergessen.

Glücklicherweise gehörten Dan und ihr altes Leben in London der Vergangenheit an. Als stolze Besitzerin von *Just One More* – dem idyllischen Süßwarenladen, in dem Holly als Teenager gearbeitet hatte – fühlte sich das Leben ziemlich gut an. Und jetzt, da sie und Ben endlich ihren Rhythmus gefunden hatten, war es noch besser.

Eine Zeit lang hatte sie geglaubt, sie hätten keine Chance, nicht einmal als Freunde. Aber das Schicksal hatte eingegriffen und jetzt, drei Monate später, waren sie hier. Der Februar war dem März gewichen, und die ersten Maiglöckchen tauchten im Wald rund um das Dorf auf. Sie verbrachte ihren Dienstagabend mit ihrem Kopf auf Bens Brust, während sie versuchte, der Handlung eines Films zu folgen und sich fragte, wie zum Teufel sie so viel Glück haben konnte.

Sie waren direkte Nachbarn, und Bens Haus war ein Abziehbild dessen, in dem Holly mit Jamie, ihrer Vermieterin und neuen besten Freundin, wohnte. Seit sie sich kennengelernt hatten, war Jamie Hollys Fels in der Brandung. Sie hatte ihr aus mehr als einer schwierigen Situation geholfen und ihr kluge – wenn auch gelegentlich strenge – Ratschläge gegeben.

Holly fühlte sich schuldig, als sie an Jamie dachte. Sie konnte sich nicht einmal mehr erinnern, wann sie das letzte Mal zusammen gefrühstückt oder ein Gespräch geführt hatten, das nicht nur flüchtig auf der Türschwelle stattgefunden hatte. Sie trafen sich immer noch regelmäßig im Pub, aber immer in einer Gruppe mit Ben und Caroline. Dank des Regens, der seit drei Wochen fast ununterbrochen fiel, hatten sie das schon eine Weile nicht mehr getan. Das letzte Mal, als sie sich in Ruhe unterhalten hatten, hatte sich Jamie gerade zum dritten Mal mit einem Typen namens Fin verabredet – was für sie eine langfristige Beziehung war. Sicher war das mittlerweile nicht mehr aktuell, aber sie sollte sie trotzdem fragen, was daraus geworden war. Diese Woche würde sie das auf jeden Fall tun, beschloss sie, während sie das Kissen in ihrem Rücken zurechtschob. Sie würde sich bewusst bemühen, etwas Zeit mit Jamie zu verbringen, schließlich musste sie auch ihre Wäsche waschen. Den ganzen Tag bei Ben zu verbringen war eine Sache, aber ihre Wäsche bei ihm waschen? Nun, das fühlte sich doch ein wenig zu intim an.

»Warum macht sie das?«, fragte Holly, deren Aufmerksamkeit plötzlich zurück zu dem Film gewandert war, in dem eine Frau einer anderen ein Messer an die Kehle hielt. Das letzte Mal, als sie hingesehen hatte, hatten die beiden lachend in einem Whirlpool gesessen.

»Was meinst du? Hast du nicht gehört, was sie gerade gesagt hat? Sie hat gestanden, Turner getötet zu haben.«

»Wer ist Turner?«

»Hast du dem Film irgendwelche Aufmerksamkeit geschenkt?«

»Nicht wirklich«, gab sie zu.

Der Film war nicht ihre Wahl gewesen, obwohl es, um fair zu sein, auch nicht Bens gewesen war. Ihre Vorlieben in Bezug auf Fernsehprogramme, Filme, Bücher und die meisten anderen Dinge im Leben waren grundverschieden. Daher gestaltete sich die Suche nach etwas, das sie beide schauen wollten, immer recht schwierig.

»Soll ich dir erzählen, was bisher passiert ist?«, fragte er und strich gedankenverloren mit den Fingern über ihren Arm. Es war eine langsame Bewegung, der er sich wahrscheinlich nicht einmal bewusst war, doch jetzt konnte sich Holly nur noch darauf konzentrieren.

»Nicht wirklich«, antwortete sie erneut. Sie streckte und

drehte sich, um ihn auf die Lippen zu küssen. »Eigentlich weiß ich etwas viel Besseres, womit wir unsere Zeit verbringen könnten.«

»Ach so?«

Er erwiderte ihren Kuss etwas kräftiger, und ihr Puls schnellte in die Höhe.

»Warum schalten wir nicht den Fernseher aus, und ich zeige dir, was ich meine?«

Es war schon so lange her, dass sie in einer neuen Beziehung gewesen war, dass sie vergessen hatte, wie aufregend das sein konnte. Und wie das Verlangen, jemandem ganz nah zu sein, oft eine ganz andere Art von Verlangen weckte, nämlich das Verlangen, dem anderen die Kleider vom Körper zu reißen. Das war ein weiterer Grund, warum sie so viel Zeit in Bens Haus verbrachten. Jamie war selten zu Hause, aber in ihrem eigenen Zuhause wollte sich Holly nicht für ihre enthusiastischen Liebesbekundungen schämen müssen.

Holly erhob sich vom Sofa, schaltete den Fernseher aus und zog Ben an der Hand in die Höhe.

»Ich dachte, du wolltest nicht aufstehen?«

»Ich wollte nicht für die Karamellen aufstehen. Ich besitze einen Süßwarenladen, also kann ich so viele Sahnekaramellen essen, wie ich will. Aber das hier«, sie stellte sich auf die Zehenspitzen und küsste ihn erneut, »ist leider nicht immer verfügbar.«

»Nun, wenn du es so formulierst …«

Er legte seine Hände an ihre Hüften und zog sie näher. Wie war es möglich, dass sie es noch nicht überdrüssig war, ihn zu küssen? Und wie war es möglich, dass seine Küsse so … köstlich waren? Ihre Produktivität bei der Arbeit hatte seit dem Beginn ihrer Beziehung drastisch abgenommen. Es gab jetzt keine Möglichkeit mehr, die Regale zu sortieren, da Ben seine Mittagspause oben in ihrem Laden verbrachte. Und die Tage, an denen sie bis spät in die Nacht geblieben war, um die Buchhaltung in den Griff zu bekommen, waren ebenfalls vorbei. Sobald er abends den Kopf durch die Ladentür steckte, packte sie ihre Sachen zusammen und eilte mit ihm nach Hause.

»Wir sollten nach oben gehen«, sagte er, und dem langen Kuss folgte ein kürzerer.

»Nach dir.«

Mit einer Karamelle im Mund wollte Holly Ben die Treppe nach oben folgen, als ihr Handy auf der Lehne des Sofas vibrierte. Sie warf einen Blick auf den Bildschirm.

»Alles in Ordnung?«, rief er ihr zu.

»Nur Mom«, antwortete sie und lehnte den Anruf ab. »Ich rufe sie später zurück. Wo waren wir?«

Kaum hatte sie einen weiteren Schritt gemacht, vibrierte es erneut. Sie schluckte ihren Ärger hinunter und atmete tief durch.

»Es könnte wichtig sein«, meinte er.

»Das ist es nicht. Es geht um diesen Pullover, den sie für mich strickt. Sie macht sich Sorgen, weil sie unsicher ist, wie viele Knöpfe sie dranmachen soll. Ich habe ihr diese Woche schon zweimal gesagt, dass es mir egal ist. Ich habe gerade keine Lust, das zu besprechen. Es ist kein Problem, glaube mir.«

»Bist du dir auch wirklich sicher?«

»Ja«, antwortete sie. Diesmal schaltete sie das Handy aus, nachdem sie den Anruf abgelehnt hatte.

»Gut. Jetzt, da ich deine volle Aufmerksamkeit habe, erinnere mich noch einmal daran, was wir gerade machen wollten.«

Da Ben jetzt zwei Treppenstufen über ihr stand, wurde ihr Größenunterschied lächerlich, und dennoch, als sie sich auf die Zehenspitzen stellte, um ihn zu küssen, dachte sie überhaupt nicht mehr daran. Seine Hände strichen durch ihr Haar, und das Leuchten in seinen Augen erfüllte sie mit Wärme.

»Warum schmeckst du nach Karamell?«, fragte er, trat zurück und musterte sie misstrauisch.

»Das bildest du dir nur ein. Wirst du mich jetzt aus den Socken hauen oder nicht?«

»Weißt du was? Das klingt nach einer großartigen Idee.«

Bevor sie wusste, was geschah, sprang Ben die Stufen hinunter und hob sie in seine Arme.

»Hey! Was machst du da? Ich habe nur Spaß gemacht! Du wirst mich fallen lassen!«

»Vertraust du mir nicht?«

»Nein, ich habe dich Möbel schleppen sehen, erinnerst du dich?«

»Vergleichst du dich mit einem Sofa?«

Sie war zu neunzig Prozent sicher, dass er stolpern und sie die Treppe hinunterfallen lassen würde, und so schlang sie ihre Arme um seinen Hals und schloss die Augen. Er schaffte die erste Stufe, ohne ihre Schienbeine gegen das Geländer zu knallen, aber das beruhigte sie keineswegs. Tatsächlich war sie so sehr auf das konzentriert, was sie für eine prekäre Situation hielt, dass sie das Geräusch, das sich mit ihrem quietschenden Lachen vermischte, erst kaum bemerkte.

»War das die Türklingel?«, fragte sie. »Erwartest du Besuch?«

Ben blieb stehen, sein Lachen hallte noch immer um sie herum.

»Ich habe nie Besuch, das weißt du doch.«

Er drehte sich langsam um. Holly legte eine Hand auf das Geländer und eine auf Bens Schulter, um wieder auf die Füße zu kommen.

»Vielleicht ist es Jamie«, sagte sie.

»Dann sollten wir eine Flasche Wein aufmachen«, erwiderte er.

Holly blieb stehen. War es falsch von ihr, in diesem Moment nicht mit ihrer Freundin sprechen zu wollen? Es war nicht so, dass sie sie nicht sehen wollte. Das wollte sie. Es war nur so, dass sich Momente wie dieser wie etwas ganz Besonderes anfühlten. Sie waren so wundervoll, dass sie sich manchmal kaum vorstellen konnte, dass ihr Leben für immer so schön bleiben würde, und deshalb wollte sie jede einzelne Sekunde davon genießen.

Nein, sagte sie sich. Das war lächerlich. Sie waren ein Paar, ein starkes noch dazu. Sie hatten eine gemeinsame Zukunft, und Holly wollte nicht, dass sich Jamie einsam und isoliert fühlte.

»Du holst den Wein, ich mache die Tür auf«, sagte sie und richtete ihre Kleidung, bevor sie ihm einen letzten Kuss auf die Lippen drückte.

Als sie den Riegel zurückschob und die Haustür öffnete, wehte ihr ein kalter Windstoß entgegen. Eisiger Sprühregen pikste in ihr Gesicht und ließ sie blinzeln. Während sie versuchte, den Regen aus ihrem Gesicht zu wischen und ihre Sicht zu klären, erkannte sie, dass die Person, die dort draußen stand, eindeutig nicht Jamie war. Sie war ungefähr gleich groß, aber das war alles. Erstens war es ein Mann, und zweitens schien er nur etwa achtzehn Jahre alt zu sein. Er trug einen übergroßen Kapuzenpullover, der völlig durchnässt war. Wo auch immer dieser Junge herkam, es war viel weiter weg als das Haus nebenan. Holly schaute ihn an und versuchte herauszufinden, warum er ihr bekannt vorkam.

»Hallo«, sagte er, während der Regen weiter auf ihn niederprasselte. »Ist Ben zu Hause?«

KAPITEL ZWEI

»Ähm, hallo«, versuchte es der junge Mann noch einmal, während Holly ihn weiterhin anstarrte. »Ich möchte nicht unhöflich sein, aber lassen Sie mich rein? Es regnet ziemlich stark.«

Noch bevor Holly antworten konnte, tauchte Ben hinter ihr auf. Er balancierte drei Weingläser und eine Flasche Wein.

»Toby? Was machst du da draußen im Regen? Komm rein. Komm rein. Holly, das ist Toby, mein Neffe. Toby, das ist Holly, meine Freundin.«

»Hallo«, sagte Toby mit einem Nicken, während er an ihr vorbeischlüpfte.

»Entschuldigung, natürlich, komm rein«, sagte Holly und realisierte, dass sie ihn mit viel mehr Neugierde betrachtet hatte, als höflich gewesen wäre. Kaum war er über die Schwelle getreten, sah sie, wie durchnässt er war. Wasser lief aus seinen Kleidern und tropfte auf die Fußmatte.

Sie hatte ihn noch nie getroffen, aber es war kaum überraschend, dass er ihr bekannt vorgekommen war. Ben hatte ihr immer wieder Bilder von ihm gezeigt. Allerdings war es auch verständlich, dass sie ihn nicht erkannt hatte. Auf einem der Fotos war er kaum älter als fünf und saß auf Bens Schultern, während er in Bourton im Fluss planschte. Auf einem anderen war er ein paar Jahre älter, vielleicht sieben oder acht. Es war ein Familienfoto, auf dem auch Bens Eltern, seine Schwester und seine Nichte zu sehen waren. Auf diesem trug Toby kurzes Haar und einen Weihnachtspullover. Jetzt war sein Haar fast schulterlang, und er trug weite Jeans, die tief auf seinen Hüften saßen.

»Ist eins davon für mich?«, fragte er und deutete auf die Weingläser.

»Netter Versuch«, antwortete Ben. »Ernsthaft, was machst du hier, und wo kommst du her? Bist du etwa zu Fuß gekommen?«

»Nur von der Bushaltestelle.«

»Warum hat dich deine Mutter nicht gefahren?«

Tobys Schnauben verriet Holly zwei sehr unterschiedliche Dinge. Erstens, dass die Beziehung zwischen Toby und seiner Mutter nicht sehr gut war und zweitens, dass er aus einem bestimmten Grund hier war: Um mit seinem Onkel Ben zu sprechen. Die Hochstimmung, die sie noch vor wenigen Augenblicken auf der Treppe gehabt hatte, war verflogen. Man musste kein Genie sein, um zu erkennen, dass es heute Abend keine Chance auf Romantik mehr geben würde. Zudem war es offensichtlich, dass die beiden miteinander reden mussten.

»Weißt du was? Ich denke, ich sollte nach Hause gehen und meine Mutter anrufen. Sie hat heute Abend ein paar Mal angerufen und macht sich wahrscheinlich Sorgen, wenn ich sie nicht bald zurückrufe.«

»Bist du sicher?«, fragte Ben. »Toby, hol dir ein Handtuch und trockne dich ab. Du findest eins im Badezimmer am Ende der Treppe. Du weißt, wo es ist.«

»Sicher«, sagte Toby, zog seine Schuhe aus und verschwand im Badezimmer.

»Du musst nicht gehen«, sagte er zu Holly, »aber es ist ungewöhnlich, dass Toby einfach so auftaucht. Ich sollte ihm wahrscheinlich die Gelegenheit geben, sich auszusprechen.«

»Es ist kein Problem. Ich sollte wirklich meine Mutter zurückrufen. Sprechen wir uns später?«

Sie streckte sich und gab ihm einen letzten Kuss.

»Weißt du was, ich bringe dich nach Hause.«

Sie küssten sich auf der Türschwelle von Hollys Haus, während der Regen auf ihren großen Golf-Regenschirm prasselte. Es war zu einer Gewohnheit geworden, dass sie sich gegenseitig nach Hause begleiteten. Obwohl das im Grunde bedeutete, dass sie wenige Schritte von einer Tür zur anderen gingen, liebte Holly das. Es brachte sie immer zum Lächeln und löste ein warmes Gefühl in ihr aus, weil sie wusste, dass es jemanden gab, der diese kleinen Dinge für sie tat. Es waren diese Dinge, die wirklich zählten.

Sie hatte auf die harte Tour gelernt, dass es in einer Beziehung nicht um große Gesten oder grandiose Versprechen ging, was wahrscheinlich gut war, da sie und Ben selten über die Zukunft sprachen. Ab und zu planten sie das Wochenende oder sprachen über einen Kinobesuch, aber sie schauten nie weiter in die Zukunft. Einmal hatte Holly ein gemeinsames Geburtstagsgeschenk für Jamie angesprochen, aber Ben hatte etwas von einer Tradition gemurmelt, und Holly hatte nicht weiter darauf eingehen wollen. Jamie hatte ihr erzählt, dass Ben in einer früheren Beziehung sehr verletzt worden war, und eigentlich hatten sie es auch nicht eilig. Vielleicht würden sie in ein paar Monaten anfangen, etwas weiter in die Zukunft zu schauen und vielleicht einen gemeinsamen Urlaub planen. Momentan war sie jedoch völlig zufrieden, im Hier und Jetzt zu leben.

»Bis morgen«, sagte Ben. »Und sag Jamie, sie soll aufhören, mich an ihren Geburtstag zu erinnern. Ich kenne sie seit fast einem Jahrzehnt, also weiß ich genau, wann er ist.«

»Ich werde es ihr ausrichten«, sagte sie und gab ihm noch einen Kuss, bevor sie ins Haus schlüpfte und die Tür hinter sich schloss.

Holly sah Jamies Wagen in der Einfahrt stehen, aber als sie ihren Namen rief, erhielt sie keine Antwort. Die Lichter im Flur und in der Küche waren an, aber das bedeutete noch lange nicht, dass Jamie zu Hause war. Das Licht anzulassen, war ihre einzige schlechte Angewohnheit. Regen machte ihr nichts aus, also könnte sie durchaus zu einer der Dorfkneipen spaziert oder von jemandem mitgenommen worden sein.

Holly wollte gerade nach oben gehen und nachsehen, als sie sich an die Anrufe ihrer Mutter erinnerte und in die Küche eilte.

Sie war bei ihren Eltern in Bourton-on-the-Water aufgewachsen, und sie verband fast all ihre Kindheitserinnerungen damit, vom Backen mit ihrer Mutter und dem Autofahrenlernen mit ihrem Vater, bis hin zu ihrem ersten Job bei *Just One More* und ihrem ersten Kuss mit Jake Johnson. Als sie nach einem längeren Aufenthalt in London nach Bourton zurückgekehrt war, lebten ihre Eltern in dem nahe gelegenen Dorf Northleach. Das Dorf war fast genauso malerisch wie Bourton, obwohl ihm der charakteristische Fluss fehlte, der an der High Street entlang verlief. Trotzdem waren sie sich jetzt näher, als sie es seit Jahren gewesen waren, sowohl räumlich als auch emotional. Ihre Eltern waren immer für sie da, und wenn ihre Beziehung mit Ben ernster wurde, würde das bedeuten, dass sie ihn ihnen vorstellen müsste. Bis jetzt hatte er ihnen nur aus dem Auto heraus zugewinkt, wenn Holly Süßigkeiten vorbeigebracht hatte. Aber gute Dinge brauchten Zeit, und das zwischen Ben und ihr war etwas Gutes. Vielleicht war das der Grund, warum ihre Mutter anrief. Schließlich hatte Holly ihr letzten Monat versprochen, dass sie ihnen Ben vorstellen würde.

In der Küche griff sie nach einer Tüte Schokoladen-Limetten, nahm eine heraus und steckte sie sich in den Mund. Ihre Mutter konnte stundenlang reden, und ein Bonbon zu lutschen, während man an den passenden Stellen »Hmm« und »Ah«, sagte, half immer. Früher war sie nie ein großer Fan von diesen Limetten gewesen, da sie ihr zu sauer vorgekommen waren. Angesichts der riesigen Auswahl an Süßigkeiten, die sie in ihrem Laden anbot, war es nicht verwunderlich, dass sie einige davon nicht mochte, aber letzte Woche hatte ein Kunde eine große Tüte davon gekauft, und sie hatte das Verlangen verspürt, sie noch einmal zu kosten. Seitdem war sie süchtig danach.

Mit einem Bonbon im Mund und einem weiteren in der Hand setzte sie sich auf einen Stuhl und rief ihre Mutter an.

Es klingelte nur einmal, bevor sie ranging.

»Hallo, Mom. Ist alles in Ordnung?«

»Holly, Liebling, danke, dass du zurückgerufen hast. Ich habe dich doch nicht etwa gestört, oder? Du warst nicht gerade auf einem Date mit diesem Bankmanager, oder?«

»Ich war bei Ben, aber das ist kein Problem. Wir hatten uns nur einen Film angesehen.«

»Und der ist zu Ende?«

»Er war nicht besonders gut. Wir wollten ihn sowieso nicht zu Ende sehen, und dann kam Bens Neffe vorbei.«

»Okay.«

»Ist alles in Ordnung, Mom? Du klingst komisch.«

Komisch war das einzige Wort, das ihr einfiel. Ihre Mutter war keine laute Person, aber alles, was sie bisher gesagt hatte, war so leise gewesen, dass Holly es kaum verstehen konnte.

»Oh, Holly«, ihre Stimme zitterte, dann wurde es auffällig still am anderen Ende.

»Mom? Was ist los? Alles in Ordnung? Geht es Dad gut? Soll ich vorbeikommen? Mom, was ist passiert? Wo ist Dad?«

Holly konnte die Panik in ihrer eigenen Stimme hören, als sie die schlimmsten Szenarien in ihrem Kopf durchspielte. Sie hatte immer noch mit dem kürzlichen Tod von Verity zu kämpfen, und sie hatte die Frau kaum gekannt. Der Gedanke, dass ihrem Vater etwas zugestoßen sein könnte, ließ ihr das Blut in den Adern gefrieren und ihr Herz hart klopfen.

»Ist er in Ordnung?«

»Oh, es geht ihm gut. Es ist nichts dergleichen«, sagte Wendy und fand endlich ihre Stimme wieder. »Es ist nicht so schlimm.«

Holly seufzte.

»Was ist es dann?«, fragte sie, während sich ihre Angst in Irritation verwandelte. »Was ist los?«

Es gab eine lange Pause.

»Er hat seinen Job verloren … schon wieder«, sagte sie schließlich.

KAPITEL DREI

Hollys Vater hatte schon während ihrer Kindheit mit Entlassungen zu kämpfen gehabt. Manchmal war es ihr vorgekommen, als hätte er gerade erst einen Job angetreten, und schon war er wieder arbeitslos. Oft war der einzige Grund, dass den neuesten Mitarbeitern zuerst gekündigt wurde. Obwohl ihre Mutter auch immer gearbeitet hatte, mussten sie immer sparen.

Das war einer der Gründe, warum sich Holly damit zufriedengegeben hatte, mit Dan zusammenzubleiben und den sicheren, aber langweiligen Job zu behalten, den sie hasste. Sicherheit. Sie musste sich keine Sorgen darüber machen, woher ihr nächster Lohn kam oder dass sie plötzlich ohne Geld dastand. Jahrelang achtete sie sorgfältig auf ihre Finanzen, um Geld für ein eigenes Haus zu sparen und ihre Beziehung abzusichern.

Bis sie Dan mit einer anderen Frau im Bett vorgefunden hatte.

Entschlossen, keine Zeit mehr damit zu vergeuden, für

die Zukunft zu sparen, hatte sie beschlossen, all ihre Ersparnisse dafür zu verwenden, *Just One More* zu kaufen.

Als ihr Vater das letzte Mal entlassen worden war, hatte sie gerade ihr Studium begonnen. Er hatte viele Jahre lang in dem Unternehmen gearbeitet, das Tierfutter vertrieb. Sie waren alle davon ausgegangen, dass er bis zur Rente dort bleiben und vielleicht sogar noch ein paar Jahre länger arbeiten würde, sofern seine Knie mitmachten. Obwohl Arthur Berry noch zehn Jahre vom Rentenalter entfernt war, fragte Holly sich, ob er in seinem Alter noch eine Chance hatte, eine neue Stelle zu finden.

»Wie geht es ihm?«, fragte sie und erinnerte sich an die dunklen, grauen Wolken, die sich das letzte Mal über sein Gemüt gelegt hatten. Er hatte sich immer dazu gezwungen, zu lächeln und so zu tun, als wäre nichts los, wenn sie in seiner Nähe gewesen war, aber wenn er nicht bemerkt hatte, dass sie ihn ansah, hatte sie die Trauer in seinen Augen sehen können. Der Gedanke, dass er erneut so leiden würde, war wie ein Klumpen Blei in ihrem Magen.

»Um ehrlich zu sein, Liebling«, fuhr Wendy fort, »er wusste, dass das kommen würde. Ich glaube, wir haben es beide gewusst. Und er ist nicht der Einzige, den es getroffen hat. Sie haben die Hälfte der Belegschaft entlassen.«

Es war ein geringer Trost zu wissen, dass er nicht alleine war.

»Warum?«, fragte Holly. »Was ist passiert?«

»Oh, du weißt, wie es heutzutage ist. Warum soll ein Mensch eine Arbeit erledigen, wenn man eine ausgeklügelte Maschine verwenden kann, die viermal schneller ist und weder Pausen noch Urlaub braucht? Außerdem stand das Unternehmen unter großem finanziellem Druck.«

Die Wut, die Holly verspürte, ging mit Schuldgefühlen einher. Aus geschäftlicher Sicht konnte sie es verstehen, vor allem, wenn es darum ging, zu überleben, aber manchmal sollten Unternehmen über den bloßen Gewinn hinausdenken und sich um ihre Mitarbeiter kümmern. Menschen wie ihr Vater, die ihnen über ein Jahrzehnt treu gewesen waren. Sie holte tief Luft und versuchte, die Situation etwas optimistischer zu sehen.

»Wie kann ich helfen?«, fragte sie. »Dad hat jede Menge Erfahrung, und die Leute im Ort wissen, wie hart er arbeitet. Wenn ihr Geld braucht, um über die Runden zu kommen, kann ich euch unterstützen. Weihnachten lief wirklich gut im Laden. Wenn ihr wollt …«

»Nein, nein, Schatz«, unterbrach Wendy sie. »Wir werden es schon schaffen, ehrlich. Ich habe immer noch meine Arbeit als Reinigungskraft, und dein Vater wird eine kleine Abfindung bekommen. Er war schon lange dort. Und bis zur Rente ist es auch nicht mehr so weit. Der Arzt spricht ständig darüber, dass er wegen seiner Knieprobleme vorzeitig in Rente gehen sollte und so weiter. Außerdem haben wir etwas für harte Zeiten zurückgelegt, genau für eine Situation wie diese. Nein, das Geld wird reichen, glaube ich.«

»Und Dad ist damit einverstanden?« Angesichts der Rede über ihre Finanzen, die Wendy gerade gehalten hatte, erwartete Holly eine rasche Zustimmung. Stattdessen herrschte erneut Stille am anderen Ende der Leitung.

»Um unsere Finanzen mache ich mir keine Sorgen, aber um deinen Vater. Darum, was in seinem Kopf vor sich geht.

Er würde nicht wollen, dass ich dir das erzähle, Schatz, aber er fühlt sich wirklich niedergeschlagen. Es ist letzten Donnerstag passiert, und ich dachte, dass sich seine Stimmung am Wochenende etwas verbessern würde, aber er hat kaum das Sofa verlassen. Er hat das Gefühl, nutzlos zu sein. Zu alt, um noch etwas ausrichten zu können.«

Das tat Holly im Herzen weh. Ihr Vater war einer der sanftesten, aufrichtigsten Menschen, die es gab. Zu hören, dass es ihm so schlecht ging, war herzzerreißend.

»Könnte er vielleicht irgendwo ehrenamtlich arbeiten?«, sagte sie und sprach spontan den Gedanken aus, der ihr gekommen war. »Ich bin sicher, das Pflegeheim *Weeping Willows* könnte etwas Hilfe gebrauchen. Vielleicht würde ihm das guttun? Es gibt auch ein Tierheim in eurer Nähe, nicht wahr? Ich weiß, dass er kein Hundefreund ist, aber wenn er ein paar Spaziergänge machen würde, würde er sich wahrscheinlich mit der Zeit daran gewöhnen, und es wäre besser, nach draußen zu kommen, als sich im Haus zu verstecken.«

»Eigentlich …« Wendy räusperte sich. »Ich dachte, vielleicht könntest du ihm etwas Arbeit anbieten.«

»Ich?«, sagte Holly und konnte ihre Überraschung nicht verbergen.

»Es müsste nicht viel sein«, fügte Wendy schnell hinzu. »Nur ein oder zwei Tage pro Woche oder gelegentlich ein paar Stunden.«

Holly kratzte sich am Kopf, während sie zu begreifen versuchte, was sie gerade gehört hatte. Ihren Vater als Mitarbeiter einstellen? Sie wäre nie selbst auf diese Idee gekommen, aber warum nicht? Er hätte etwas zu tun, und ihr würde es nie an Personal fehlen.

»Du willst, dass ich Dad als Mitarbeiter einstelle?«

»Nun, du sollst nur so tun, als würdest du ihn einstellen. Du müsstest ihn nicht wirklich bezahlen. Ich könnte dir das Geld von meinen Reinigungsjobs geben, und du könntest es an ihn weitergeben. Es hätte also keine Auswirkungen auf deinen Gewinn. Er muss sich einfach nur nützlich fühlen. Ich weiß, dass ich viel verlange … eigentlich sollte ich das nicht tun. Es tut mir leid. Vergiss es. Ich habe nur laut nachgedacht, mehr nicht. Es tut mir leid, Schatz. Ich will dich nicht länger aufhalten.«

So tun, als würde sie ihn einstellen? Nein. Selbst Holly konnte sehen, dass das in einer Katastrophe enden würde. Aber sie konnte ihrer Mutter keinen Vorwurf machen, weil sie ihm helfen wollte. Keiner von ihnen wollte, dass ihr Vater eine Depression erlitt, wie damals, als sie noch ein Teenager war.

»Lass mich kurz nachdenken«, sagte sie und ging in Gedanken den Dienstplan durch.

Caroline war jetzt eine regelmäßige Aushilfe und unterstützte an manchen Wochenenden sogar Drey, damit Holly etwas Zeit mit Ben verbringen konnte. Drey war jetzt im zweiten Semester ihres Abschlussjahres und würde im September an die Universität wechseln. Sie hatte ihr Pensum bereits auf einen Tag reduziert, um sich auf ihr Studium konzentrieren zu können. Caroline bevorzugte es, unter der Woche zu arbeiten, damit sie Zeit mit ihrem Ehemann und ihren Kindern verbringen konnte. Zudem würde es nicht mehr lange dauern, bis die Osterware eintraf, und diese zu katalogisieren war eine riesige Aufgabe. Vielleicht könnte sie ihren Vater am Wochenende einsetzen, obwohl er ziemlich schnell weitere Tage übernehmen könnte.

»Okay«, sagte sie.

»Wie bitte?«, fragte Wendy.

»Ich sagte: okay. Ich stelle ihn ein, aber nur für ein paar Stunden. Das ist alles, was ich brauche. Es wird hauptsächlich Wochenendarbeit sein, aber er muss zuerst an einem Wochentag kommen, wenn es ruhig genug ist, dass ich ihn einarbeiten kann. Vielleicht vier Stunden am Mittwoch oder Donnerstag. Ich weiß noch nicht, welcher Tag es wird. Sobald er den Dreh raus hat, kann ich ihn an Samstagen und Sonntagen einsetzen.«

»Oh, Holly, Schatz«, kam die Stimme ihrer Mutter durch die Leitung. »Du weißt nicht, wie viel mir das bedeutet. Und ihm. Uns beiden.«

»Und ich werde ihn bezahlen«, fügte sie entschieden hinzu. »Er arbeitet, also soll er seinen Lohn haben. Ich werde ihm den gleichen Stundenlohn zahlen wie Caroline. Es ist nicht viel mehr als der Mindestlohn, fürchte ich. Ist das in Ordnung?«

»Holly, Schatz, das wäre wunderbar. Einfach wunderbar!«

Wendy machte eine Pause, und Holly hätte schwören können, dass sie ein Schniefen hörte.

»Okay, ich muss los«, sagte Holly, griff nach einer weiteren Schokoladen-Limette und dachte über ein heißes Bad und ein Glas Weißwein nach. »Ich habe noch ein paar Dinge zu erledigen.«

»Natürlich, natürlich. Danke, Liebling. Ach, eine Sache noch.«

»Ja?«

»Du wirst deinem Vater nicht sagen, dass ich dich dazu überredet habe, oder? Er wird dein Angebot nicht annehmen, wenn er denkt, dass du es nur aus Mitleid tust. Es muss von dir kommen.«

So etwas hatte Holly bereits erwartet.

»Schon gut, Mom. Ich werde sicherstellen, dass er es nicht herausfindet.«

»Vielleicht könntest du später in der Woche vorbeischauen und erzählen, wie gestresst du bist oder so etwas. Und sag ihm nur nicht, dass ich dir von der Kündigung erzählt habe, sonst wird er sich nur querstellen. Du musst warten, bis er es selbst erzählt und so tun, als wärst du schockiert. Am besten wäre es, wenn du vor fünf Uhr kommen würdest, wenn er normalerweise bei der Arbeit ist.«

Kopfschmerzen pochten hinter Hollys Schläfen. Es fühlte sich plötzlich so an, als ginge es hier um sehr viel mehr, als ihrem Vater ein paar Stunden Arbeit anzubieten.

»Okay, ich melde mich in ein paar Tagen bei dir. Ich muss erst schauen, an welchen Tagen die anderen im Laden sind.«

»Danke, Holly. Ich liebe dich über alles.«

»Ich liebe dich auch, Mom.«

Sie beendete das Gespräch und seufzte tief.

Mit ihrem Vater zusammenarbeiten? Wie würde das wohl werden, fragte sie sich, während sie eine Handvoll Bonbonpapiere in den Mülleimer warf. Er war berechenbar und sehr entspannt, sodass es vielleicht sogar sehr angenehm werden könnte. Er war immer derjenige gewesen, der ihre Sorgen zerstreut hatte, ein Mann voller Rationalität und Logik, mit dem man Stunden in angenehmer Stille verbringen konnte.

Es könnte sogar ein Segen sein. Seit sie nach Bourton zurückgekehrt war, hatte sie sich schuldig gefühlt, weil sie nicht so viel Zeit mit ihren Eltern verbrachte, nur gelegentlich zum Abendessen vorbeischaute oder an einem Nachmittag mit ihrer Mutter Tee trank. Alles wirkte so flüchtig. Das hier würde das Problem eindeutig lösen.

Nachdem sie noch etwas über ihr Gespräch nachgedacht hatte, schrieb sie Ben eine Nachricht, um zu sehen, wie es bei ihm und Toby lief. Eine Minute verging, und die zwei Häkchen blieben grau, was bedeutete, dass er die Nachricht noch nicht gelesen hatte. Ben war nicht jemand, der sein Handy immer dabeihatte, und da er Toby zu Besuch hatte, lag es wahrscheinlich in einem anderen Zimmer. Es könnte eine Weile dauern, bevor er ihre Nachricht sah, aber zum Glück wusste Holly genau, wie sie diese Zeit nutzen würde.

Ein großer Vorteil von Jamies Haus war, dass es zwei Badezimmer gab. Jamies Schlafzimmer hatte ein angeschlossenes Badezimmer, was bedeutete, dass das zweite Holly gehörte. Und für jemanden, der Vollbäder liebte und viel Platz zum Aufbewahren von Lotionen und Pflegeprodukten brauchte, war das perfekt. Mit einem Glas Wein und einer Tüte Süßigkeiten ausgerüstet ging sie nach oben und nahm ein Handtuch vom Heizkörper in ihrem Zimmer. Dann benutzte sie ihren Ellbogen, um die Badezimmertür zu öffnen.

Das Erste, was ihr auffiel, war eine Wand aus Dampf. Er quoll durch die offene Tür in den Gang, lichtete sich langsam und enthüllte einen Mann, der sich energisch mit einem Handtuch das Haar abtrocknete und keine Ahnung hatte, dass Holly in der Tür stand. So sah es jedenfalls aus, denn als sich der letzte Dampf auflöste, wurde deutlich, dass er splitternackt war.

KAPITEL VIER

Holly sollte sich umdrehen. Sie *wollte* sich umdrehen, aber sie schien in eine Art Schockstarre verfallen zu sein. Ihre Füße verweigerten ihr jede Bewegung, und ihre Augen waren fest auf den tropfenden Mann vor ihr gerichtet. Um seinen Hals hing eine Lederschnur mit einem hölzernen Anhänger, und sie versuchte, diesen zu fixieren. Es war schwierig angesichts der anderen Dinge, die er zur Schau stellte: Muskeln, eine perfekt geformte Brust und klar definierte Bauchmuskeln, über die das Wasser weiter nach unten lief …

»Oh mein Gott!«, rief Holly, als sie realisierte, wohin ihre Augen wanderten. »Äh … oh … ich …«, stammelte sie.

Der Mann blickte auf und hob den Kopf. Sein gelocktes Haar fiel ihm bis knapp über die Schultern. Er ging erstaunlich gelassen mit Hollys Anwesenheit um.

»Hey, du musst Holly sein«, sagte er mit einem weichen, amerikanischen Akzent. »Ich bin Fin, Jamies Freund. Schön, dich endlich kennenzulernen. Lass mich ein größeres Handtuch holen, dann kann ich dir die Hand geben.«

»Ja. Ja, natürlich. Sehr gut«, sagte sie. Ihre Stimme war der Inbegriff britischer Zurückhaltung und Korrektheit, während sie ihm den Rücken zuwandte.

»Oh.« Er räusperte sich laut, und sie blickte zu ihm zurück. »Wie es aussieht, habe ich mein zweites Handtuch in Jamies Zimmer vergessen. Macht es dir etwas aus, wenn ich mich kurz an dir vorbeiquetsche?«

»Ähm … vorbeiquetschen?«

Er machte eine Handbewegung, die ihr verriet, dass sie die Tür blockierte.

»Oh, Entschuldige«, rief sie und lachte kurz auf. »Ja, ein Handtuch. Ich werde sofort aus dem Weg gehen.«

Damit huschte sie in ihr Zimmer zurück, knallte die Tür hinter sich zu und ließ sich mit einem Seufzer auf das Bett fallen.

Was war gerade passiert? Hatte sie sich das nur eingebildet? Nein, es war unmöglich, dass diese Szene ihrer Fantasie entsprungen war. Was auch immer sie sich für den Rest ihres Abends ausgemalt hatte, einen nackten, aber unbestreitbar attraktiven Mann in ihrem Badezimmer vorzufinden, stand ganz unten auf der Liste der Möglichkeiten.

Eine Minute später klopfte es an ihrer Tür.

»Hey«, sagte Jamie und streckte schief grinsend den Kopf herein. »Du hast also Fin getroffen.«

»Ja, ich habe Fin getroffen«, erwiderte Holly mit einem gezwungenen Lächeln und schaffte es nicht, ihrer Freundin in die Augen zu blicken.

»Er sagte, du hättest *alles* gesehen. Tut mir leid. Wir

waren in Eile, und ich musste mir die Beine rasieren. Ich wollte nicht unbedingt, dass er das sieht, wenn du weißt, was ich meine.«

Holly hatte sich noch nicht genug erholt, um Gespräche in einem normalen Tempo zu verarbeiten, aber nach ein paar Sekunden hatte sie es endlich verstanden.

»Also, du und Fin seid zusammen?«

»Ja, Finlay ist jetzt mein Freund.«

»Wow.«

Der Schock, den Holly im Badezimmer erlitten hatte, wurde von der Tatsache übertrumpft, dass ihre Freundin gerade »Freund« gesagt hatte. Jamie trat ins Zimmer und schenkte ihr ein breites Grinsen.

»Ich weiß. Verrückt, oder?«

»Das ging schnell«, war alles, was Holly dazu einfiel. Ein Kommentar zu Fins offensichtlichen ästhetischen Qualitäten schien in diesem Moment unangebracht zu sein.

»Du bist die Letzte, die so etwas sagen sollte. Ist dir klar, dass dies in dieser Woche das erste Mal ist, dass du zu Hause bist?«

»Das stimmt doch gar nicht«, entgegnete sie empört. »Ben und ich waren am Mittwoch zum Monopoly spielen hier, erinnerst du dich? Wo war Finlay da? Warum hast du uns nichts davon erzählt?«

»Es hat sich einfach nicht ergeben. Außerdem zählt das nicht, da Ben dabei war. Das wirft die Frage auf: Warum bist du jetzt nicht bei ihm? Ich dachte, du seist bei ihm eingezogen. Außerhalb der Arbeitszeit könnt ihr beiden nicht die Finger voneinander lassen.«

»Natürlich können wir das. Und ich bin nicht eingezogen«, sagte Holly und fühlte sich schuldig. Sie sollte wirklich mehr Zeit hier verbringen. Wenn sie jedoch bedachte, wie selbstverständlich sich dieser Fin in ihrem Badezimmer eingerichtet hatte, schien es, als hätten die beiden die Privatsphäre genossen. Diesen Gedanken behielt sie jedoch für sich.

»Toby kam vorbei«, sagte sie. »Du weißt schon, Bens Neffe. Er wollte mit ihm sprechen. Aber wie auch immer, das ist nicht wichtig. Erzähl mir von Fin. Was macht er beruflich? Woher kommt er? Ist er Amerikaner?«

»Er kommt aus Kalifornien«, antwortete Jamie und grinste dabei auf eine Art und Weise, die Holly noch nie zuvor gesehen hatte. Ihre Wangen waren rosig, und ihr ganzes Gesicht strahlte.

Jamie hatte schon viele Dates; die Hälfte der Jungs in Bourton wollten sie beeindrucken, doch bisher hatte es noch keiner geschafft.

»Wow, er muss wirklich etwas Besonderes sein«, sagte sie.

Obwohl sie die Worte aussprach, fühlte sie sich aus irgendeinem Grund besorgt. Es war Jamies Strahlen, das sie beunruhigte. Sicher, es war fantastisch, dass sie jemanden gefunden hatte, aber Holly hätte gerne erst etwas mehr über ihn erfahren. Es war offensichtlich, dass Jamie sich Hals über Kopf in diesen Mann verliebt hatte, aber er stammte nicht einmal aus demselben Land. Holly wollte nicht, dass Jamie das Herz gebrochen wurde.

»Ja, er ist großartig. Ich denke, du wirst ihn mögen, wenn du ihn etwas besser kennst. Es wäre schön, wenn du ihn etwas öfter sehen könntest.«

»Oh, ich habe mehr als genug von ihm gesehen«, murmelte Holly.

»Vielleicht können wir ein Doppel- oder Dreifachdate mit Michael und Caroline arrangieren, wenn wir zurück sind …«

»Zurück? Ihr verreist?« Holly fragte sich, wie sie Fin je wieder in die Augen sehen, geschweige denn mit ihm zu Abend essen sollte.

Jamie sah auf die Uhr.

»Ja, und wir sollten uns beeilen. Unser Flug geht um neun Uhr vierzig. Und das Einchecken dauert ewig.«

Holly hatte erwartet, dass sie in einen Nachbarort fahren und eine Kneipe besuchen oder ins Kino gehen würden. Aber ein Flug?

»Ein Flug?«

Nach einem weiteren Blick auf die Uhr blickte Jamie über ihre Schulter zurück, trat dann ins Zimmer und schloss die Tür.

»Okay, aber du darfst Fin nichts verraten. Ich habe uns drei Nächte in Amsterdam gebucht. Ich habe ein paar Tage frei, und er ist gerade arbeitslos. Ich habe ein tolles Angebot gesehen und dachte, warum nicht? Er weiß noch nicht, wohin wir fliegen. Ich habe ihm gesagt, er solle ein paar Sachen und bequeme Schuhe einpacken. Wir machen eine Stadtführung zu Fuß, und die ist irre lang.«

Holly brauchte einen Moment, um alles zu verarbeiten.

»Ihr fahrt in den Urlaub?«

»Ja, ich weiß. Er wird begeistert sein, oder?«

Jamie wirkte so glücklich, doch Holly hatte Schwierigkeiten, diese Gefühle mit ihr zu teilen. Ein Urlaub stellte eine enorme finanzielle Belastung dar, wie sie von ihrer Beziehung mit Dan wusste, in der sie meistens zu Hause geblieben waren, um mehr sparen zu können. Und Jamie hatte gerade erwähnt, dass Fin arbeitslos war.

»Und du hast für alles bezahlt?«, fragte sie.

»Wie gesagt, er weiß nichts davon, und man kann wohl niemanden bitten, etwas zu bezahlen, wenn man ihn damit überraschen will, oder? Außerdem wird er seinen Anteil vor Ort zahlen. So ist er.«

»Wow.«

Das war das einzige Wort, das ihr einfiel, während sie versuchte, ihre Gedanken zu ordnen. Einerseits war sie begeistert, geradezu ekstatisch, dass Jamie so glücklich war. Und es hätte zu keinem besseren Zeitpunkt kommen können, da Holly die meisten Abende mit Ben verbrachte. Auf der anderen Seite hatte Jamie diesen Mann gerade erst kennengelernt, und jetzt machten sie bereits eine Städtereise, die sie komplett bezahlte. Vielleicht waren sie nur so schnell zusammengekommen, weil Holly Jamie allein gelassen hatte. Vielleicht hatte ihre Einsamkeit dazu geführt, dass sie sich Hals über Kopf in eine Beziehung gestürzt hatte. Aber was auch immer es war, in Hollys Kopf läuteten tausend Alarmglocken.

»Erzähl mir noch einmal, wie du ihn kennengelernt hast«, sagte sie in dem Versuch, das Thema so taktvoll wie möglich anzusprechen.

Jamies Augen funkelten, doch noch ehe sie antworten konnte, klopfte es an der Tür und Fins Stimme erklang.

»Schatz, müssen wir nicht los? Du hast gesagt, wir müssen spätestens um halb abfahren. Es ist halb.«

»Okay«, rief sie zurück. »Ich komme gleich.«

Sie drehte sich wieder um und hauchte Holly einen Kuss zu.

»Ich verspreche, dir alles zu erzählen, wenn ich zurückkomme. Und falls du Zeit zum Backen hast, würde ich mich über dein selbstgebackenes Brot freuen. Ach, und denk daran, dir den Dienstag für meinen Geburtstag freizuhalten. Fin plant etwas.«

»Hast du von ihm gewusst? Ich meine, sie hat über ihn gesprochen, aber ich hatte nicht den Eindruck, dass es ihr wirklich ernst war. Jedenfalls nicht ernst genug, um mit ihm in den Urlaub zu fahren und für alles zu bezahlen. Habe ich schon erwähnt, dass sie ihn damit überraschen wollte?«

»Ja, das hast du bereits zweimal gesagt.«

Holly hatte Ben nicht angerufen, um ihm von ihren Sorgen in Bezug auf Jamie zu berichten, obwohl sie direkt zum Handy gegriffen hatte, nachdem Jamie und Fin das Haus verlassen hatten. Sie hatte ihn angerufen, um zu hören, ob mit Toby alles in Ordnung war und ob Ben ihn bereits nach Hause gebracht hatte. Aber sie hatte kaum zwei Worte sagen können, bevor die Neuigkeiten aus ihr heraussprudelten. Natürlich erwähnte sie auch den Vorfall im Badezimmer, denn sie wollte ihm nichts verschweigen, zumal es auf keine Weise ihre Schuld gewesen war. Wie erwartet, amüsierte er sich köstlich über ihre Demütigung, doch nachdem sie ihm davon erzählt hatte, fiel ihr Jamies und Fins gemeinsamer Urlaub ein, und nun konnte sie nicht mehr aufhören, sich

Sorgen darüber zu machen. Sie hatte weder die Adresse des Hotels, in dem die beiden wohnen würden, noch Fins Nachnamen, um ihn bei der Polizei anzuzeigen. Wer würde es mitbekommen, wenn ihrer Freundin etwas passieren würde? Sie würde ihr eine SMS schicken, sobald sie das Telefonat mit Ben beendet hatte, und einen kompletten Reiseplan verlangen.

»Findest du das nicht auch seltsam? Sie war so lange Single und dann – Bumm! – ist sie plötzlich Hals über Kopf verliebt.«

»So wie ich, meinst du?«

Trotz der ernsten Lage spürte Holly Wärme in sich aufsteigen. *Hals über Kopf* waren die Worte, mit denen Ben immer seine Gefühle beschrieb, was sich hauptsächlich darauf bezog, dass sie ihn einmal vom Fahrrad gestoßen hatte.

»Schau«, sagte er mit einem Seufzer. »Jamie ist die vernünftigste Person, die ich kenne, Punkt. Wenn sie diesem Mann ihre Zeit und Aufmerksamkeit schenkt, dann hält sie ihn für den Richtigen, und du musst das akzeptieren. Ich bin sicher, wir werden schon bald Gelegenheit haben, ihn besser kennenzulernen. Und noch ein Gedanke: Er könnte noch schlechter im Scrabble sein als du, besonders wenn wir die amerikanischen Schreibweisen ausschließen, und dann wirst du nicht jedes Mal Letzte werden.«

»Sehr witzig.«

»Genau.«

Er hatte recht. Jamie war eine hervorragende Menschenkennerin und sie pflegte sich nicht mit Idioten abzugeben. Vielleicht sollte Holly ihr nur gelegentlich eine Nachricht schicken und fragen, wie die Reise so lief. Auf diese Weise könnte sie genau verfolgen, was die beiden machten und wo sie gerade waren.

»Wie geht es Toby?«, fragte sie schließlich, als sie endlich zum eigentlichen Grund ihres Anrufs kam. »Hast du ihn schon nach Hause gebracht?«

»Es sind ein paar ziemlich unangenehme Dinge passiert, um ehrlich zu sein«, antwortete er. »Es gibt Probleme zwischen ihm und Jess. Ich habe ihm gesagt, dass er heute Nacht hier übernachten kann.«

»Oh?«

Hollys Stimme klang überrascht. Jess war Bens große Schwester, und obwohl sie nicht so weit entfernt lebte – ihr Haus lag in einem kleinen Dorf in der Nähe von Stow-on-the-Wold –, hatte sie sie noch nicht kennengelernt. Das war etwas, das sie schon mehrfach erwähnt hatte, aber da sie ihn auch ihrer Familie noch nicht vorgestellt hatte, schien es nicht so wichtig zu sein.

»Es ist kein Problem«, fuhr Ben fort. »Er geht in die sechste Klasse hier im Dorf und kann zu Fuß zur Schule gehen. Morgen früh kann er sogar ein wenig ausschlafen, weil er keinen Bus nehmen muss. Hoffentlich gibt ihm das etwas Zeit, um sich zu beruhigen und alles etwas logischer zu betrachten. Ich habe Jess eine Nachricht geschickt. Ich werde gleich zu ihr hinüberfahren, um ein paar seiner Sachen abzuholen. Eine kleine Auszeit wird beiden guttun.«

»Oh, okay«, sagte sie, unsicher, warum sie diese Neuigkeit so erschütterte. Schließlich war Toby Bens Neffe, und er steckte offenbar in Schwierigkeiten.

»Du kannst gerne rüberkommen und mit Toby fernsehen,

bis ich zurück bin. Oder mich nach Stow begleiten, obwohl ich nur ein paar Taschen packen muss, also wird es nicht viel Spaß machen. Aber das liegt bei dir.«

Ihr erster Impuls war, sich für Letzteres zu entscheiden und mit Ben nach Stow zu fahren. Es wäre eine Gelegenheit, zu reden oder einfach nur Radio zu hören und die Gesellschaft des anderen zu genießen. Aber draußen regnete es stark, und sie hatte keine Lust, das warme Haus zu verlassen, zumal sie sich noch auf ihr heißes Bad mit Wein und Schokolade freute.

»Weißt du was? Ich denke, ich werde hierbleiben«, sagte sie.

»Wirklich?«

Jetzt war es Ben, der überrascht klang.

»Ich habe ein paar Sachen, die ich dringend erledigen sollte. Die Küche muss geputzt werden. Jamie räumt nie den Kühlschrank auf, daher graut es mir davor, nachzusehen, was in den hintersten Ecken wächst, und in den letzten zwei Wochen hat sich eine Menge Wäsche angehäuft.«

»Bist du sicher?«

»Ja, natürlich.«

»Na gut, wenn es das ist, was du willst. Sehen wir uns morgen früh?«

»Natürlich.«

Es folgte eine Pause. Sie sprachen selten am Telefon, denn sie verbrachten so viel Zeit miteinander, dass es keinen Grund dazu gab. Holly wusste nicht recht, wie sie das Gespräch beenden sollte. Sie wusste, wie sie es beenden wollte und welche Worte sie gerne als Antwort hören würde.

Aber bisher hatte keiner von ihnen den Mut gehabt, sie auszusprechen.

»Schlaf gut. Wenn du ins Bett gehst, heißt das«, fügte sie hinzu.

»Ja, schlaf gut, Holly Berry.«

Als sie auflegte, verspürte sie ein seltsames Kribbeln, das sie nicht so richtig einordnen konnte. Schließlich war es nur eine Nacht, die sie getrennt verbringen würden.

KAPITEL FÜNF

Entschlossen, ihr Wort zu halten, räumte Holly die Küche auf, bevor sie sich ein Bad gönnte. Wie vermutet, sah der Kühlschrank aus wie eine Szene aus einem Horrorfilm. Plastiktüten, von denen sie annahm, dass sie einmal Salat enthalten hatten, beherbergten jetzt eine übelriechende, grüne Brühe, während eine halb geleerte Packung Himbeeren genug Schimmelarten aufwies, um eine postgraduale Studie zu rechtfertigen. Darunter waren die üblichen, halb aufgegessenen Joghurts, sprießende Kartoffeln und mehrere Take-away-Container, die ganz nach hinten geschoben worden waren. So merkwürdig es auch klang, sie fand es äußerst befriedigend, alle Oberflächen abzuwischen und alles wieder ordentlich zu verschließen und einzuräumen.

Als sie fertig war, kam ihr der Gedanke albern vor, nicht mit dem Putzen weiterzumachen. Sie reinigte den Rest der Küche, fegte und wusch den Boden und saugte dann das Wohnzimmer, den Flur und schließlich ihr Schlafzimmer.

Normalerweise hätte sie gebacken. Ihre Hände beschäftigt zu halten, half ihr normalerweise, wenn sie etwas auf dem Herzen hatte. Aber die Tatsache, dass sie so viel Zeit mit Ben verbracht hatte, bedeutete, dass die Schränke fast leer waren, und ihr Kopf war zu durcheinander, um herauszufinden, was sie mit dem letzten Rest Vollkornmehl und einer Dose Pfirsiche machen könnte. Daher war das Putzen die nächstbeste Option.

Sie entschied, dass ein langes Bad diesmal nicht drin war. Es wäre schwierig, sich an einem Ort zu entspannen, an dem sie wenige Stunden zuvor den splitternackten Freund ihrer Mitbewohnerin gesehen hatte. Als sie versuchte, sich mit einem Buch zu entspannen, stellte sie fest, dass sie keine einzige Seite lesen konnte, ohne zurückblättern und sie noch einmal zu lesen. Daher gab sie schließlich auf und ging ins Bett. Nicht, dass sie hätte schlafen können.

»Hast du letzte Nacht gut geschlafen?«, fragte Ben, als sie sich vor dem Haus trafen, um gemeinsam zur Arbeit zu gehen. Es war eine Tradition, die lange vor ihrer Beziehung begonnen hatte.

»Schlecht«, antwortete Holly und hakte sich bei ihm ein. »Ich musste immerzu an Jamie und diesen Typen namens Fin denken. Ich meine, er ist die Art von Person, die nackt durch fremde Häuser wandert. Das ist kein gutes Zeichen, oder?«

»Ich hatte gehofft, du würdest sagen, dass du schlecht

geschlafen hast, weil du mich vermisst hast«, sagte er mit einem Grinsen.

»Tut mir leid«, seufzte sie und legte ihren Kopf an seine Schulter. »Natürlich habe ich dich vermisst. Obwohl es entspannend war, das ganze Bett für mich allein zu haben, ohne dass du mir die Decke wegziehst.«

»Ich? Ich bin nicht derjenige, der das tut.«

»Doch, bist du.«

Sie blieben stehen, und Holly blickte zu ihm auf und lächelte. Ein Kribbeln breitete sich in ihrem Magen aus. Obwohl drei Monate vergangen waren, war der Moment vor jedem Kuss immer noch sehr aufregend. Genau wie jetzt. Sie standen am Straßenrand in der Morgensonne, deren Licht sich in den Pfützen des gestrigen Regens spiegelte. Holly küsste Ben Thornbury, ihren Freund, und es fühlte sich wundervoll an.

»Weißt du, wir könnten einfach blau machen und zurück nach Hause gehen«, sagte er, während er ihre Ohrmuschel küsste und sich zu ihrem Ohrläppchen vorarbeitete. »Toby wird gleich zur Schule gehen. Dann könnten wir herausfinden, wer wirklich das ganze Bett blockiert.«

»Ben Thornbury!«, rief Holly mit gespieltem Entsetzen. »Schlägst du etwa vor, dass wir die Schule schwänzen? Was ist mit dir passiert?«

»Du bist passiert, Holly Berry.«

Mit dem unschuldigsten Grinsen, das sie zustande bringen konnte, befreite sie sich aus seinen Armen und ging weiter.

»So verlockend dieses Angebot auch ist«, sagte sie über ihre Schulter hinweg, »du solltest wissen, dass ich eine verantwortungsbewusste Geschäftsfrau bin und nicht einfach blau machen kann.«

Ein Ausdruck von Erleichterung machte sich auf seinem Gesicht breit.

»Puh. Ehrlich gesagt, habe ich viele Termine und bergeweise Arbeit zu erledigen. Darüber hatte ich überhaupt nicht nachgedacht, bevor ich den Mund aufgemacht habe.«

Sie lachte.

»Ich habe mir schon Sorgen um dich gemacht. Aber es ist in Ordnung, ich werde nicht zulassen, dass du so etwas Leichtsinniges tust. Aber wie wäre es mit einer heißen Schokolade im *Littlest Café* in der Mittagspause? Caroline ist für ein paar Stunden da. Sie wird allein zurechtkommen.«

»Das klingt perfekt.«

Ein paar Minuten später standen sie in der High Street vor *Just One More*, küssten sich zum Abschied und wünschten sich einen schönen Arbeitstag. Sie hatte ein fantastisches Leben, dachte sie.

Doch dann kamen die Zweifel zurück.

»HAST du sie aus dem Lager geholt?«, rief Caroline von der anderen Seite des Ladens.

Caroline und Holly waren vor Jahren zusammen zur Schule gegangen, hatten sich aber aus den Augen verloren, als Holly nach London gezogen war. Glücklicherweise war Caroline eine Stammkundin bei *Just One More*, und so hatten sie sich wiedergetroffen, als Holly den Laden übernommen hatte. Nachdem sie sich im Laufe einiger Abende mit viel

Rotwein aufs Neue angefreundet hatten, war sie Hollys zweite Mitarbeiterin geworden.

Caroline trug die blau gestreifte Schürze des Ladens und stand auf einer kleinen Leiter, um an die Süßigkeiten auf den obersten Regalen heranzukommen. Das waren diejenigen, die nicht so beliebt waren wie die anderen, die sie aber auf Lager haben mussten, weil sie zu dem idyllischen, altmodischen Geschäft passten: Artikel wie Süßholz, Pontefract-Lakritz und Anis-Kugeln. Seltsamerweise waren diese Dinge in letzter Zeit sehr begehrt und die Gläser fast leer.

»Entschuldige, was hast du gesagt?«, fragte Holly und blickte von der Theke auf.

»Die Süßigkeiten? Das Süßholz und die Anis-Kugeln. Hast du sie heruntergeholt?«

»Tut mir leid, ich war abgelenkt. Ich habe es total vergessen. Ich hole sie gleich.«

Den kleinsten Laden im Dorf zu besitzen, hatte seine Vorteile. Der Weg durch das Lokal, die Treppe hinauf und wieder hinunter, war kurz. Nachdem sie Caroline die Tüten gereicht hatte, kehrte Holly zur Theke zurück. Obwohl sie eine To-do-Liste mit hundert Aufgaben hatte, griff sie nach ihrem Handy und begann erneut zu scrollen.

»Was schaust du dir da an?«, fragte Caroline und ließ die Gläser stehen, um zu sehen, was Holly machte. »Bitte sag nicht, dass es immer noch um Jamie und diesen Fin geht.«

Holly schmollte. Caroline hatte das dasselbe gesagt wie Ben, nämlich, dass Jamie eine erwachsene Frau war und Fin für etwas Besonderes halten musste, wenn sie so wenig über ihre Beziehung preisgab. Aber wenn das der Fall war, warum hatte er dann ihre Freundinnen noch nicht kennengelernt? Ein guter Kerl würde das doch wohl wollen?

»Weißt du, ich kann ihn einfach nicht finden. Jamie ist mit einem Fin befreundet, aber dieser hier ist es nicht. Würde man sich in den sozialen Medien nicht als Freunde markieren, wenn man in einer Beziehung ist?«

»Es sei denn, er hat keine Profile«, konterte Caroline.

»Genau, und was bedeutet das? Dass er etwas zu verbergen hat!«

»Oder dass er nicht möchte, dass sein Privatleben im Internet zur Schau gestellt wird, oder um Leute fernzuhalten, die ihn belästigen oder stalken. Oder dass er nicht das Bedürfnis hat, alles mit Leuten zu teilen, die er vor vierzehn Jahren einmal getroffen hat.«

Ihre Worte lösten einen Funken Ärger in Holly aus. Ein Teil von dem, was Caroline sagte, war wahrscheinlich wahr. Ben war auf keinem sozialen Netzwerk, aber das lag an seinem Job, und dieser Fin mit seinem langen Haar und der Lederhalskette sah eindeutig nicht aus wie ein Bankdirektor. Nein, er sah eher aus wie jemand, der sein perfektes Sixpack im Internet zur Schau stellen will.

»Du kannst mir nicht sagen, dass du dir nicht wenigstens ein bisschen Sorgen machst«, sagte sie und hoffte auf etwas Unterstützung.

»Doch, das kann ich. Einmal ist Jamie spontan für eine Woche nach Nepal geflogen, ohne es jemandem zu erzählen. Ein anderes Mal hat sie den Zug nach Glasgow genommen, um ein eintägiges Whiskyfestival zu besuchen. Am nächsten Tag war sie wieder bei der Arbeit, allerdings mit einem mörderischen Kater. Du brauchst dir keine Sorgen zu machen. Wir haben auch so genug zu tun.«

Ein Blick aus dem Fenster und Holly wusste genau, was sie meinte. Zwei Busladungen voller Touristen stiegen auf der gegenüberliegenden Straßenseite aus und kamen direkt auf ihren Laden zu.

Das würde nun zur Normalität werden, da der Frühling im Anmarsch war, und Caroline hatte recht: Sie hatten genug zu tun. Sie hatten gerade die Regale aufgefüllt, und die Artikel waren schon fast wieder ausverkauft. Jazz-Bonbons und Marzipan-Teegebäck waren am beliebtesten, zusammen mit den altbewährten Zuckerstangen, Gummibärchen und gemischten Fruchtgummis. Hustenbonbons, leuchtend orange und in Plastik verpackt, wurden tütenweise verkauft, und Holly musste ins Lager hochsteigen, um mehr kandierten Ingwer zu holen. Zur Mittagszeit sah es so aus, als hätten sie gar nicht nachgefüllt, doch gerade, als sie etwas dagegen tun wollte, tauchte Ben auf.

»Bist du bereit?«, fragte er erwartungsvoll.

Verwirrt erwiderte sie seinen Blick.

»Mittagessen? Heiße Schokolade? Wir wollten ins *Littlest Café* gehen«, erinnerte er sie.

»Oh ja, natürlich.«

Mit einem Hauch von Besorgnis warf sie einen Blick auf die halb leeren Regale. Zwischen dem Ansturm von Kunden und ihren Bedenken in Bezug auf Fin hatte sie ihr Mittagessen völlig vergessen. Sie hatte nicht einmal Caroline gefragt, ob es ihr etwas ausmachen würde, allein im Laden zu bleiben. Natürlich konnte sie den Laden problemlos alleine führen – das tat sie jeden Dienstag, wenn Holly ihren freien

Tag hatte – aber das bedeutete noch lange nicht, dass sie sie nicht fragen sollte.

»Geh nur. Ich schaffe das schon«, sagte Caroline, noch bevor Holly etwas sagen konnte.

»Es macht mir nichts aus, hierzubleiben. Es könnte einen weiteren Ansturm geben.«

»Das schaffe ich schon. Geh ruhig.«

Einen Moment lang schwieg Holly und biss sich auf die Unterlippe, dann nickte sie dankbar.

»Also gut. Ich bin gleich auf der anderen Straßenseite, falls es also zu hektisch wird, kannst du mich einfach anrufen. In Ordnung?«

»Kannst du jetzt bitte gehen? Ich komme zurecht«, wiederholte sie.

»Du bist die Beste, weißt du das?«

»Ja, ich weiß. Und jetzt genieße dein Mittagessen.«

Das *Littlest Café* hatte ein paar Tische draußen, von denen man einen perfekten Blick auf den Fluss und die Brücken hatte. Man konnte Enten und die Menschen beobachten, die ihrer täglichen Routine folgten. Holly und Ben bevorzugten jedoch den Garten, in dem gusseiserne Tische und Stühle unter dunkelgrünen Sonnenschirmen standen. Efeu und Geißblatt rankten an Spalieren empor, die an den umliegenden Wänden festgemacht waren. An kühlen Tagen wie heute war ein großer Heizstrahler in Betrieb, der einen orangefarbenen Schein verbreitete und die Temperatur auf ein annehmbares Niveau brachte. Das Café hatte auch tollen Kaffee und Kuchen, obwohl sie sich heute beide für ein Speck-Sandwich entschieden.

»Und, war es ein geschäftiger Tag?«, fragte Ben, bevor er in sein Sandwich biss.

»Ja, sehr. Ich hoffe, das ist ein gutes Omen. Es wäre toll, wenn das bis Ostern so weitergeht.«

Trotz ihrer positiven Einstellung wirkte er besorgt.

»Lädst du dir nicht etwas zu viel auf? Hast du darüber nachgedacht, eine weitere Person einzustellen, jetzt da Drey ihr Pensum reduziert hat?«

»Lustig, dass du das sagst.«

Während des Mittagessens erzählte sie ihm von dem Gespräch mit ihrer Mutter und dass sie nächste Woche bei ihnen vorbeifahren würde, um ihrem Vater eine Stelle anzubieten, ohne dass er merkte, dass sie von ihrer Mutter dazu gedrängt worden war.

»Er sollte keine Schwierigkeiten haben, sich einzuarbeiten. Es ist nicht schwer. Und was sollte ich sonst tun? Er ist mein Dad.«

Ben nickte und holte dann auffällig tief Luft.

»Da wir gerade von der Familie sprechen, Jess kommt heute Abend zu Besuch. Ich habe versprochen, zu kochen und dafür zu sorgen, dass sie ein zivilisiertes Gespräch führen können. Ich hatte keine Ahnung, dass ihre Beziehung so angespannt geworden ist.«

»Wow.« Holly verzog das Gesicht. »Das klingt nach einem lustigen Abend.«

Jetzt schnitt er eine Grimasse.

»Eigentlich … hatte ich gehofft, du würdest dich uns anschließen. Ich meine, ich wollte dich ihr schon seit einer Weile vorstellen. Ich weiß, dass das nicht die angenehmste

Situation ist, in die man hineingeworfen werden kann, aber ich komme nicht sehr gut mit familiären Konflikten zurecht. Nach dem, was ich gehört habe, streiten sie sich schon seit Wochen. Wenn es dir nichts ausmacht, hätte ich dich gerne dabei. Wenn ich dich an meiner Seite habe, ist immer alles einfacher.«

»Du möchtest, dass ich deine Schwester kennenlerne?«, fragte sie. Ein warmes Gefühl breitete sich in ihr aus.

»Natürlich möchte ich das. Aber nur, wenn es dir nichts ausmacht. Wenn du lieber auf eine angenehmere Situation warten möchtest, verstehe ich das vollkommen.«

»Nein. Ich meine, ja. Ich will. Heute wäre gut. Heute wäre großartig.«

Die Wärme in ihrem Bauch verwandelte sich in einen Schwarm Schmetterlinge. Sie ließ ihr Sandwich sinken, beugte sich vor und küsste ihn fest auf die Lippen.

Sie würde die Familie ihres Freundes kennenlernen.

Ihre Beziehung wurde immer ernster.

KAPITEL SECHS

Obwohl Holly sehr besorgt darüber war, dass Jamie mit einem fremden Mann unterwegs war, war sie froh, dass sie einen berechtigten Grund hatte, ihr eine Nachricht zu schicken, ohne dass es so aussah, als würde sie ihr nachspionieren. Schließlich brauchte sie einen Ratschlag. Nachdem Ben sie zum Laden zurückgebracht hatte und Caroline losgefahren war, um ihre Kinder von der Schule abzuholen, griff sie nach ihrem Handy und begann zu tippen.

Hilfe! Werde Bens Schwester kennenlernen! Was muss ich wissen?! Du kennst sie, oder?

Sie beobachtete, wie ihre Nachricht zugestellt und dann, zu ihrer Überraschung, sofort gelesen und beantwortet wurde.

Yay! Jess ist super. Du wirst sie mögen.

Wenige Sekunden später kam eine weitere Nachricht. Diesmal war es ein Foto von Jamie und Fin, die anscheinend einen Bootsausflug machten. Auf dem Selfie waren ihre Gesichter eng aneinandergeschmiegt, obwohl Fin mit seinem

Stoppelbart, der Sonnenbrille und der Baseballmütze kaum zu erkennen war. Ärger überkam sie. Sonnenbrille und Mütze im März? War es zu dieser Jahreszeit in Amsterdam wirklich so hell? Vielleicht musste er sie wegen einer Augenkrankheit tragen. Oder er war einfach ein Poser. Trotzdem strahlte Jamie über das ganze Gesicht.

Fin sagt hallo, hatte sie darunter geschrieben.

Kann es kaum erwarten, ihn richtig kennenzulernen, antwortete Holly und war dankbar, dass Jamie ihre zusammengebissenen Zähne nicht sehen konnte, während sie tippte. *Drück mir heute Abend die Daumen.*

Nicht nötig. Sie wird dich lieben, so wie wir alle.

Holly antwortete mit einer Reihe von Lach-Emojis. Jamie war noch am Leben. Das war ein guter Anfang. In Bezug auf den Abend mit Bens Schwester fühlte sie sich zuversichtlich, obwohl sie seit seiner Einladung in der Mittagspause ununterbrochen Schmetterlinge im Bauch hatte. Es war vermutlich die Aufregung darüber, in ihrer Beziehung den nächsten Schritt zu wagen.

Das Treffen mit Jess machte ihr ein wenig Sorgen. Mit den Eltern anderer Leute hatte sie noch nie ein Problem gehabt, diese schienen sie immer zu mögen, was etwas bedeuten musste. Dans Mutter war besitzergreifend gewesen und fand, dass niemand auf dem Planeten gut genug für ihren wunderbaren – und einzigen – Sohn war. Und doch hatte sie sich bald mit seiner Beziehung mit Holly angefreundet. Bevor sie sich getrennt hatten, hatte sie Holly oft Bilder von neuen Outfits geschickt, um nach ihrer Meinung zu Schuhen und Accessoires zu fragen, oder um Vorschläge für nette Restaurants in London zu bekommen, obwohl Holly diesbezüglich keine Expertin war. Sie bezweifelte, dass es viel anders war, sich mit einem Bruder oder einer Schwester zu verstehen.

Entschlossen, einen guten Eindruck zu machen, stellte sie eine schöne Auswahl an Süßigkeiten zusammen, die sie an diesem Abend mitbringen könnte. Ben liebte alles, was mit Zitronen zu tun hatte: Zitronenkonfekt, Zitronengelee, Zitronenbonbons – je mehr Zitrone, desto besser. Aber sie wusste nicht, wie Jess' Geschmack in Bezug auf Süßigkeiten aussah, also wählte sie ein paar hochwertige Artikel aus, darunter dunkle Schokolade aus Brasilien, kandierten Ingwer und Pekannuss-Karamellen, die sie neu im Sortiment hatte. Sie schmolzen nur so im Mund dahin, und sie hatte schon mindestens ein Pfund davon gegessen. Sie fügte sogar eine kleine, goldene Schachtel mit belgischen Pralinen hinzu. Dann, nachdem sie ihre Kassenabrechnung gemacht und den Laden für den Tag geschlossen hatte, ging sie nach Hause, duschte und zog ein frisches Outfit an. Sie war bereit für das große Essen.

Jess sollte um halb acht kommen, und nach langem Überlegen entschied Holly, dass es besser wäre, bei Ben auf sie zu warten, anstatt einen großen Auftritt zu machen. Bens Haus war der Ort, an dem sie sich am meisten aufhielt, und es kam ihr albern vor, so zu tun, als wäre es anders. Im Flur sah sie mindestens ein halbes Dutzend Mal in den Spiegel, dann nahm sie die Süßigkeiten und eine Flasche Wein aus dem Regal und ging zehn Minuten nach sieben hinüber zum Nachbarhaus.

Es war komisch, die Türklingel benutzen zu müssen. Normalerweise ging sie nach der Arbeit zusammen mit Ben hinein und am nächsten Morgen wieder mit ihm hinaus. Sie brauchte keinen eigenen Schlüssel. Tatsächlich konnte sie sich nicht erinnern, wann sie das letzte Mal draußen in der Kälte gewartet hatte. Glücklicherweise dauerte es nicht lange, bis die Tür aufging.

»Toby!«, sagte Holly überrascht. »Wie geht es dir? Ist Ben da?«

»Ja. Er ist in der Küche und kocht«, antwortete er. »Komm rein.«

Sie trat ein. Da sie von nebenan kam, hatte sie sich keine Jacke übergezogen, aber die Kälte draußen hatte sich schnell bemerkbar gemacht und bildete einen harten Kontrast zu der Wärme im Haus.

Als Toby wieder ins Wohnzimmer huschte, machte sie sich auf die Suche nach Ben. Obwohl der größte Teil des Hauses ein Abziehbild von dem nebenan war, sah die Küche völlig anders aus. Es gab keine große Insel in der Mitte und auch keine Holzschränke. Hier war alles minimalistisch und weiß. Kein einziger Türgriff war sichtbar, und der Raum war so sauber, dass sie sich die ersten paar Male, als sie hier gekocht hatte, kaum getraut hatte, etwas zu benutzen. Einmal hatte sie sogar befürchtet, dass das Abstellen ihrer Tasche auf der Arbeitsplatte das Feng-Shui stören könnte. Aber diese Tage waren längst vorbei. Sie hatte frisches Brot gebacken, um es mit ihren hausgemachten Suppen zu servieren, und sogar ein echtes englisches Frühstück zubereitet. Ihre Süßigkeiten hatten ihren festen Platz in einem der Schränke.

Im Ofen war das Licht an, und der Duft von gebratenem Fleisch und Kräutern erfüllte den Raum. Ben war mit etwas auf dem Herd beschäftigt und hatte sich eine Schürze umgebunden. Schweiß stand auf seiner Stirn.

»Das riecht gut«, sagte sie und legte ihre Arme um seine Taille. »Was kochst du?«

»Lammhaxe. Das gleiche Rezept wie damals, als ich zum ersten Mal für dich gekocht habe.«

»Meinst du das, das anbrannte, weil wir zu abgelenkt waren?«

Holly grinste, als er sich zu ihr umdrehte.

»Ich glaube nicht, dass es angebrannt war«, murmelte er.

»Ich glaube, wir wissen beide, dass es angebrannt war«, sagte sie und presste ihre Lippen auf seine.

Sich in der Küche zu küssen, während ihr Freund dabei war, das Abendessen zuzubereiten. Konnte das Leben schöner sein?

»Weißt du, das ist nicht der Teil des Abends, an den ich mich am liebsten erinnere«, sagte er und unterbrach ihren Kuss kurz, nur um gleich wieder daran anzuknüpfen.

»Nein?«, fragte sie und zog sich ein kleines Stück zurück. »Woran dann?«

»Wenn dieser Abend vorbei ist, werde ich dich daran erinnern.«

Die Hitze im Raum war unbestreitbar und kam nicht nur vom Ofen. Es waren drei Monate vergangen, und sie befanden sich noch immer in der Verliebtheitsphase. Es war schade, dass er sich nach der Arbeit bereits umgezogen hatte. Sie mochte es, seine Krawatte zu lösen und sie über seinen Kopf zu ziehen, sobald sie zu Hause waren. Die Erinnerungen an dieses erste Abendessen glühten immer noch in ihrem Kopf.

Während sie in Erinnerungen an den Abend schwelgte, räusperte sich jemand hinter ihnen, und sie traten hastig auseinander.

»Verzeihung, ich wollte nur etwas zu trinken holen«, sagte Toby und sah sie verlegen an. »Ich kann warten, wenn ihr etwas Zeit alleine braucht?«

»Ähm, nein … nein, natürlich nicht. Du solltest dir etwas zu trinken holen. Ja. Natürlich«, stotterte Ben.

Holly zog sich auf die andere Seite der Küche zurück, strich ihren Rock glatt und versuchte dann, ihr Haar zu ordnen. Sie überlegte, ob sie genauso verlegen aussah wie Ben, der knallrot angelaufen war.

»Wir haben nur über das Essen gesprochen, das dein Onkel kocht«, sagte sie, da ihr nichts Besseres einfiel.

»Ja, so sah es aus«, zwinkerte Toby.

»Nein, wirklich, er hat das schon einmal für mich gekocht. Es ist wirklich lecker. Großartig sogar.«

Holly merkte, wie sie sich in eine Sackgasse redete. Das passierte ihr jedes Mal, wenn sie nervös war. Sie plapperte einfach drauflos.

»Ich meine, es hätte besser sein können. Vielleicht war es ein wenig angebrannt, aber ich bin sicher …«

Das schrille Geräusch der Türklingel unterbrach sie mitten im Satz, und sie war nie dankbarer für eine Unterbrechung gewesen.

»Gott sei Dank«, murmelte sie, als Ben sie von der Seite her anlächelte.

»Von der Klingel gerettet«, sagte er.

»Oder auch nicht«, erwiderte Toby.

Jede Spur von Freude war aus seinem Gesicht gewichen,

und er sah auf einmal viel jünger aus. Mehr wie der kleine Junge auf den Fotos, die sie gesehen hatte. Holly war sich nicht mehr sicher, ob sie dabei sein wollte, um zu sehen, wie sich der Streit zwischen ihm und seiner Mutter weiter entwickelte.

»Es ist Zeit, dass ihr euch endlich kennenlernt«, sagte Ben, und die Art und Weise, wie er das sagte, machte ihr Angst.

Holly musste sich eingestehen, dass sie in der ganzen Aufregung darüber, Bens Schwester kennenzulernen, den eigentlichen Grund vergessen hatte, aus dem er sie dabeihaben wollte: Als moralische Unterstützung, während er den Streit zwischen Jess und Toby zu schlichten versuchte. Sie hatte sich ein geselliges Beisammensein vorgestellt, bei dem sie Wein tranken, plauderten und über Anekdoten aus Bens Kindheit lachten. Doch als sie sich Bens und Tobys fahle Gesichter ansah, wurde ihr klar, dass das nicht passieren würde. Eine drückende Stille legte sich über den Raum, die durch ein weiteres, schrilles Klingeln durchbrochen wurde.

»Will jemand von euch zur Tür gehen?«, fragte sie.

»Ich nicht«, antwortete Toby sofort und richtete seine nächsten Worte an Ben. »Du bist derjenige, der sie eingeladen hat. Du solltest aufmachen.«

»Ich kann nicht, ich bin mit Kochen beschäftigt«, antwortete er und griff wahllos nach einer leeren Pfanne in der Nähe.

»Soll ich es tun?«, bot Holly an, da sie spürte, dass keiner der beiden nachgeben würde.

»Das wäre großartig. Danke«, sagte Ben und stellte die Pfanne wieder hin.

Ihre Selbstsicherheit hatte sich in Luft aufgelöst und hatte einer unangenehmen Nervosität Platz gemacht. Sie ging zur Haustür und atmete extra tief ein. *Es gibt nichts, worüber ich mir Sorgen machen müsste,* sagte sie zu sich selbst. Hatte Jamie nicht gesagt, dass Jess äußerst liebenswert war? Außerdem hatte sie Schokolade für Jess dabei – ein sicherer Eisbrecher. Holly setzte ein Lächeln auf und öffnete die Haustür.

KAPITEL SIEBEN

Holly war wahrscheinlich nicht die Einzige, die gelegentlich den kritischen Blick einer anderen Frau auf sich zog. Manchmal kam er von jemandem, den man lange nicht gesehen hatte und sich eine neue Meinung bilden wollte – ob diese nun positiv oder negativ war. Andere Male kam er von einer fremden Frau, die blitzschnell Alter, Attraktivität und Stil einschätzte. Oder es war eine Kollegin, die prüfte, ob man sich für ein Meeting oder eine Veranstaltung passend angezogen hatte. Wie jede andere Frau, die sie kannte, war auch sie schon oft Opfer dieses analytischen Ganzkörper-Blicks geworden, mit dem sie innerhalb von zwei Sekunden beurteilt wurde. In ihrer Zeit in London hatte sie das natürlich nicht gestört. Es hatte keine Rolle gespielt, was die Leute über sie dachten, dass sie dasselbe Oberteil zweimal hintereinander trug oder ihr Pullover aus einem Secondhandladen stammte und längst aus der Mode war. Aber noch nie hatte sie eine so intensive Musterung erlebt wie diese.

Als sie die Tür öffnete, erwiderte Jess ihren Blick erst, nachdem sie sie sorgfältig von oben bis unten betrachtet hatte. Jeder Muskel in Hollys Körper spannte sich an. Schließlich, nachdem Jess ihren Blick wieder auf ihr Gesicht gerichtet hatte, schenkte sie ihr ein breites Lächeln.

»Du musst Holly, die neue Nachbarin, sein«, sagte sie.

Der Kommentar kam mit einer Wärme daher, die ihre Augen nicht ganz erreichte.

Nachbarin. Hollys Gedanken kreisten um das Wort. Es stimmte, dass sie nebenan wohnte, doch das war nicht wirklich neu, davon abgesehen schien »Bens Freundin« eine passendere Bezeichnung zu sein. Doch bevor sie etwas sagen konnte, war Jess an ihr vorbeigeschlüpft und in den Flur getreten.

»Ben?«, rief sie, ohne Holly einen weiteren Blick zu schenken, während sie durch das Haus ging.

»Wir sind in der Küche!«, rief er zurück.

Es folgte ein Moment der Verwirrung, in dem Holly das Gefühl hatte, gerade etwas Wichtiges verpasst zu haben, ohne zu wissen, was es war. Sie beschloss, dass sie dem sieben Wörter langen Satz zu viel Bedeutung zumaß, schloss die Tür und beeilte sich, Jess in die Küche zu folgen.

Die Szene hatte sich kaum verändert, außer dass Toby jetzt noch blasser aussah und in Bens Kochtopf tatsächlich etwas köchelte. Als Jess den Esstisch erreichte, zog sie ihren grauen Wollmantel aus und legte ihn auf die nächste Arbeitsfläche. Dann drehte sie sich um und gab Ben einen flüchtigen Kuss auf die Wange.

»Wow, du hast nicht übertrieben, als du gesagt hast, du

würdest Abendessen kochen. Das riecht wunderbar«, sagte sie.

Holly hatte viele Fotos von Jess im Haus gesehen, doch auf diesen Fotos war sie deutlich jünger gewesen. Sie waren größtenteils im Urlaub oder auf Familienfesten aufgenommen worden und strahlten eine fröhliche Stimmung aus. Das war momentan nicht der Fall.

Hätte sie ein Wort wählen müssen, um Bens Schwester zu beschreiben, wäre es »streng« gewesen. Sie war groß und schlank, trug ihr dunkles Haar in einem glatten Bob, der in einem scharfen Winkel zu ihrem Kinn geschnitten war. Wie ihr Mantel waren auch ihre Jeans und ihr Oberteil grau. Holly fragte sich, ob auch ihre Unterwäsche und Socken grau waren. Während sie darüber nachdachte, versuchte sie sich daran zu erinnern, was Ben ihr über sie erzählt hatte. Was für einen Job hatte sie noch mal? War es etwas im Bereich Finanzwesen oder Buchhaltung gewesen? Sie war sich ziemlich sicher, dass ihre Arbeit mit Zahlen und Geld zu tun hatte – genau wie Bens.

Nachdem sie mit Ben gesprochen hatte, wandte sich Jess an Toby.

»Tobias«, sagte sie deutlich unfreundlicher.

»Mom.«

Eine angespannte Stille breitete sich im Raum aus. Holly war unsicher, was sie tun sollte, also schaute sie Ben an, der ihren Blick glücklicherweise erwiderte.

»Jess«, sagte er, entfernte sich vom Herd und ging auf sie zu. »Ich würde dir gerne meine Freundin Holly vorstellen.«

Jess fixierte Holly mit dem gleichen, gezwungenen Lächeln, das sie bereits an der Tür aufgesetzt hatte.

»Ja, wir haben uns getroffen. Sie hat mir die Tür aufgemacht.«

Da Holly das Gefühl hatte, den ersten Schritt machen zu müssen, trat sie auf Jess zu und reichte ihr ihre Hand.

»Es freut mich, dich kennenzulernen. Ben hat viel von dir erzählt. Und von Toby. Und Patrick«, fügte sie hinzu und betete, dass sie sich den Namen von Jess' Ehemann richtig gemerkt hatte. »Von der ganzen Familie, eigentlich.«

Ihr Lächeln blieb starr.

»Nun, ich bin mir sicher, wir werden in Zukunft reichlich Gelegenheit haben, uns zu unterhalten.«

Alles, was sie sagte, wirkte abgehackt, und es trieb Holly auf die Palme.

»Ehrlich gesagt«, sagte Ben, der sich hinter Holly stellte und einen Arm um ihre Schultern legte, »wird uns Holly beim Abendessen Gesellschaft leisten.«

Sie war sich nicht sicher, ob sie erleichtert aufgeseufzt oder es sich nur eingebildet hatte. Sie hatte nicht bemerkt, wie sehr sie sich verkrampft hatte, bis Bens Berührung sie wieder etwas entspannte. Ungeachtet dessen, was Jamie gesagt hatte, hatte sie das Gefühl, dass dieser Abend sehr anstrengend werden würde.

»Sie bleibt zum Abendessen?« Jess' Schultern versteiften sich noch mehr. »Ich glaube nicht, dass das eine gute Idee ist, Ben. Wir haben Dinge zu besprechen, die nur die Familie etwas angehen.«

»Sei nicht albern. Komm, trink ein Glas Wein. Weißwein?«

»Ich muss uns nach Hause fahren.«

»Du kannst ein kleines Glas haben.«

Sie machte ein Geräusch, das halb genervt und halb resigniert klang, während ihre Schultern ein wenig entspannten. »Ein sehr kleines. Irgendwie habe ich das Gefühl, dass ich einen Drink brauchen werde, um das hier durchzustehen.«

Als er zum Kühlschrank ging, schenkte Ben Holly einen Blick und ein Lächeln, um ihr zu verstehen zu geben, dass er für sie da war. Dass alles in Ordnung war. Plötzlich fiel ihr etwas ein. Etwas, das seine Schwester vielleicht aufheitern könnte.

»Jess, ich habe dir ein paar Sachen aus meinem Laden mitgebracht. Ich hole sie schnell.«

Holly war froh, kurz die Küche verlassen zu können. Im Flur nahm sie ein paar tiefe Atemzüge. Sie würde es schaffen. Nach einer halben Stunde und ein paar Drinks würden sie wie alte Freunde zusammen lachen. Vielleicht könnte sie Jess sogar ein Bett im Haus nebenan anbieten, damit sie nicht zurückfahren musste, wenn das ihre Sorge war.

Überzeugt, dass es viele Möglichkeiten gab, die Situation zu verbessern, nahm sie die Tüte, die sie aus dem Laden mitgebracht hatte, und ging zurück zu den anderen.

»Ich habe ein paar Dinge ausgesucht, die dir gefallen könnten«, sagte sie, reichte Jess die Tüte und lächelte. »Das Pekannuss-Karamell ist fantastisch. Genau wie die dunklen Schokolade-Nüsse. Die machen süchtig – glaube mir. Ich habe viel zu viele davon gegessen.«

Da es sich um einige ihrer beliebtesten Produkte handelte, die ganz offensichtlich nicht billig waren, erwartete sie ein nettes Dankeschön, vielleicht sogar eine Umarmung – aber wahrscheinlich eher nicht. Sie hatte das Gefühl, dass Jess keine Umarmungen verteilte. Ihre Reaktion lag irgendwo zwischen einem Schmollen und einer Grimasse.

»Ich weiß, Pekannuss-Karamell klingt etwas unkonventionell, aber es schmeckt großartig«, versuchte sie es erneut, während ihr Unbehagen stieg. »Du kannst Ben fragen. Ich habe ihm schon oft davon mitgebracht. Er liebt es.«

»Mom ist auf Nüsse allergisch«, sagte Toby von der anderen Seite des Raums. »Sie kann nichts essen, was Nüsse enthält.«

»Oh«, sagte Holly und spürte, wie ein schwerer Stein in ihrem Magen landete. »Oh, das tut mir leid. Das wusste ich nicht. Es sind noch andere Dinge dabei, belgische Pralinen zum Beispiel.«

Jess' Lächeln gefror. »Das ist lieb von dir. Ist es eine gemischte Tüte?«

»Ja. Ich habe sie heute Nachmittag zusammengestellt.«

»Dann sollte ich wohl besser die Finger davon lassen. Kreuzkontamination kann tödlich sein. Es wäre eine Katastrophe, wenn Nüsse dabei wären.«

»Nein, nein, natürlich. Das war unüberlegt von mir. Vielleicht würde Patrick sie mögen?«

»Er ist Diabetiker«, antwortete sie. »Er hat strikte Ernährungsanweisungen vom Arzt und darf nur kleine Mengen an Kohlenhydraten zu sich nehmen. Ben weiß das. Offensichtlich hat er dir nichts über uns erzählt«, fügte sie mit gehobenen Augenbrauen hinzu.

Verzweifelt darum bemüht, eine positive Stimmung aufrechtzuerhalten, zwang sich Holly dazu, nicht auf ihre Bemerkungen zu reagieren. Besonders nicht auf die letzte. Es war merkwürdig, dass Ben die schwere Nussallergie seiner

Schwester und die Diabetes seines Schwagers in keinem ihrer Gespräche erwähnt hatte. Es war auch mehr als ärgerlich, dass er ihr zu keinem Zeitpunkt während ihrer Unterhaltung zu Hilfe gekommen war. Er war damit beschäftigt, jede Schublade und jeden Schrank in der Küche zu öffnen, als würde er nach etwas suchen.

»Weißt du was? Ich werde einfach den Tisch decken«, sagte sie und ging zur Besteckschublade. »Das Essen wird bald fertig sein, oder, Ben?«

Sie wartete nicht auf seine Antwort, griff ohne zu zählen nach Messern und Gabeln und ging zur Tür zum Esszimmer.

Als sie die Tür hinter sich zugezogen hatte, schloss sie die Augen und atmete tief durch. Jess' Stimme hallte in ihrem Kopf wider. *Offensichtlich hat er dir nichts über uns erzählt.* Hatte sie bewusst versucht, sie zu provozieren? Sie zu verletzen? Aber warum? Vielleicht war sie einer jener Menschen, die einfach nicht anders konnten, als direkt zu sein, egal, wie unhöflich es wirkte.

Während sie noch überlegte, ob sie eine Ausrede finden und gehen könnte, ging die Tür auf.

»Hey«, sagte Ben, völlig außer Atem. »Ich weiß nicht, wo meine Sauciere ist. Ich bin mir sicher, dass ich eine habe.«

Ein Kloß bildete sich in ihrem Hals. Anscheinend hatte er nur das Abendessen im Kopf, aber sie war sich nicht sicher, ob sie das ganze Essen durchstehen könnte, wenn Jess weiter so mit ihr sprach. Sie brauchte wenigstens die Gewissheit, dass sie nichts falsch gemacht hatte.

»Die Sauciere ist bei mir, im Haus nebenan, erinnerst du dich?«, sagte sie verblüfft. »Wir hatten vor etwa einem

Monat Braten und ich glaube, ich habe sie dir nie zurückgebracht. Ben, was Jess betrifft …«

»Sie ist toll, oder?«, unterbrach er sie. »Ich wusste, dass ihr beiden wie Pech und Schwefel sein würdet. Würdest du sie holen? Das Essen ist fertig, und ich möchte nicht, dass es kalt wird.«

Holly schluckte. Wie Pech und Schwefel? Ja, so könnte man seine Schwester vielleicht beschreiben, dachte sie. Düster und bedrohlich. Aber Ben lächelte sie enthusiastisch an. Was sollte sie sagen? Dass sie das Gefühl hatte, dass seine Schwester sie nicht mochte, und dass diese Gefühle auf Gegenseitigkeit beruhten? Dass er ihr von der Nussallergie hätte erzählen sollen?

Vielleicht war Jess nicht irrational. Offensichtlich hatte sie einige sehr ernste Probleme mit Toby, und Holly war völlig unerwartet aufgetaucht. Nein. Jamie hatte gesagt, sie sei eine tolle Person, und sie musste ihr das glauben. Wahrscheinlich war sie ganz einfach überempfindlich. Während des Essens würde sich alles beruhigen, da war sie sich sicher. Ja, alles würde gut werden.

»Ich hole die Sauciere«, sagte sie mit einem Lächeln und küsste ihn auf die Wange, bevor sie ging.

KAPITEL ACHT

So sehr Holly auch glauben wollte, dass sie sich Jess' unhöfliches Verhalten nur einbildete, verbesserte sich die Situation während des Abendessens nicht. Das Essen selbst war fantastisch. Die Lammhaxe schmeckte viel besser als beim ersten Mal, als Ben sie hatte anbrennen lassen, aber die Gesellschaft ließ zu wünschen übrig.

Es wurde schnell deutlich, dass Toby und Jess nicht vorhatten, miteinander zu sprechen, und die feindselige Stimmung verstärkte sich noch, als sie näher beieinander saßen. Abgesehen von ein paar Worten des Danks für das Essen, vergingen die ersten Minuten am Tisch in völligem Schweigen. Während sie ihr Fleisch kaute, überlegte Holly, ob sie versuchen sollte, ein Gespräch zu beginnen. Das Abendessen würde schneller vorbei sein, wenn niemand redete, andererseits hatte Ben sie genau deswegen eingeladen, erinnerte sie sich. Er wollte die Spannung zwischen den beiden lösen. Gerade als sie den Mund aufmachen wollte, sprach Jess.

»Du arbeitest also in einem Laden«, sagte sie mit deutlicher Geringschätzung, während sie eine Kartoffel aufspießte.

»Ich arbeite nicht nur dort, der Laden gehört mir. Es ist der Süßwarenladen im Zentrum des Dorfes: *Just One More.*«

»Ja, ich erinnere mich daran, dass Ben das erwähnt hat, als du hierher gezogen bist. Du hast sie als absurd unverantwortlich bezeichnet, oder?«

Bens Wangen wurden rot.

»Nun, das war, bevor ich Holly kennengelernt habe«, antwortete er, auch wenn diese Antwort ziemlich schwach klang. Leider hatte sie keine Zeit, sich zu verteidigen, denn noch bevor sie Luft holen konnte, stellte Jess ihre nächste Frage.

»Und warum hast du London verlassen? Es war doch London, oder nicht?«

»Ja, das war es«, antwortete Holly und fragte sich, wie viel Ben ihr erzählt hatte. Sie wollte auf keinen Fall über Dan sprechen.

»Ich brauchte einfach eine Veränderung. Du weißt ja, wie das ist. Dieser Teil des Landes ist wunderschön, und ich glaube, dass ich tief im Inneren immer vorgehabt hatte, hierher zurückzukehren.«

Es war nicht die ganze Wahrheit, aber das störte Holly nicht. Alles, was Jess sagte, verschlechterte ihren Eindruck von ihr noch mehr, und je schneller dieses Essen vorbei war, desto besser.

»Wusste ich es doch. Ich glaube, ich erinnere mich an dich aus der Schule. Du bist doch hier zur Schule gegangen, oder? Warst du im Debattierclub? Oder vielleicht im Orchester?«

»Ja. Das heißt, ja, ich bin hier zur Schule gegangen, aber nein zu deinen anderen Fragen. Ich war in keinem der Clubs.«

Jess schnaubte. Offensichtlich hielt sie es für angebracht, jemanden noch fünfzehn Jahren später dafür zu verurteilen, dass man weder ein Mitglied des Schuldebattierclubs noch des Orchesters gewesen war.

»Nicht jeder kann zwei Sportmannschaften leiten und als Vorsitzende des Debattierclubs agieren«, bemerkte Ben spöttisch.

»Und erste Geige. Du hast die erste Geige vergessen.«

»Oh Gott, Mom.«

Obwohl die Worte von Toby kamen, teilte Holly seine Gefühle. Bisher hatte der Junge kaum zwei Worte gesprochen, außer um sie zu bitten, ihm die Sauce zu reichen. Da Jess ihn offensichtlich absichtlich ignorierte, hatte Holly angenommen, dass das so weitergehen würde, aber jetzt legte Jess mit einem lauten Klirren ihr Besteck auf den Tisch.

»Nun, warum erzählst du uns nicht über deine schulischen Leistungen, Tobias?«

Ein langes Seufzen entwich seinen Lippen.

»Toll, ich hatte mich schon gefragt, wann du das ansprechen würdest.«

»Das ist der Grund, warum wir hier sind, oder? Weil du dich entschieden hast, dass du einen Vermittler brauchst, um mit deiner eigenen Mutter zu sprechen.«

»Das liegt daran, dass mir meine Mutter nicht zuhört. Meine Mutter hört nie jemandem zu.«

Holly warf Ben einen nervösen Blick zu. Wenn sie bedachte, wie fest sie ihr Besteck umklammerte, war es ein

Wunder, dass er noch nicht eingegriffen hatte. Er schien nicht gerade glücklich über den plötzlichen, passiv-aggressiven Ausbruch seines Neffen, aber er unternahm nichts, obwohl jede Sekunde ein Streit ausbrechen könnte.

»Gut, jetzt bin ich hier und höre dir zu«, erwiderte Jess. »Also, erklär mir doch bitte, warum du glaubst, dass es eine gute Idee ist, alles, wofür du gearbeitet hast, wegzuwerfen und nicht auf die Uni zu gehen.«

»Ich weiß nicht, warum du das denkst. Das ist eine einzigartige Chance für mich.«

»Eine, die dir keinerlei Sicherheit bietet. Du brauchst einen ordentlichen Abschluss. Um Himmels willen, du hast noch nicht einmal dein Abitur gemacht!«

»Aber das brauche ich nicht! Ich verstehe nicht, warum du nicht sehen kannst, wie toll das wäre.«

Holly war völlig verwirrt. Sie hatte herausgefunden, dass ihr Konflikt etwas mit seiner Ausbildung zu tun hatte, aber das war alles. Glücklicherweise bemerkte Ben ihre Verwirrung und klärte sie auf.

»Toby hat einen Praktikumsplatz bei einem Webdesigner in Bristol angeboten bekommen«, sagte er.

»Es ist ein bezahltes Praktikum«, fügte Toby schnell hinzu. »Ein richtiger Job. Ich besitze bereits viele der benötigten Kenntnisse über HTML5 und CSS, und sie werden mir noch viel mehr beibringen. Damit könnte ich meinen Lebensunterhalt verdienen.«

Obwohl ihr die technischen Ausdrücke – oder besser gesagt, die Akronyme –, unbekannt waren und sie zugeben musste, dass sie nicht das Geringste über Webdesign wusste, hatte Toby beim Erstellen der Website für ihren Laden großartige Arbeit geleistet. Selbst ihre Kunden hatten bemerkt, wie gut die Seite aussah und wie einfach es war, sich darauf zurechtzufinden und eine Bestellung aufzugeben. Es war auch nicht zu leugnen, dass er sich sehr für dieses Berufsfeld zu begeistern schien.

»Das klingt nach einer tollen Gelegenheit«, stellte Holly fest.

»Genau«, sagte Toby und hob die Hände. »Jeder kann das sehen. Jeder außer meiner Mutter.«

»Oh, tut mir leid. Vielleicht sollten wir noch ein paar Fremde um ihre Meinung über deine Zukunftspläne bitten, wenn es das ist, was wir hier tun.«

Holly war sich nicht sicher, ob die Worte nur als Angriff auf Toby gemeint waren, aber sie kamen ihr wie eine persönliche Beleidigung gegen sie vor. Noch eine.

»Hör zu, Mom«, sagte er und senkte die Stimme ein wenig. »Ich weiß, dass du dir nur Sorgen um mich machst, aber ich brauche keinen Hochschulabschluss. Viele, die in diesem Bereich arbeiten, haben keinen. Selbst die erfahrenen Leute an der Spitze.«

»Aber du wirst nicht als erfahrener Mann an der Spitze einsteigen. Du wirst ganz unten anfangen. Und wenn das Unternehmen umstrukturiert – wie alle Unternehmen es tun –, wer, glaubst du, wird dann als Erster rausfliegen? Du hast keinen Plan B. Du musst langfristig denken.«

Holly sank auf ihrem Stuhl zusammen. Offenbar war dies eine weitere Wiederholung eines Streits, der schon mehrmals stattgefunden hatte und ganz sicher der Grund dafür war, dass Toby vor Bens Tür aufgetaucht war.

Stille legte sich über den Tisch. Holly aß weiter und

spießte so leise wie möglich ein Stück Lamm auf, aber ihr Kauen wirkte auffällig laut. Ben öffnete mehrmals den Mund, als wollte er etwas sagen, schloss ihn jedoch jedes Mal wieder. Offensichtlich fiel es ihm schwer, eine passende Vermittlungsstrategie zwischen seinem Neffen und seiner Schwester zu finden, ohne einen von beiden zu verärgern. Jess und Toby starrten sich einfach nur an. Wie lange würde das noch so weitergehen? Sie war nicht gut darin, zu schweigen. Stille machte sie unglaublich nervös, was dazu führte, dass sie immer versuchte, sie mit irgendetwas zu füllen. Und obwohl sie wusste, dass es wahrscheinlich eine dumme Idee war, konnte sie sich nicht davon abhalten, etwas zu sagen.

»Ich habe gehört, dass Praktika heutzutage hart umkämpft sind«, entglitt es ihr. »Ich habe online etwas darüber gelesen. Viele der wirklich großen Firmen gehen neuerdings diesen Weg. Sie versuchen, die besten Leute zu rekrutieren, bevor sie die Schule verlassen.«

»Siehst du!«, sagte Toby, während er mit einer Hand auf den Tisch schlug.

Er schien für Hollys Beitrag dankbar zu sein, aber das war Jess eindeutig nicht.

»Nun, vielen Dank für diesen aufschlussreichen Einblick. Wenn es dir nichts ausmacht, wäre ich froh, wenn du dich nicht mehr einmischen würdest. Dies ist eine Familienangelegenheit. Ich weiß nicht einmal, warum du überhaupt hier bist.«

Diese Worte waren mehr als deutlich, und Holly fühlte sich schwer getroffen. Sie atmete durch die Nase ein und ballte unter dem Tisch die Fäuste. Wie konnte Jess es wagen, so etwas zu sagen? Wie konnte sie ihre Wohnung betreten und sie so behandeln? Vielleicht war es eine Familienangelegenheit, aber sie war vom Besitzer dieses Hauses zum Abendessen eingeladen worden. Sie war vielleicht keine Controllerin, oder was auch immer es war, was Jess tat, aber sie war eine überaus erfolgreiche Geschäftsfrau, ganz zu schweigen davon, dass sie Bens Freundin war.

Dieser Gedanke veranlasste sie, Ben anzusehen. Sicher würde er seine Schwester bitten, sich für das zu entschuldigen, was sie gerade gesagt hatte, oder? Er konnte unmöglich zulassen, dass sie so mit ihr sprach. Jess starrte ihn ebenfalls an, als würde sie ihn herausfordern, ihr zu widersprechen. Aber mit dieser Unverschämtheit würde er sie nicht davonkommen lassen, dachte Holly mit neuem Selbstvertrauen.

Aber Ben schreckte zurück, als dieser Gedanke ihren Verstand erreichte. Seine Augen wichen beiden Frauen aus.

»Vielleicht sollten wir uns alle etwas Zeit nehmen, um darüber zu schlafen«, sagte er.

KAPITEL NEUN

Holly war wütend. Mehr als wütend. Sie war außer sich. Sie brauchte jeden Funken Willenskraft, um sich davon abzuhalten, aufzustehen und zu gehen. Es war ein Wunder, dass sie das nicht sofort getan oder diese verdammte Frau mit ihrem Besteck beworfen hatte. Oder Ben. Ja, bei genauerer Überlegung wäre er das bessere Ziel für das stumpfe Messer, mit dem sie gerade versuchte, ihr Fleisch zu schneiden.

Bissen für Bissen schaufelte sie ihr Essen auf und knirschte mit den Zähnen, während sie kaute. Sie war nicht die Einzige, die sauer war. Während Ben versuchte, ein Gespräch in Gang zu bekommen – Hatten sie etwas für Ostern geplant? Hatten sie den neuen Wintergarten seiner Eltern gesehen? –, wurde jede seiner Fragen mit einer einsilbigen Antwort von Toby, Jess und Holly beantwortet.

Als das Essen vorbei war, wartete Holly nicht darauf, dass jemand etwas sagte. Sie stand einfach auf und begann, die Teller abzuräumen.

»Ich mache das«, verkündete sie, verzweifelt darauf bedacht, den Raum zu verlassen.

»Ich helfe dir«, sagte Ben und wollte aufstehen, aber ihr Blick reichte aus, um ihn innehalten zu lassen.

»Ich habe gesagt, ich mache das«, wiederholte sie, wobei ihr Ton deutlich machte, dass auch Toby sitzen bleiben sollte.

In der Küche warf sie die Teller ins Spülbecken und drehte den Wasserhahn auf.

Sie schrie innerlich, als sie eine unverschämt große Menge Spülmittel ins Wasser gab, das über den Rand des Spülbeckens schwappte. Sie sah zu, wie der Schaum zu einem gigantischen Berg wurde. Als Ben ein paar Minuten später in die Küche kam, steckten ihre Arme bis zu den Ellenbogen in den Blasen.

»Toby fährt mit Jess nach Hause«, sagte er von der Tür aus. »Sie gehen jetzt. Wenn du dich verabschieden willst …«

Holly ließ ein Messer in den Besteckkorb fallen.

»Tschüüüss!«, rief sie, ohne sich von der Stelle zu bewegen.

Er schaute sie fragend an. Vielleicht erwartete er, dass sie sich formeller verabschieden würde, aber er schien bald zu begreifen, dass das nicht passieren würde und ging zurück in den Flur. Eine Minute später schloss sich die Haustür und er kam wieder herein.

»Nun, das lief nicht ganz nach Plan. Aber ich bin sicher, er wird sich bald beruhigen. Wenn man jung ist, hat man oft die Tendenz, die erste Gelegenheit zu ergreifen.«

»Mhmm.«

Holly schaffte es nicht, ihn anzusehen. Sie war immer noch zu wütend. Stattdessen nahm sie ein Geschirrtuch und begann, die mit Schaum bedeckten Teller abzutrocknen.

»Aber Jess sollte wissen, dass er nicht auf sie hören wird, wenn sie so wütend ist. Das hat er noch nie getan.«

»Mhmm.«

Trotz ihrer einsilbigen Antwort begriff er erst, dass etwas nicht stimmte, als er sich hinter sie stellte, um sie auf den Hals zu küssen, und sie unter seiner Berührung steif wurde.

»Alles in Ordnung?«, fragte er. »Stimmt etwas nicht? Ist es Jess? Sie ist manchmal etwas direkt, das gebe ich zu, aber ich kann dir versprechen, dass sie dich lieben wird, wenn ihr euch erst einmal etwas besser kennt.«

Das reichte, um sie zur Weißglut zu bringen.

»Ich pfeife auf Jess. Sie ist unverschämt unhöflich, und ich verstehe nicht, wie eine Zicke wie sie einen so netten Jungen wie Toby großziehen konnte. Aber weißt du was? Es ist mir völlig egal, was sie über mich denkt.«

»Also bist du nicht sauer auf Jess?«

»Auf Jess? Nein, eigentlich nicht.«

Es dauerte eine weitere Minute, bis ihm ein Licht aufging.

»Du bist sauer auf mich?«

»Genau.«

Sie warf das Geschirrtuch zur Seite.

»Hätte es dich umgebracht, mich einmal zu verteidigen?«

»Ich wusste nicht, dass du jemanden brauchst, der dich verteidigt.«

»Nein? Nicht einmal, als sie gesagt hat, dass ich nicht zur Familie gehöre?«

»Na ja, das tust du nicht.«

Sie wusste, dass er nicht die Absicht hatte, sie zu verletzen. Und wenn man die nackten Fakten betrachtete, war es wahr. Sie und Ben waren nicht verheiratet. Sie waren erst seit etwas mehr als drei Monaten zusammen, und doch hatte sie gedacht, dass es ein stilles Einvernehmen zwischen ihnen gab, dass es für immer war. Dass sie sich nach all dem Schmerz, den sie in ihren früheren Beziehungen durchgemacht hatten, nie wieder so etwas antun würden. Noch hatte keiner von ihnen *ich liebe dich* gesagt, trotzdem wusste sie, dass sie ihn liebte. Sie hatte angenommen, dass er genauso empfand, aber jetzt war sie sich nicht mehr so sicher.

»Was bin ich, Ben?«

»Was meinst du? Du bist eine Süßwarenladenbesitzerin.«

»Ich meine nicht meinen Beruf. Ich meine, was bin ich für dich? Du hast gesagt, ich sei deine Freundin, und das dachte ich auch, aber du erzählst mir nicht mal die grundlegendsten Dinge über deine Familie. Wie zum Beispiel, dass deine Schwester eine Nussallergie hat.«

»Wolltest du wissen, dass Jess eine Nussallergie hat?«

»Aaargh!«

Diesmal ließ Holly ihre Frustration als Schrei entweichen. Wie konnte er nur so begriffsstutzig sein? Entweder das, oder er war einfach nur gemein, und sie wusste, dass er das nicht war. Aber er war dickköpfig. Sie nahm das Geschirrtuch wieder auf und verdrehte es in ihren Händen, nur um es einen Moment später wieder auf die Arbeitsplatte fallen zu lassen.

»Weißt du was?«, sagte sie. »Ich habe noch mehr Wäsche, die ich waschen muss. Ich glaube, ich schlafe heute Nacht bei mir.«

»Aber das hast du gestern schon gemacht«, sagte er,

offensichtlich völlig verwirrt von ihrer Reaktion. »Schau, es tut mir leid, dass du aufgebracht bist. Komm doch erst einmal nach oben, und ich werde versuchen, dich auf andere Gedanken zu bringen. Versprochen«, bot er an und schenkte ihr diesen Blick, den er seit ihrem ersten Kuss im Schnee unzählige Male benutzt hatte.

Manchmal saßen sie zusammen auf dem Sofa oder aßen zu Abend. Andere Male waren sie im Pub und mussten hastig aufbrechen, um nach Hause ins Bett zu kommen. Holly hatte diesem Blick noch nie widerstehen können, und es hatte noch nie eine Situation gegeben, in der sie nicht darauf reagiert hatte. Aber in diesem Moment hatte sie keine Lust, sich von ihm ins Bett tragen zu lassen. Eigentlich hätte sie viel lieber etwas nach ihm geworfen.

»Wir sehen uns morgen«, sagte sie und nahm die Tüte, die Jess auf der Arbeitsplatte zurückgelassen hatte.

Schließlich gab es keinen Grund, gute Süßigkeiten zu verschwenden.

HOLLY MUSSTE ZUGEBEN, dass sie seit dem Erwerb von Just One More zur Trost-Esserin geworden war, und als der Morgen anbrach, waren die Schachteln mit Karamell und Schoko-Nüssen leer, obwohl ihre schlechte Laune anhielt.

»Es tut mir leid, dass du aufgebracht bist.« Die Worte geisterten immer wieder in ihrem Kopf herum. Das hatte er zu ihr gesagt: »Es tut mir leid, dass du aufgebracht bist.« Nicht: »Es tut mir leid, dass ich dich verärgert habe.« Er war nicht einmal bereit zuzugeben, was für ein Idiot er gewesen war.

Sie waren seit drei Monaten zusammen und hatten sich höchst selten über etwas gestritten. Wenn sie es taten, dann ging es um etwas Belangloses, wie bei welchem Lieferservice sie bestellen sollten. Aber das machte es nicht besser. Er konnte das nicht mit einer kurzen Entschuldigung wiedergutmachen. Nein, er müsste echte Reue zeigen.

Auch nach ihrer morgendlichen Tasse Kaffee verbesserte sich ihre Laune nicht. Sie ging so viele Male auf und ab, dass sie befürchtete, eine Rille im Holzboden zu hinterlassen. Einen Vorteil gab es jedoch. Ohne einen Freund, der einen mit Küssen und Umarmungen ablenkte, war es viel einfacher, sich fertig zu machen. Sie war bereit, obwohl sie normalerweise erst in zwanzig Minuten zur Arbeit ging.

An der Haustür holte sie ihr Handy heraus. Ben hatte ihr eine Gutenacht-Nachricht geschickt, auf die sie nicht geantwortet hatte, und dann eine weitere, in der er schrieb, dass er sie vermisste. Auf Letztere hatte sie geantwortet, aber nur mit einem einzigen x. Normalerweise endeten ihre Nachrichten mit mindestens drei, also hätte er merken sollen, dass sie immer noch sauer auf ihn war.

Sie dachte kurz nach, bevor sie tippte: *Bin schon früh zur Arbeit gegangen. Bis später.* Dann, weil es sich falsch anfühlte, es nicht zu tun, schickte sie eine weitere Nachricht mit einem Kuss-Emoji. Sie kannte Bens Morgenroutine. Er ließ sein Handy immer unten, wenn sie ins Bett gingen, und benutzte einen echten Wecker, damit er nachts nicht von Nachrichten und E-Mails geweckt wurde. Also wusste Holly, dass sie zur Arbeit gehen konnte, bevor Ben ihre Nachrichten sah und sie vielleicht einholen wollte. Es war nicht lange her, dass sie bewusst versucht hatte, ihm unterwegs zu begegnen. Jetzt tat sie das Gegenteil. Hoffentlich würde er nach einem Tag ohne sie erkennen, wie falsch er sich verhalten hatte, und ihr die Entschuldigung geben, die sie verdient hatte.

Im Laden stellte sie fest, dass alles bereits erledigt war. Also machte sie einen kurzen Abstecher zur Bäckerei, um eine Zimtschnecke zu kaufen, und drehte das Schild an der Tür eine halbe Stunde früher als gewöhnlich auf »Geöffnet«, damit sie einen besonders eifrigen Kunden bedienen konnte.

Als sie seine Waren einpackte, erschien eine vertraute Gestalt in der Tür. Nicht, dass sie ihn bemerken wollte. Mit ihrem normalen, fröhlichen Lächeln bediente sie weiter ihren Kunden.

»Hallo«, sagte Ben, als der Kunde gegangen war.

»Hallo«, antwortete sie im abweisendsten Ton, den sie zustande brachte.

»Du hast mir gestern Abend gefehlt. Ich mag es, wenn du neben mir im Bett liegst.«

»Tatsächlich?«

»Natürlich.«

Obwohl er sich nicht entschuldigte, konnte Holly spüren, wie ihre Verbissenheit nachließ. Ihre Entschlossenheit, weiterhin wütend auf ihn zu sein, bis er sich ordentlich entschuldigt hatte, begann zu bröckeln. Er betrat das Geschäft und ging langsam auf den Tresen zu.

»Weißt du, zwei Tage sind die längste …«

»Ich weiß«, unterbrach sie ihn sofort.

»Es tut mir leid, dass es gestern Abend so blöd gelaufen ist. Ich glaube, ich habe nicht wirklich darüber nachgedacht, wie Jess sich fühlen könnte, wenn du dabei bist. Und es tut mir leid, dass sie so reagiert hat. Nach allem, was passiert ist, kann sie schnell sehr defensiv werden, wenn es um mich geht. Ich denke, ich habe mich einfach daran gewöhnt und bemerke es nicht mehr.«

Er trat hinter den Tresen und nahm ihre Hand, doch Holly reagierte nicht.

»Du weißt, dass du dich noch nicht entschuldigt hast, oder?«

»Was meinst du? Das habe ich gerade getan.«

»Nein, du hast dich für gestern Abend und das Verhalten deiner Schwester entschuldigt. Du hast dich nicht für dein Verhalten entschuldigt. Dafür, dass du mich in Verlegenheit gebracht hast.«

»Schau, ich verstehe, dass du verärgert bist«, sagte er und ließ ihre Hand los. »Aber ich verstehe nicht, was du von mir willst. Ich weiß, dass du sauer bist, weil Jess gesagt hat, dass du kein Teil der Familie bist, aber was hätte ich sagen sollen? Momentan wissen wir nicht, was die Zukunft bringt. Wenn es weiter so gut läuft, können wir vielleicht in einem Jahr noch einmal darüber sprechen.«

»Wow, Romantik vom Feinsten«, sagte sie. »Also willst du eigentlich gar nicht, dass ich Teil deiner Familie bin, Ben? Geht es darum? Und wenn nicht, warum zum Teufel verschwende ich dann meine Zeit mit dir?«

»Holly, sei nicht so.«

»Wie soll ich nicht sein? Ist es so seltsam, dass ich Antworten will? Dass ich mir eine ernsthafte, langfristige Beziehung wünsche?«

Ihre Wut war wieder da. Sie verstieß auch gerade gegen

Agnes' erste Regel, die besagte, keine negative Stimmung in den Laden zu bringen, aber Ben ließ ihr keine Wahl.

»Ich nehme unsere Beziehung sehr ernst, und ich bin jetzt hier, oder?«

»Und was ist mit der Zukunft? Siehst du mich als ein Teil davon?«

Es dauerte weniger als eine Sekunde, bis er den Mund öffnete, aber als er es tat, kam kein Wort heraus. Jetzt wollte sie nur noch weg von ihm und seinen lächerlichen Entschuldigungen, aber sie war hinter dem Tresen eingesperrt, und ihr einziger Ausweg führte direkt an ihm vorbei. Zum Glück war sie bereit, ihn zur Seite zu schieben, und er sprang gerade noch rechtzeitig aus dem Weg.

»Toll«, sagte sie, marschierte zur Tür und öffnete sie. »Nun, zumindest weiß ich jetzt, was du unter einer ernsthaften Beziehung verstehst. Du musst zur Arbeit, und ich habe einen Laden zu führen. Ich denke, es ist besser, wenn du jetzt gehst.«

»Holly, bitte, können wir nicht einfach darüber reden?«

»Worüber sollen wir reden? Dein Gesicht hat mir alles gesagt, was ich wissen muss. Und du brauchst nach der Arbeit nicht vorbeizukommen, um mich nach Hause zu begleiten. Ich muss meine Eltern besuchen. Du weißt schon: Familienangelegenheiten.«

Für einen Moment rührte sich Ben nicht von der Stelle. Er runzelte die Stirn und musterte sie mit einem intensiven Blick, der sich bis tief in ihre Seele zu bohren schien. Einen Moment später schüttelte er den Kopf.

»Dann sehen wir uns wohl, wenn wir uns sehen«, sagte er und ging.

KAPITEL ZEHN

»Ich weiß nicht, was ich tun soll, Mom. Sehe ich es zu eng? Im Grunde hat er recht. Ich gehöre noch nicht zur Familie.«

»Du musst nicht mit jemandem verheiratet sein, um zur Familie zu gehören, Schatz. Es geht darum, wie sie dich behandeln. Und was sie über dich denken.«

Es war ein langer Tag gewesen, an dem sie versucht hatte, Agnes' Regel einzuhalten, während sie Kunden bedient hatte, die sich darüber beschwerten, wie viel kleiner Jelly Babies und wie viel härter amerikanische Hartgummis in ihrer Jugend gewesen waren. Vielleicht wäre es erträglich gewesen, wenn sie nicht allein gewesen wäre. Sie hätte sich von Berichten über Dreys Universitätsbewerbungen oder das Chaos, das Carolines Kinder zu Hause verursacht hatten, ablenken lassen können. Aber es war Donnerstag. Sie war ganz alleine, und ihre Wut blieb bestehen.

Um 4:45 Uhr, fünfzehn Minuten früher als sonst, schloss sie den Laden, ging nach Hause, stieg in ihr Auto und fuhr nach Northleach. Dank des Dramas in ihrem Leben hatte sie vergessen, dass sie mit ihrer Mutter vereinbart hatte, ihrem Vater eine Teilzeitstelle im Laden anzubieten. Erst als sie ihn mit einem großen Korb am anderen Ende des Gartens knien sah, erinnerte sie sich daran.

Scheinbar hatte er endlich beschlossen, etwas zu finden, mit dem er seine freie Zeit ausfüllen konnte. Heute hatte er im Wald Pilze gesammelt, aber seine Frau schien nicht viel davon zu halten.

»Ehrlich«, sagte sie. »Ich gebe ihm eine Woche, bis er uns etwas Giftiges serviert. Es wäre viel sinnvoller, wenn er den Schuppen aufräumen würde, aber ich glaube nicht, dass das in absehbarer Zeit passieren wird.«

Holly reagierte mit einem traurigen Lachen, obwohl sie erleichtert war, dass ihr Vater etwas angepackt hatte. Sie hatte noch nicht einmal darüber nachgedacht, wie sie ihm eine Stelle anbieten könnte, ohne dass es so wirkte, als würde sie es aus Mitleid tun. Als sie jedoch die Gelegenheit hatte, alleine mit ihrer Mutter zu sprechen, konnte sie sich nicht mehr beherrschen und ließ ihre Frustrationen bei einer Tasse Tee und schottischem Shortbread heraus.

»Ich weiß, es ist lächerlich, sich darüber aufzuregen. Wir sind noch nicht so lange zusammen.«

»Zeit bedeutet nichts, das weißt du doch, Schatz. Wie lange warst du mit Dan zusammen, bevor du herausgefunden hast, dass er nicht der Richtige für dich ist? Außerdem, denk an deine Tante June.«

»Tante June?«

Holly war sich nicht sicher, wie die Schwester ihrer Mutter in diese Diskussion passte.

»Nun, sie hat deinen Onkel John an einem Mittwochabend kennengelernt, als er in den Pub kam, um Dart zu spielen. Zwei Monate später waren sie verheiratet, und sie hatte deinen Cousin Henry in ihrem Bauch. Die beiden haben letztes Jahr ihre Rubinhochzeit gefeiert. Nein, ich denke nicht, dass Zeit von Bedeutung ist. Wenn du es weißt, dann weißt du es.«

»Das ist das Problem. Ich dachte, ich wüsste es, aber Ben scheint das anders zu sehen.«

Wendy seufzte und legte ihre Hand auf Hollys.

»Du musst dir etwas Zeit für dich gönnen und nicht ständig über die Männer nachdenken, die dein Leben durcheinander gebracht haben. Wann warst du das letzte Mal im Urlaub?«

»Ich habe jeden Dienstag frei, Mom«, antwortete sie und biss in ein Stück Shortbread. Krümel fielen auf den Tisch.

»Das ist kein Urlaub, oder?«, sagte Wendy, während sie die Krümel in ihre Hand wischte.

»Ich habe weder die Zeit noch das Geld für eine richtige Auszeit.«

»Nun, vielleicht wird sich das ändern, wenn dein Vater bei dir im Laden arbeitet.«

Sie hörten ein Geräusch draußen. Arthur war dabei, seine Stiefel auszuziehen, bevor er hereinkam, und Wendy senkte ihre Stimme zu einem Flüstern.

»Denk dran, es war nicht meine Idee«, sagte sie.

Eine Sekunde später schwang die Tür auf.

»Ist das Holly? Ich wusste nicht, dass du heute vorbeikommen würdest, Liebes.«

Ihr Vater sah aus, als käme er von der Feldarbeit. Seine

Hände waren mit Schlamm bedeckt, und er trug seine alte schwarze Jacke mit den weiten Taschen und dem dicken Reißverschluss aus Metall, an den sie sich noch aus ihrer Kindheit erinnerte. Sie hatte jetzt mehrere grüne und braune Flicken, die ihre Mutter im Laufe der Jahre aufgenäht hatte. Der Anblick der Jacke brachte sie zum Lächeln.

»Ich wasche mich nur schnell, damit ich dich drücken kann«, sagte er, zog die Jacke aus und hängte sie an der Küchentür auf. Eine Minute später kam das Geräusch von laufendem Wasser aus dem Wirtschaftsraum.

»Nicht meine Idee«, flüsterte ihre Mutter erneut. Ihre Augen waren nervös aufgerissen.

Holly nickte. Als ob sie noch mehr Stress bräuchte.

»Du willst jetzt sicher eine Tasse Tee und etwas Shortbread«, sagte Wendy, als Arthur zurückkam.

»Nur, wenn du mir welchen anbietest.«

»Na los, setz dich. Ich wollte sowieso gerade mehr Wasser kochen. Oh, und mir ist gerade eingefallen, dass die Milch alle ist. Wisst ihr was? Ich gehe schnell rüber in den Laden. Du möchtest doch sicher noch eine Tasse, bevor du gehst, oder, Holly Schätzchen?«

»Das wäre schön«, antwortete sie, weil sie erkannte, dass das die einzige Antwort war, die sie geben konnte.

»Ich bin gleich zurück«, sagte Wendy und nahm ihre Jacke vom Haken. »Ich werde auch noch mehr Tee kaufen, wenn ich schon unterwegs bin.«

Eine Sekunde später war sie weg. Offensichtlich war es von Anfang an ihr Plan gewesen, Holly und Arthur alleine zu lassen, damit es nicht so aussah, als wäre sie auf die Idee gekommen. Aber obwohl Holly wusste, was sie tun musste, wäre es zu auffällig, gleich die Arbeit anzusprechen. Sie mussten sich zuerst über etwas anderes unterhalten.

»Ich nehme an, deine Mutter hat dir erzählt, warum ich zu Hause bin und nicht bei der Arbeit«, sagte er.

Es hatte keinen Sinn, die Unwissende zu spielen, und zumindest hatte er das Thema selbst angesprochen.

»Ja, sie hat mir erzählt, was passiert ist. Es tut mir so leid.«

»Ich würde lügen, wenn ich sagen würde, dass ich es nicht kommen gesehen habe.« Er seufzte. »Ehrlich gesagt bin ich erstaunt, dass sie uns nicht schon früher entlassen haben. Mitch, mein Chef, also mein ehemaliger Chef, ist ein netter Kerl, und ich weiß, dass er sich für uns eingesetzt hat. Aber wenn der Direktor eine Entscheidung trifft, kann er nichts dagegen tun.« Er seufzte erneut. »Ich dachte, ich hätte die Zeiten der ewigen Jobsuche hinter mir, aber ich bin sicher, dass sich bald etwas ergeben wird.«

War dies der Moment? Sie wollte nicht, dass es abgesprochen wirkte, denn ihre Mutter hatte recht: Wenn er auch nur den Verdacht hätte, dass Holly ihm nur aus Mitleid Arbeit anbot, würde er sofort ablehnen. Aber es kam ihr albern vor, nichts zu sagen, wenn er ihr gerade den perfekten Vorwand gegeben hatte.

»Habt ihr auch an der Lagerkasse gearbeitet?«, fragte sie und versuchte, es beiläufig klingen zu lassen.

»An der Kasse? Mit Geld?«

»Ja.«

»Nein. So etwas macht man im Großhandel nicht. Dort wird alles über Rechnungen geregelt. Das Geld bewegt sich durch die Handyleitungen, oder so etwas in der Art. Nein, ich habe schon lange keine Kasse mehr benutzt, nicht seitdem ich ein Junge war und in einem Zeitungsladen gearbeitet habe.«

Holly stöhnte innerlich. Das hätte besser laufen können. Wenn er noch bis vor Kurzem eine Kasse bedient hätte, hätte es natürlicher gewirkt, ihm einen Job als Verkäufer anzubieten. Sie würde sich etwas anderes einfallen lassen müssen.

»Ich kann mir nicht vorstellen, dass sich das stark verändert hat. Erinnerst du dich an die Kasse in Mauds und Agnes' Laden, als ich als Teenager dort gearbeitet habe? Die elektronischen sind wirklich viel einfacher.«

»Wirklich? Das wusste ich nicht.«

Wie um alles in der Welt sollte sie das Jobangebot ansprechen? Sie würde stundenlang um den heißen Brei herumreden, wenn sie so weitermachte. Was hielt sie eigentlich davon ab, es einfach auf den Punkt zu bringen?

»Warum hilfst du nicht ein wenig bei mir im Laden aus?«, platzte sie heraus und versuchte, es so spontan wie möglich klingen zu lassen. »Ich habe ein paar Stunden zu vergeben.«

Arthur hielt inne und rieb sich die Stirn.

»Hat dich deine Mutter dazu angestiftet?«, fragte er. »Ist das so eine Art von Wohltätigkeitsangebot?«

»Nein!«, protestierte sie und schüttelte vielleicht ein kleines bisschen zu schnell den Kopf.

Die Stirn ihres Vaters legte sich in Falten.

»Du bist freiwillig hierhergekommen, um mir aus eigener Initiative einen Job anzubieten?«, fragte er skeptisch. »Wir haben dich seit fast einem Monat nicht mehr gesehen, weil du jetzt mit diesem Kerl zusammen bist, und du kommst ganz zufällig diese Woche vorbei. Komischer Zufall, oder?«

Nun war es an Holly, sich die Schläfen zu reiben. Ihr Dad war nicht jemand, den man leicht täuschen konnte, und sie war nicht besonders gut darin, überzeugend zu lügen.

»Ben ist der Grund, warum ich hier bin«, sagte sie bedrückt. »Ich weiß, ich war eine schlechte Tochter. Ich habe nicht gemerkt, wie selten ich mich bei euch gemeldet habe. Es tut mir leid. Ben und ich hatten einen Streit, also bin ich hergekommen, um mit Mom darüber zu reden. Sie hat mir von deinem Job erzählt, und ich dachte … nun, ich brauche etwas zusätzliche Hilfe … und du … nun, es macht Sinn, verstehst du? Aber vergiss einfach, dass ich etwas gesagt habe. Ich kann immer noch ein Schild ins Schaufenster stellen.«

Die Augen ihres Vaters verengten sich, aber sie schien sein Interesse geweckt zu haben.

»Du meinst es ernst?«

»Ja, Drey musste ihr Pensum reduzieren, um sich auf ihr Studium konzentrieren zu können. Sie arbeitet jetzt nur noch einen Tag am Wochenende. Und Caroline ist wunderbar, aber sie kann nur einen ganzen Tag pro Woche arbeiten und muss die restliche Zeit um die Kinder herum planen. Es wäre schön, ein wenig Hilfe zu haben, besonders wenn es darum geht, morgens den Laden aufzuräumen, die Waren aufzufüllen und so weiter. Ich wollte Drey fragen, ob einer ihrer Freunde Arbeit sucht – zum Mindestlohn –, aber ich habe sie noch nicht darauf angesprochen. Ich weiß, dass es wahrscheinlich nicht das ist, was du suchst, und es ist auch nicht gerade viel Geld …«

Arthur pustete seine Wangen auf.

»Du kennst mich, Holly. Ich bin für nichts zu stolz. Und ich brauche nicht viel.«

»Also bist du interessiert? Ich werde deine Chefin sein, und ich werde keine Ausnahmen machen, weil wir verwandt sind. Ich kann ziemlich streng sein, und ich habe keine Angst davor, Leute zu entlassen. Nun, bisher ist das noch nie passiert, aber ich würde es tun.«

Nach einer kurzen Pause stieß Arthur ein kurzes, raues Lachen aus, das abrupt aufhörte, als sich seine Augen wieder auf Holly richteten.

»Und du schwörst, dass dich deine Mutter nicht dazu gedrängt hat?«

»Warum sollte sie?«, antwortete sie, ein bisschen verlegen, weil es im Grunde eine Lüge war. »Sie wusste nicht, dass ich Hilfe brauche.«

Sein prüfender Blick verharrte noch einen Moment auf ihr, dann umspielte ein Lächeln seine Lippen.

»Wann soll ich anfangen?«, fragte er.

Ihre Mutter musste über einen sechsten Sinn verfügen, denn es war genau in diesem Augenblick, dass die Haustür aufging und sie eintrat. Sie hielt eine Plastikflasche Milch in der Hand.

»Gut, dann werde ich mal Wasser aufsetzen. Erzählt mir, worüber ihr euch unterhalten habt.«

Arthurs Blick wanderte zu Holly, die lächelnd nickte.

»Nun, Holly hat mir gerade erzählt, dass sie jemanden braucht, der für ein paar Stunden im Laden aushilft. Und da ich verfügbar bin, dachten wir, dass ich es versuchen könnte.«

»Wirklich?«

Wendys Augen weiteten sich in gespielter Überraschung. Das Ganze begann, sich wie ein schlechtes Theaterstück anzufühlen. Sicherlich würde ihr Vater merken, dass sie ihm etwas vorspielte, aber in seinem Blick lag vorsichtiger Stolz. Er schien es ihr tatsächlich abzukaufen.

»Das ist wunderbar. Was für ein Glück! Wann wirst du anfangen?«

»So bald wie möglich wäre gut«, sagte Arthur und blickte Holly an. »Was denkst du?«

Heute war Donnerstag. Sie wollte nicht zu lange warten, bis er seine erste Wochenendschicht antreten konnte, aber anfangs würde es viel zu tun geben. Für eine Weile würde Drey noch da sein, was bedeutete, dass sie ihn noch nicht brauchte, aber er musste auch erst alle Arbeitsabläufe kennenlernen.

»Ich denke, morgen früh«, sagte sie und fragte sich plötzlich, worauf sie sich da einließ. »Aber wenn das zu früh ist, können wir bis nächste Woche warten. Ich muss erst noch die genauen Stunden festlegen, und vielleicht willst du das Wochenende nutzen, um dich mit dem Gedanken anzufreunden, für deine Tochter zu arbeiten.«

»Nein, das ist nicht nötig«, sagte er und richtete sich auf. »Vertraue mir. Ich werde dich nicht enttäuschen, mein Liebling.«

Ein Gefühl von Unsicherheit machte sich in Holly breit, als sie über die praktischen Aspekte ihrer Zusammenarbeit nachdachte. Aber die Freude auf dem Gesicht ihres Vaters half, ihre Sorgen zu zerstreuen.

»Dann morgen«, sagte sie.

KAPITEL ELF

Holly verließ das Haus, nachdem sie es endlich geschafft hatte, sich aus den Umarmungen ihrer Eltern zu lösen.

»Danke«, flüsterte Wendy ihr ins Ohr, als sie zu ihrem Auto gingen. »Du hast keine Ahnung, was das für uns bedeutet.«

Sie war nie jemand gewesen, der seine Dankbarkeit auf diese Weise ausdrückte, und es fühlte sich merkwürdig an. Nachdem sie sich angeschnallt hatte und losgefahren war, stand sie vor dem Dilemma, was sie als Nächstes tun sollte.

Es wirkte absurd, wenn man bedachte, wie wütend sie gewesen war, aber sie vermisste Ben und hatte keine Lust, noch eine Nacht allein zu verbringen. Trotzdem war sie immer noch sauer, vor allem, weil er keinen Versuch mehr unternommen hatte, sie zu kontaktieren. Okay, Dan war ein Idiot gewesen, aber zumindest hatte er genug gesunden Menschenverstand gehabt, um sich zu entschuldigen, wenn sie sich gestritten hatten. Er war nie so weit gegangen, ihr

Blumen oder Pralinen zu kaufen – dafür war er viel zu geizig –, aber normalerweise hatte er ihr eine Nachricht hinterlassen oder sie bei der Arbeit abgeholt. Seit Ben am Morgen im Laden aufgetaucht war, hatte Holly nichts mehr von ihm gehört. Keine Anrufe. Keine SMS-Nachrichten, um zu hören, ob alles in Ordnung war, obwohl sie ihm gesagt hatte, dass sie den Laden früher schließen würde.

Die ganze Fahrt zurück überlegte sie, ob sie an seine Tür klopfen und eine Entschuldigung verlangen sollte. Aber warum zur Hölle sollte er das jetzt tun, wenn er es am Morgen nicht getan hatte? Sie könnte auch zu ihm nach Hause gehen, es nicht mehr erwähnen und hoffen, dass sie einen gemütlichen Abend zusammen verbringen könnten. Hatte sie erwartet, dass es nie eine Meinungsverschiedenheit geben würde? Trotzdem schien es nicht besonders gesund zu sein, Probleme einfach unter den Teppich zu kehren.

Als sie auf den *Fosse Way* in Richtung Bourton abgebogen war, entschied sie sich, ihm eine SMS zu schreiben, um ihn zu sich nach Hause einzuladen. Sie könnten Take-away bestellen. Vielleicht war das Problem, dass sie so viel Zeit bei ihm zu Hause verbracht hatte. Vielleicht hatte er das Gefühl, dass sie sich ihm aufdrängte und alles zu schnell ging, weil sie praktisch bei ihm eingezogen war. Ein Take-away bei ihr fühlte sich wie ein guter Kompromiss an.

Das änderte sich schlagartig, als sie in ihre Einfahrt einbog.

Erst dachte sie, dass die braune Schachtel, die direkt vor ihrer Haustür stand, eine Online-Bestellung war, die Jamie gemacht hatte. Es sah eindeutig danach aus. *Super,* dachte sie lächelnd. Das gab ihr einen Grund, nachzufragen, wie die

Städtereise mit dem mysteriösen Fin verlaufen war. Sie wollte auch über das katastrophale Abendessen mit Jess sprechen, obwohl sie sich noch nicht ganz bereit dazu fühlte.

Als sie jedoch aus dem Auto stieg, um es sich genauer anzusehen, stellte sie fest, dass die Schachtel keinen Adressaufkleber aufwies, nur eine Nachricht in Bens Handschrift.

Ich glaube, diese magst du am liebsten.

Sie starrte auf das Paket, das ihr bis zu den Knien reichte, und fragte sich, was zur Hölle darin sein könnte.

Ein kurzer Blick zum Nachbarhaus zeigte ihr, dass im Erdgeschoss Licht brannte. Ben würde nie das Licht brennen lassen, was bedeutete, dass er wahrscheinlich in der Küche war und sich etwas zu essen machte. Vielleicht sollte sie an seine Tür klopfen und ihn fragen, was das war. Oder sie könnte es einfach ins Haus nehmen und es aus reiner Sturheit nicht sofort öffnen. Diese Gedanken hielten jedoch nur wenige Sekunden an, dann wurde sie von ihrer Neugier überwältigt und benutzte ihren Haustürschlüssel, um das Klebeband durchzuschneiden. Sie öffnete die Schachtel, um hineinzusehen. Aufgrund der Größe erwartete sie einen bunten Blumenstrauß, aber stattdessen stellte sie fest, dass sie voller Papiertüten war. Sie griff hinein und zog die erste heraus.

»Du hast mir Mehl gekauft?«, fragte Holly, als Ben seine Haustür öffnete. »Mehl? Du weißt schon, dass man sich normalerweise mit Blumen entschuldigt – mit der Art, die man in eine Vase stellt und hübsch aussieht?«

»Natürlich, aber ich dachte, dass dieses Geschenk besser zu dir passt. Hast du den Zettel nicht gelesen?«

Sie las ihn noch einmal und lachte, als sie eine Tüte nach der anderen herausnahm.

Dinkelmehl, Vollkornmehl, Mandelmehl … Die Liste ging weiter. Mit jedem Paket wurde ihr Lachen lauter, und ihr Ärger verflog.

AUS ANGST vor Regen öffnete sie ihre Tür und schob die Schachtel nach drinnen, nachdem sie erkannt hatte, dass das Heben eine Rückenverletzung hervorrufen könnte.

»Ehrlich gesagt«, sagte er, als die Schachtel sicher im Flur stand, »dachte ich, dass ich ebenfalls von diesem Mehl profitieren könnte. Vorausgesetzt, du magst mich noch genug, um mir von deinem Gebäck anzubieten?«

Sie musste sich beherrschen, um nicht sofort zu antworten.

»Nun, ich denke, ich mag dich immer noch ein kleines bisschen«, sagte sie mit bewusster Zurückhaltung.

»Nur ein kleines bisschen?« Er lächelte schelmisch. »Was kann ich tun, um das zu ändern?«

DER POSITIVE ASPEKT ihres ersten Streits, war die Tatsache, dass er zu ihrem ersten Versöhnungssex führte. Es wäre ihr zwar lieber gewesen, wenn sie sich überhaupt nicht gestritten hätten, aber als sie sicher und geborgen in seinen

Armen lag, hatte sie fast vergessen, worüber sie sich gestritten hatten. Fast, aber nicht ganz. Trotzdem spielte es eigentlich keine Rolle. Das, was wirklich zählte, war, dass sie zusammen waren.

»Morgen beginnt mein Dad bei mir im Laden«, sagte sie.

»Wirklich? Wird das funktionieren?«, fragte Ben.

»Ich denke schon. Es wird schön, etwas mehr Zeit mit ihm zu verbringen. Ich weiß, dass ich meine Eltern öfter besuche, seit ich nicht mehr in London wohne, aber sie möchten mich gerne regelmäßig sehen.«

»Es muss schwierig sein, ganz alleine zu sein. Ich kann mir nicht vorstellen, keine Geschwister zu haben. Jess war immer für mich da, weißt du.«

Allein die Erwähnung seiner Schwester machte sie wütend. Holly rutschte hin und her und zwang sich zu einem Lächeln, als sie sich zu ihm umdrehte.

»Ich habe nachgedacht«, sagte sie. »Vielleicht könnten wir bald einmal für ein Wochenende wegfahren. Wir könnten ein Last-Minute-Angebot buchen, so wie Jamie. Ich bin sicher, es gibt jede Menge davon.«

»Du willst gemeinsam verreisen? Wird das nicht ein bisschen zu ernst?«

Er grinste bei dieser absichtlichen Provokation. Sie demonstrierte eine beeindruckende Reife und reagierte nicht darauf.

»Ich wollte schon immer mal nach Wien«, schlug sie vor, »oder Paris?«

Er runzelte die Stirn.

»Nein? Warum nicht Paris?«

Sein Gesichtsausdruck veränderte sich, und seine Schultern spannten sich an. Es war nicht die Reaktion, die sie während einem Gespräch über ihren ersten gemeinsamen Urlaub erwartet hatte.

»Paris weckt ein paar …«, er machte eine Pause, offenbar auf der Suche nach den richtigen Worten, »negative Erinnerungen.«

Sie hob die Augenbrauen.

»Erinnerungen?«

Die Atmosphäre im Raum hatte sich plötzlich verändert.

»Ich habe Ella in Paris einen Heiratsantrag gemacht.«

»Oh.«

»Ja, wie gesagt, Erinnerungen.«

Sie konnte den Schmerz in seinen Augen sehen. Sie hatten beide schmerzhafte Beziehungen hinter sich, und sie hätte gelogen, hätte sie behauptet, dass nicht auch Dan hin und wieder in ihren Gedanken auftauchte. Aber der Schmerz, den sie in Bens Augen sah, wirkte so roh und intensiv, als wäre es erst gestern gewesen.

»Nun«, sagte sie, setzte sich auf ihn und legte ihre Hände auf seine nackte Brust. »Wir könnten neue Erinnerungen schaffen. Oder wir könnten irgendwo anders hinfahren.«

Aber sein Gesichtsausdruck veränderte sich nicht. Er wirkte abwesend.

»Ben?«

»Stört es dich, wenn ich erst einmal darüber nachdenke?«, fragte er schließlich.

»Darüber, für ein Wochenende wegzufahren?«

»Ja. Ist das in Ordnung?«

Sie sah ihn an. Er wirkte auffällig distanziert. Was passierte hier? Erst kaufte er ihr ein liebevoll durchdachtes Geschenk, und kurz darauf behauptete er, über einen verdammten Kurzurlaub nachdenken zu müssen. Es war schließlich nicht so, als hätte sie ihm einen Heiratsantrag gemacht.

»Was machen wir, Ben?«, fragte sie.

»Was meinst du?«, sagte er, als würde er aus einer Trance erwachen und erst jetzt bemerken, dass sie im Raum war.

»Bin ich nur jemand, mit dem du Zeit verbringst, bis du bereit bist, dich auf eine echte Beziehung einzulassen? Oder wird das nie passieren? Vielleicht willst du nur beim Kochen sparen.«

»Das ist nicht fair, Holly.«

»Nein. Es ist nicht fair, dass ich nicht weiß, wo ich stehe.«

»Du weißt, wo du stehst. Du bedeutest mir die Welt.«

»Du bedeutest mir die Welt. Was bedeutet das? Liebst du mich?«

»Ich … ich denke schon«, stotterte er.

»Du denkst?«

»Das würde ich sagen, ja. Du bist eine liebenswerte Person. Ich meine, deine Großzügigkeit und deinen freien Geist habe ich schon immer geliebt.«

Obwohl er ihr eigentlich ein Kompliment machen wollte, klangen seine Worte unglaublich verwirrt. Als hätte er Probleme, sich an die Fakten für eine Prüfung zu erinnern.

»Gut, ich habe also liebenswerte Eigenschaften«, sagte sie und versuchte, ihre Stimme ruhig zu halten, »aber liebst du mich? Kannst du das beantworten?«

Er runzelte die Stirn. Sein Unbehagen war offensichtlich. Sie bewegte keinen Muskel, sah ihn nur an und wartete.

»Warum tust du das?«, fragte er. »Warum können wir

nicht einfach so sein, wie wir sind? Die Dinge so nehmen, wie sie kommen?«

Sie packte die Bettdecke unter sich, um die Wut zu unterdrücken, die in ihr aufstieg.

»Ich muss wissen, ob das hier irgendwo hinführt, Ben. Ich werde bald dreißig. Ich will eine Familie. Ich will ein Haus. Und ich will nicht in sechs Monaten oder in einem Jahr oder in zwei Jahren herausfinden, dass du mich nur benutzt hast, um dich von Ella abzulenken, der Frau, mit der du immer noch zusammen sein willst.«

»Das ist nicht fair«, sagte er erneut.

»Nein? Du kannst nicht einmal den Gedanken ertragen, in die Stadt zu fahren, die du mit ihr bereist hast.«

»Dort sind Dinge passiert.«

»Ich verstehe. Du hast ihr einen Antrag gemacht. Das hast du bereits gesagt.«

»Nein. Es war nicht nur das …«, begann er, nur um den Kopf zu schütteln und dann zu verstummen. »Du kannst nicht erwarten, dass ich einfach so meine Vergangenheit vergesse.«

»Das erwarte ich auch nicht, aber ich möchte an die Zukunft denken.«

Sie hatte mit vielen gerechnet, aber nicht damit, dass er zu lachen anfangen würde. Und es war kein angenehmes Lachen. Es klang nasal und spöttisch.

»Und das sagst du, die immer behauptet, im Hier und Jetzt leben zu wollen. Ich tue genau das, was du gesagt hast. Du warst diejenige, die mir geraten hat, spontan zu sein und mich nicht auf eine Zukunft zu versteifen.«

»Entschuldige meine Annahme, dass ich es wert sein könnte.«

Tränen stiegen ihr in die Augen, als sie aus dem Bett sprang und ihre Jeans vom Boden aufhob.

»Gehst du?«, fragte er, während er hastig versuchte, das Laken festzuhalten.

»So überraschend es für dich sein mag, neben jemandem zu schlafen, der nicht einmal den Gedanken ertragen kann, einen Kurzurlaub mit mir zu verbringen, ist nicht so, wie ich meine Nacht verbringen möchte.«

Er stand ebenfalls auf und mühte sich mit seinen Boxershorts ab.

»Also verschwindest du einfach? Schon wieder? Das wird langsam zu einer Gewohnheit bei dir.«

»Nein, das wird es nicht, denn das ist das letzte Mal«, spuckte sie aus. »Es ist vorbei.«

KAPITEL ZWÖLF

Holly war zu wütend, um zu weinen. Sie war zu wütend, um irgendetwas anderes zu tun, als zu backen. Das war das, was sie tat, wenn sie eine Krise hatte, aber das einzige Mehl, das sie im Haus hatte, waren die Pakete in der großen Schachtel, die Ben ihr geschenkt hatte, und das würde sie auf keinen Fall verwenden. Sie hatte darüber nachgedacht, es nach draußen in den Regen zu stellen, hatte dann aber eingesehen, dass das kindisch wäre. Auch wenn sie sich nicht dazu durchringen konnte, damit zu backen, sie könnte es wenigstens zur Lebensmittelbank im Supermarkt bringen. Ja. Das wäre wohl das Beste.

Sie nahm ihren Mantel und ihre Tasche und schob die Schachtel in die Einfahrt, wo sie es irgendwie schaffte, sie in den Kofferraum ihres Autos zu hieven.

Obwohl es dunkel war, war sie überrascht zu sehen, dass es bereits neun Uhr war, als sie im Supermarkt in Stow-on-the-Wold ankam. Es war der größte in der Gegend, und so würde es sicher eine Möglichkeit geben, Bens unerwünschtes

Geschenk loszuwerden und normales, billiges Mehl für ihre therapeutische Backsession zu kaufen. Zimtschnecken. Brownies. Sie würde die zuckerhaltigsten, fettigsten Köstlichkeiten backen und jeden Bissen davon genießen.

Allerdings stieß sie bereits auf das erste Problem, als sie das Auto geparkt hatte und versuchte, die Schachtel aus dem Kofferraum zu heben. Es hatte sie viel Kraft gekostet, sie vom Flur in den Kofferraum zu bekommen, aber das waren nur wenige Meter gewesen, die sie mit Gewalt und sturer Entschlossenheit überwunden hatte. Jetzt war sie noch mindestens zwanzig Meter vom Eingang entfernt und schaffte es nicht einmal, die Schachtel so zu greifen, dass sie sie aus dem Kofferraum heben konnte.

»Scheiße!«, schrie sie und trat gegen den Reifen ihres Autos, was nichts bewirkte, außer dass ein Schmerz bis zu ihrem Knie hochschoss. »Oh, verdammt noch mal!«

Der Schmerz, zusammen mit ihrer Frustration und ihrer anhaltenden Wut, trieb ihr Tränen in die Augen. Alles wegen Ben! Aber sie würde nicht seinetwegen weinen. Nein, das würde sie nicht, schließlich war es ihre eigene Schuld. Sie hatte sich kopfüber in diese Beziehung gestürzt, obwohl er so leicht aufgegeben hatte, als Dan bei ihr aufgetaucht war. Das hätte ein Warnsignal sein sollen. Sie war froh, dass sie es bemerkt hatte, bevor es ihr das Herz gebrochen hätte, ihn zu verlieren. Aber das half ihr nicht dabei, diese verdammte Schachtel mit Mehl aus dem Auto zu bekommen.

»Los geht's«, sagte sie und versuchte erneut, die Schachtel über den Rand des Kofferraums zu heben. Vielleicht könnte sie sie einfach kippen? Das könnte funktionieren.

»Verzeihung, kann ich Ihnen vielleicht mit dem …«, der Sprecher stockte. »Wenn das nicht Holly Berry ist.«

Sie erstarrte und war sich sicher, dass sie sich täuschen musste. Diese Stimme. Dieser perfekte, britische Akzent. Ihren Namen aus seinem Mund zu hören, ließ neue Wut in ihr aufwallen. Von allen Menschen, die sie niemals wiedersehen wollte, stand er ganz oben auf der Liste.

»Giles Caverty«, sagte sie so giftig wie möglich.

»Du siehst aus, als könntest du Hilfe gebrauchen.«

Seine grauen Augen funkelten im Licht des Parkplatzes, und seine Lippen verzogen sich zu einem Lächeln, das sie einst unwiderstehlich gefunden hatte. Jetzt wollte sie ihm nur noch ins Gesicht schlagen.

»Ich brauche nichts von dir«, spuckte sie aus. »Das letzte Mal, als ich dir vertraut habe, hast du versucht, mein Geschäft zu ruinieren.«

Und er war seinem Ziel erschreckend nahe gekommen. Wenn sie nicht Überwachungskameras installiert hätte, hätte Holly nie bemerkt, dass er eine tote Maus zwischen den Süßigkeiten versteckt hatte, und sie hätte *Just One More* für immer verloren. Sein Plan hatte damit begonnen, sie zu umwerben, bis sie tatsächlich geglaubt hatte, er würde sich für sie interessieren.

Giles trat von einem Bein auf das andere und senkte den Blick.

»Holly, ich weiß, dass du mir wahrscheinlich nicht glauben wirst, und ich verstehe, dass du mich verachtest – das habe ich auch verdient –, aber es tut mir wirklich leid. Ich habe es immer genossen, Zeit mit dir zu verbringen. Es war … na ja, sagen wir einfach, dass es eine schwierige Zeit für mich war. Ich bin nicht stolz auf den Mann, der ich damals war.«

»Leider glaube ich dir kein Wort.«

»Ich wäre besorgt, wenn du es tätest«, sagte er mit einem flüchtigen Lächeln. »Kann ich dir wenigstens damit helfen?«, fragte er und zeigte auf die Schachtel.

Einen Moment lang überlegte sie, aus reiner Sturheit abzulehnen, aber sie würde sich wahrscheinlich verletzen, wenn sie weiter versuchte, die Schachtel selbst zu bewegen.

»Sie muss zur Lebensmittelbank«, sagte sie und trat zurück.

Mit einer geschmeidigen Bewegung griff er in den Kofferraum und zog die Schachtel heraus.

»Kommst du mit?«, fragte er und nickte in Richtung der Supermarkttüren.

Sie überlegte, wohin das führen könnte. Sie und Giles waren immer gut miteinander ausgekommen. Ja, ein Teil davon hatte mit seinem Interesse an ihrem Laden zu tun gehabt, aber an manchen Abenden hatten sie sich auch einfach nur amüsiert, und sie könnte etwas Gesellschaft gebrauchen. Doch dann verwarf sie diesen Gedanken.

»Nein, ich fahre nach Hause«, sagte sie entschlossen.

Dann, noch ehe er etwas sagen konnte, schloss sie den Kofferraum, stieg in ihr Auto und fuhr nach Hause.

Die Hauptzutat, die sie zum Backen brauchte, fehlte noch, und sie war durch die zusätzliche Aufregung mit Giles so aufgebracht, dass sie beschloss, sich ein Glas Wein einzuschenken. Leider konnte sie nur eine halb leere Flasche Rotwein finden, die vielleicht schon seit Monaten dort stand. Aber sie musste etwas trinken. Der erste Schluck schmeckte wie Essig, was ihren Verdacht bestätigte, dass sie den Wein vor Monaten zum Kochen geöffnet hatte, aber das war ihr egal. Beim dritten Schluck wurde er erträglicher, und als sie bereit für ein zweites Glas war, hatte das Brennen in ihrem Hals aufgehört.

So war das also, dachte sie, als sie allein am Küchentisch saß. Es war vorbei. Sie hätte erkennen sollen, dass Ben immer noch an Ella hing. Auch sie dachte oft darüber nach, was Dan in bestimmten Situationen getan hätte. Nicht weil sie ihn vermisste, sondern weil er so lange ein wichtiger Teil ihres Lebens gewesen war. Es war unmöglich, nicht gelegentlich über ihn zu sprechen, aber Ben sprach nie über Ella. Nicht einmal beiläufig. Da sie wusste, wie schmerzhaft ihre Trennung gewesen war, hatte Holly nie danach gefragt. Aber selbst bei den Gelegenheiten, als sie etwas völlig Harmloses gefragt hatte, zum Beispiel, ob sie zusammen Brettspiele gespielt hatten, hatte er sie sofort abgeblockt, das Thema gewechselt oder einfach gesagt, es sei lange her und er könne sich nicht erinnern. Damals hatte sie das für verständlich gehalten, aber jetzt sah sie es anders. Vielleicht hatte er sich nach ihrem ersten Date nicht so abweisend verhalten, weil er Angst davor hatte, verletzt zu werden, sondern weil sein Herz immer noch Ella gehörte. Sein Herz hatte nie ihr gehört.

Als Holly am nächsten Morgen erwachte, war es unmöglich zu sagen, ob die pochenden Kopfschmerzen durch den verdächtigen Wein oder den Flüssigkeitsverlust ihrer Tränen verursacht worden waren. Sie vermutete, dass es Letzteres war, obwohl ihr auch ein wenig übel war.

Ihr Hals war trocken und ihre Zunge fühlte sich an, als wäre sie mit Fell bedeckt, was einen schrecklich bitteren Geschmack in ihrem Mund hinterließ.

Silbergraues Licht drang durch eine Lücke in den Vorhängen und warf ein Muster auf den Boden. Wenn sie es zu lange ansah, verschwamm ihre Sicht.

Sie stöhnte. Für einen Moment wünschte sie sich die alten Zeiten zurück, in denen sie eine Angestellte mit Krankengeldanspruch gewesen war und jemandem höher in der Hierarchie Bescheid geben konnte, dass sie heute nicht zur Arbeit kommen würde. Sie hätte sich umdrehen, weiterschlafen und den ganzen Morgen unter der Bettdecke liegen können, um sich selbst zu bemitleiden. Vielleicht könnte sie eine halbe Stunde später aufstehen. Es waren schon schlimmere Dinge passiert.

Gerade, als sie ihren Wecker zusätzliche dreißig Minuten vorgestellt und den Kopf auf das Kissen gelegt hatte, durchbrach das schrille Läuten der Türklingel die Stille des Hauses.

»Das soll wohl ein Witz sein«, murmelte sie, massierte ihre Schläfen und schaute auf ihr Handy. Nach dem Aufblitzen von sieben Uhr fünfzehn nahm sie ihr Kissen und legte es sich über den Kopf. Aber das Klingeln hörte nicht auf.

»Verschwinde!«, rief sie, überzeugt, dass es entweder ein Frühaufsteher-Lieferant war oder Ben, der sich entschuldigen wollte. Nun, falls dem so war, könnte er sich seine Entschuldigung sonst wo hinstecken. Eine Minute später verwandelte sich das Klingeln in ein Klopfen. Hartes, lautes Klopfen.

Mit einem Seufzer, der jedem Teenager Ehre gemacht hätte, sprang sie aus dem Bett und stürmte aus dem Zimmer.

»Verschwinde, Ben!«, rief sie die Treppe hinunter, da sie davon ausging, dass eine Lieferung weniger wahrscheinlich war. Aber das Klopfen ging weiter … und weiter … und weiter.

Sie marschierte die Treppe hinunter. Sie trug ihren Harry Potter-Pyjama, der seit Ewigkeiten nicht mehr gewaschen worden war, und ihr Haar sah aus wie das einer windschiefen Vogelscheuche, aber als sie die Tür aufriss, war ihr das egal.

»Was wollen Sie?«, spuckte sie aus, bevor sie noch einmal hinsah. »Dad? Was machst du hier?«

Arthur war so förmlich gekleidet, wie sie ihn seit Jahren nicht mehr gesehen hatte. Sein blaues Hemd war ordentlich gebügelt und passte perfekt zu einer marineblauen und weißen Krawatte, die er zu einem großen, doppelten Windsor-Knoten gebunden hatte. Zudem war sein Haar zurückgekämmt, und sein Aftershave duftete angenehm. Hätte sie es nicht besser gewusst, hätte sie gedacht, er wäre auf dem Weg zu einer Hochzeit.

»Ich hoffe, es ist in Ordnung, dass ich zuerst hierhergekommen bin«, sagte er. »Ich hatte etwas Angst, dass der spätere Bus nicht rechtzeitig ankommen würde. Ich dachte, ich komme etwas früher, damit wir gemeinsam zum Laden gehen können, aber wenn das ein Problem ist, kann ich erst ins Dorf gehen und die Enten füttern. Es ist ein ziemlich milder Morgen.«

Holly versuchte immer noch zu verstehen, was hier vor sich ging, als die Worte ihres Vaters endlich zu ihr durchdrangen. Er musste zu Fuß von der Bushaltestelle im Zentrum des Dorfes gekommen sein. Für jemanden in seinem Alter hätte das mindestens zehn Minuten gedauert, und der Bus aus Northleach war langsam. Wie früh war er aufgestanden, um zu dieser Zeit hier zu sein?

»Tut mir leid, Dad, natürlich ist das in Ordnung. Komm rein.«

Sie trat zurück, damit er eintreten konnte.

»Du könntest uns einen Tee machen, während ich mich anziehe.«

»Eine Tasse Tee klingt gut«, sagte er und rieb sich die Hände, bevor er innehielt und seine Tochter genauer betrachtete.

»Geht es dir gut, Liebling? Du siehst ein wenig … durcheinander aus.«

Sie wollte gerade sagen, dass alles in Ordnung sei, dass sie gerade erst aufgewacht und nicht gut geschlafen hätte, doch als sie den Mund öffnete, schaffte sie es nicht.

»Nein, ich glaube nicht«, sagte sie.

KAPITEL DREIZEHN

So angenehm der Tee auch war, Holly brauchte etwas sehr viel Deftigeres und Stärkeres, um ihr Unwohlsein loszuwerden. Leider gab es nichts dergleichen im Haus. Als sie im Laden ankamen, bestand Arthurs erste Aufgabe darin, zur Bäckerei zu gehen, während sie im Lager saß und sich den Kopf hielt.

»Sag, dass du bei *Just One More* arbeitest«, riet sie ihm. »Dann bekommst du einen Rabatt.«

»In einem Süßwarenladen arbeiten und in der Bäckerei Rabatt verlangen. Das klingt gut. Was soll ich dir bringen, Liebling? Ein Schokoladencroissant? Die hast du immer gemocht, als du klein warst.«

Sie dachte nach. Die Zimtschnecken, die es dort gab, waren himmlisch, und die Mandelcroissants waren ein hervorragender Energieboost. Allerdings bereitete ihr der Gedanke an jegliche Art von Essen momentan Übelkeit. Selbst der Gedanke an ihr übliches Kater-Essen, ein Schinken-Käse-Croissant, ließ ihren Magen rebellieren.

»Mach dir keine Sorgen um mich, Dad. Ich werde später noch etwas essen. Vielleicht könntest du mir nur einen schwarzen Kaffee holen? Und kannst du beim Rausgehen nachsehen, ob das Schild noch *Geschlossen* anzeigt?«

Während sie die Treppe hinaufging, um ein großes Glas Wasser zu holen, bereute sie es noch mehr, gestern Abend Wein getrunken zu haben.

»Kein Problem.«

»Oh, könntest du mir auch ein Vollkornbrötchen bringen? Nicht belegt, pur. Und dir selbst kaufst du natürlich, was auch immer du möchtest.«

»Das könntest du bereuen«, antwortete er mit einem Augenzwinkern, bevor er durch die Tür verschwand.

Es stellte sich heraus, dass ihr das Vollkornbrötchen zu trocken und der schwarze Kaffee zu bitter war. Es war schade, dachte sie, während sie ihn in die Spüle goss. Die Bäckerei hatte sonst nie einen schlechten Tag. Stattdessen füllte sie ihr Glas erneut mit Wasser und trank es langsam aus.

Um zwanzig vor neun wusste Holly, dass sie sich nicht mehr lange verstecken konnte. Und wenn ihr Dad die Arbeitsabläufe schnell lernte, könnte sie während einer ruhigen Phase ins Lager hochgehen, um ein Nickerchen zu machen. Also zog sie ihre Schürze an und ging hinunter in den Laden.

»Okay«, sagte sie zu Arthur, der geduldig gewartet und die verschiedenen Süßigkeiten in den Regalen betrachtet hatte. »Das Wichtigste ist die Hygiene. Die Süßigkeiten sollen, wenn möglich, direkt in die Tüte geschüttet werden. Bei Bedarf kann man den Löffel verwenden. Wenn die

Süßigkeiten nicht einzeln verpackt sind, musst du Handschuhe tragen. Keine bloßen Hände.«

»Keine bloßen Hände. Verstanden.«

»Die Deckel sind ziemlich fest aufgeschraubt. Das ist Absicht. Wir wollen nicht, dass Kinder sie öffnen und ihre Hände hineinstecken.«

»Sind das Gerstenzuckerbonbons?«, fragte er, nachdem er von ihr weg gewandert war.

»Wie bitte?«

»Das hier, sind das Gerstenzuckerbonbons? Ich kann mich nicht einmal mehr erinnern, wann ich zuletzt davon gegessen habe.«

»Ja, sind es«, antwortete sie, nachdem sie kurz den Faden verloren hatte. »Wenn du möchtest, kannst du dir eines nehmen. Sie sind einzeln verpackt, du kannst sie also mit der Hand nehmen.«

Er schmatzte, schraubte das Glas auf und nahm eines der leuchtend orangefarbenen Bonbons heraus. Dann zog er an den Enden der Verpackung, um sie zu öffnen und sich den Inhalt in den Mund zu stecken.

»Oh, die sind gut. Willst du auch eines, Liebling?«

»Nein. Nein, danke. Also gut, wenn du das Glas zurückgestellt hast, zeige ich dir, wie die Kasse funktioniert.«

Sie wandte sich dem Tresen zu, während er das Glas wieder ins Regal stellte, nur um ihn erneut rufen zu hören.

»Und sind das Hustenbonbons? Es ist Jahre her, dass ich diese Sorte gegessen habe.«

»Wie wäre es, wenn wir all die verschiedenen Süßigkeiten durchgehen, nachdem ich dir gezeigt habe, wie die Kasse funktioniert?«

Sie versuchte, ihre Stimme so fröhlich wie möglich klingen zu lassen, spürte aber, wie sich Anspannung in ihren Schultern ausbreitete. Sie hatte Rechnungen, die sie verschicken und solche, die sie bezahlen musste. Wenn sie jedes Produkt in den Regalen durchgehen und ihren Dad davon kosten lassen würde, würde sie nie dazu kommen.

»Natürlich, natürlich«, sagte er und kam zu ihr herüber. »Es ist nur alles so aufregend. Ich fühle mich buchstäblich wie ein Kind in einem Süßwarenladen.«

Sie versuchte, so zu lächeln, als hätte sie diesen Spruch zum ersten Mal gehört.

Zu Arthurs Verteidigung musste man sagen, dass er ihren Erklärungen in Bezug auf die Kasse ohne Unterbrechungen folgte. Es war sehr einfach: Sie gab die Nummer auf dem Preisschild ein, drückte auf die Kategorie, in die der Artikel gehörte, und dann auf die Eingabetaste. Es gab weder Strichcodes noch komplizierte Computersysteme. Er machte ein paar Probeläufe, um zu lernen, wie man Artikel entfernte und Preise korrigierte, nur um ganz sicherzugehen.

»Gut, jetzt ist es an der Zeit, das Gelernte in die Praxis umzusetzen«, sagte sie. »Mr. Moore wird gleich hereinkommen. Heute ist Freitag, also wird er hundert Gramm Ingwer mit Schokolade und hundert Black Jacks kaufen, dazu etwas Zusätzliches für seine Enkel, vielleicht rosa Garnelen. Aber warte, bis er danach fragt. Er mag es nicht, wenn man Vermutungen anstellt.«

Er nickte und stellte sich an die Kasse.

»Guten Morgen, Sir«, sagte er mit einem charmanten Akzent, den er normalerweise versteckte. »Was darf es heute sein?«

Mr. Moore erstarrte. Er war einer von Hollys Stammkunden, der zuverlässig drei Mal pro Woche auftauchte, vor allem, wenn ein besonderes Ereignis bevorstand. Obwohl er etwas grob war und nur das absolute Minimum sagte, kannte er alle Angestellten des Ladens beim Namen, und hatte sogar eine Weihnachtskarte für sie abgegeben.

»Ein neues Gesicht?«, fragte er. »Sie sind nicht einer der regulären Verkäufer.«

»Ich bin neu«, erwiderte Arthur. »Arthur Berry, freut mich, Sie kennenzulernen.«

Er streckte seine Hand aus, und der ältere Herr ergriff und schüttelte sie.

»Berry, ein Verwandter von Miss Holly hier, nehme ich an«, bemerkte er.

»Ja, tatsächlich. Diese bezaubernde junge Dame ist meine Tochter.«

Arthur sah sie stolz an.

»Da sieh mal einer an. Wie wunderbar, dass Sie Ihrer Tochter helfen.«

Arthurs Lächeln wurde breiter.

»Oh, wir profitieren beide davon, glauben Sie mir. Aber es ist schön, etwas mehr Zeit mit ihr zu verbringen.«

Mr. Moore nickte nachdenklich. Holly hatte ihn noch nie so gesprächig erlebt, und es war eindeutig das längste Gespräch, das er je geführt hatte. Er hatte noch nicht einmal seine Brieftasche herausgezogen.

»Ich beneide Sie. Alle meine Kinder sind bereits ausgeflogen. Der Jüngste … Oh, das muss vor zwanzig Jahren gewesen sein. Wir haben bereits zwei Enkelkinder, können Sie das glauben?«

»Das muss großartig sein«, sagte Arthur und lehnte sich ein wenig über die Theke. »Man hat alle Vorteile, kann sie aber zurückgeben, wenn sie nervig werden.«

Mr. Moore seufzte.

»Ich wünschte, es wäre so einfach. Wenn wir Glück haben, sehen wir sie zweimal im Jahr. Es ist nicht Henrys Schuld – das ist mein Sohn – nein, es ist seine Frau. Bei unserem letzten Treffen hat sie Mrs. Moore wirklich verärgert. Sie sagte, sie würde uns nicht genug vertrauen, um die Kinder länger bei uns zu lassen. Als hätten wir nicht bereits drei eigene großgezogen.«

»Das klingt schrecklich. Ihre arme Frau.«

Holly war sich nicht ganz sicher, was hier vor sich ging. Mr. Moore war nicht nur dabei, zu plaudern, er schien sich auch bei ihrem Vater auszuweinen. Es war nicht ungewöhnlich, dass Kunden ihr ihre Sorgen anvertrauten. Der Süßwarenladen war zwar keine Bar oder ein Friseursalon, aber das nostalgische Lokal schien den Leuten Geborgenheit zu vermitteln. Normalerweise hätte es sie nicht gestört, aber mittlerweile warteten bereits zwei Kunden hinter dem neuen Freund ihres Vaters.

»Entschuldige, Dad, könntest du bitte Mr. Moores Bestellung aufnehmen? Ich bediene inzwischen die nächste Person.«

Er runzelte kurz die Stirn, bevor er sich ihr zuwandte und den Kopf schüttelte.

»Tut mir leid. So ist das heutzutage, nicht wahr? Alles hetzt.«

»Erzählen Sie mir etwas Neues.«

Während sich die Männer weiter unterhielten, blickte sie über Mr. Moores Schulter hinweg die Frau hinter ihm an.

»Kann ich Ihnen helfen?«, fragte sie.

Als sie vier Kunden bedient hatte, war Mr. Moore endlich auf dem Weg nach draußen.

»Was für ein interessanter Mann«, sagte Arthur. »Wusstest du, dass er drei Jahre in Malaysia verbracht und dort als Tauchlehrer gearbeitet hat?«

»Nein, Dad, das wusste ich nicht.«

Sie war sich nicht ganz sicher, wie sie das, was sie als Nächstes sagen musste, formulieren sollte.

»Dad, es ist toll, dass du dich mit dem Kunden unterhalten hast, aber du musst sicherstellen, dass du nicht die anderen Kunden ignorierst.«

Sein Gesicht verfinsterte sich.

»Ich finde nicht, dass ich das getan habe. Es ist doch nichts dabei, wenn die Leute ein bisschen warten müssen.«

»Vielleicht nicht, aber es standen drei Leute hinter ihm, und du hattest noch nicht einmal seine Bestellung aufgenommen.«

Sein Gesicht verfinsterte sich weiter, und sie fühlte sich schuldig. Ob es sich so anfühlte, seine Kinder zurechtweisen zu müssen? Sie versuchte, ihren Kommentar neu zu formulieren.

»Es ist in Ordnung, Dad. Ich bin sicher, Mr. Moore hat es sehr genossen, mit dir zu sprechen. Versuch einfach, ein bisschen schneller zu sein, okay? Es gibt Kunden, die es eilig haben, weil sie auf dem Weg irgendwohin sind oder einen Bus erwischen müssen. Sie gehen wieder, wenn sie zu lange anstehen müssen.«

Er nickte.

»Natürlich, ein bisschen schneller. Verstanden.«

Es wurde schnell klar, dass zügig arbeiten nicht zu ihrem Vater passte. Bis zur Mittagszeit wusste sie, dass Mr. Brown an Gicht litt und von seinem Jüngsten auf eine Diät gesetzt worden war, die er unmöglich einhalten konnte, was der Grund für seine Besuche im Süßwarenladen war. Sie hatte erfahren, dass Kate, die den Geschenkladen die Straße runter besaß, im Juni einen Urlaub auf den Seychellen gebucht hatte und hoffte, dass es sonnig genug sein würde, um braun zu werden, da sie drei Tage nach ihrer Rückkehr Brautjungfer sein sollte. Und das waren nur die Details, an die sie sich erinnern konnte. Noch nie hatte sie ihren Vater so viel reden hören. Leider bedeutete das auch, dass sie allein durch den Laden eilte.

»Okay, Dad«, sagte sie. »Für den Rest des Tages komme ich allein zurecht. Du wolltest nur ein paar Stunden bleiben, nicht wahr? Möchtest du jetzt gehen?«

Sie lächelte. Je eher sie den Laden für sich allein hatte, desto schneller konnte sie all die Gläser sortieren, die er an die falschen Stellen gestellt hatte.

Er sah auf die Uhr.

»Was meinst du? Ich habe gerade den Bus verpasst. Es dauert noch vierzig Minuten bis zum nächsten. Gibt es etwas anderes, womit ich dir helfen kann?«

Sie nahm ein Glas mit Schokoladen-Limetten vom Regal. Es schien das Einzige zu sein, was sie momentan essen konnte, und sie hatte bereits ein halbes Dutzend davon gegessen. Sie steckte sich eine in den Mund und überlegte, was sie ihm zu tun geben könnte, das nicht dazu führte, dass er mit jemandem plauderte.

»In Ordnung, Dad, ich habe noch ein paar Schachteln mit Karamellen im Lager, die mit Preisen versehen werden müssen. Wäre das etwas?«

»Ich denke, das werde ich schaffen. Möchtest du nicht etwas essen, bevor ich gehe? Du hast nicht einmal gefrühstückt.«

Holly verzog das Gesicht. Ihr Magen hatte sich beruhigt, aber etwas Substanzielles zu sich zu nehmen schien zu riskant.

»Nein, ich werde mich mit ein paar von diesen hier begnügen«, sagte sie und hob das Glas ein wenig, damit ihr Vater es sehen konnte.

»Schoko-Limetten?«

Jetzt verzog er das Gesicht.

»Oh, ich kann diesen Geschmack nicht mehr ertragen. Früher hat es mir nichts ausgemacht. Es ist die Schuld deiner Mutter.«

»Moms Schuld? Warum?«

Holly fragte sich, wie in aller Welt es ihre Mutter geschafft hatte, eine Süßigkeit für ihn zu verderben.

»Nun, diese Dinger waren das Einzige, was sie essen konnte, als sie mit dir schwanger war. Morgens, mittags und abends. Noch heute erinnert mich der Geruch daran, wahrscheinlich, weil wir sie dauernd im Haus hatten. Aber sie würde sich freuen, zu hören, dass du sie magst. Vor der Schwangerschaft hat sie sie nie angerührt.«

Holly sah auf die Zellophanverpackung in ihrer Hand.

Plötzlich bekam ihre Magenverstimmung eine ganz neue Bedeutung.

KAPITEL VIERZEHN

Holly stellte das Glas mit den Schoko-Limetten wieder in das Regal hinter sich und nahm sich einen Moment Zeit, um sich zu fangen. Eine plötzliche Schwäche in ihren Beinen ließ ihre Knie zittern, und sie hoffte verzweifelt, dass ihr Vater es nicht bemerken würde.

»Wirklich?« Ihre Stimme war ein hohes Quietschen. »Mom mochte Schokoladen-Limetten, als sie schwanger war? Das wusste ich nicht.«

»Hat uns ein Vermögen gekostet«, fuhr ihr Vater fort. »Nach drei Monaten war das aber wieder vorbei, dann wollte sie nur noch Spaghettiringe – oder waren es erst die Käse- und Zwiebelchips? Ich kann mich nicht an die Reihenfolge dieser Dinge erinnern, aber ihre Gelüste hielten nie länger als ein paar Wochen an. Aber diese Schoko-Limetten vergisst man nicht mehr so schnell, nachdem man um drei Uhr nachts nach Stow-on-the-Wold gefahren ist, weil man alle im lokalen Supermarkt gekauft hat.«

Sie hatte keine Antwort parat. Holly schaute weiter in die Regale und hoffte, dass ihr Vater nicht bemerkte, wie blass sie geworden war. Schwanger. Nein. Sie konnte unmöglich schwanger sein. Oder doch? Nein, natürlich nicht. Viele Frauen mochten bestimmte Süßigkeiten, sie waren aber nicht alle schwanger, oder? Es war nur ein Zufall.

»Verzeihung, haben Sie Schokoladeneier? Ich weiß, es ist noch nicht Ostern, aber ich hatte gehofft, dass Sie bereits welche haben.«

Die Stimme, die von der Tür kam, brachte Holly in die Wirklichkeit zurück. Eine Kundin war in den Laden getreten und sah sie hoffnungsvoll an.

»Schokoladeneier?«, wiederholte die Frau.

»Oh, ja. Ja«, sagte sie und fand endlich ihre Stimme. »Die sind letzte Woche eingetroffen. Lassen Sie mich nur schnell ein Glas aus dem Lager holen.«

»Danke.«

Sie war sich nicht sicher, wie es ihre Beine bis nach oben ins Lager geschafft hatten, denn ihre Knie zitterten noch immer. Sie ließ sich auf den kleinen Hocker fallen.

Könnte sie tatsächlich schwanger sein? Es stimmte, bis zu ihrer Trennung waren sie und Ben wie Kaninchen zugange gewesen, besonders am Anfang. Aber sie waren immer vorsichtig gewesen, oder? Sie hatte sich nach zwei Wochen die Pille verschreiben lassen.

Da sie wusste, dass die Kundin unten auf sie wartete, schob sie diese Gedanken beiseite. Sie atmete tief durch, nahm das Glas mit den Schokoladeneiern und schaffte es sogar, ein Lächeln aufzusetzen, als sie zurück in den Verkaufsraum kam.

»Hier sind sie«, sagte sie. »Wie viele Gramm dürfen es sein?«

Als die Frau den Laden verlassen hatte, bemerkte sie, dass ihr Vater immer noch herumstand. Sie schloss die Augen und rieb sich den Nasenrücken.

»Dad, wolltest du nicht die Schachtel mit den Karamellen für mich beschriften?«

»Das wollte ich«, sagte er. »Ich glaube, ich habe den Dreh mit diesem Preisschildgerät raus. Ziemlich praktisch, muss ich sagen. Ich wollte nur sicherstellen, dass du diese große Schachtel meinst. Ich möchte nichts falsch machen.«

Waren plötzliche Kopfschmerzen auch ein Zeichen für eine Schwangerschaft? Die Stimme ihres Vaters schien sich wie eine Nadel in ihren Schädel zu bohren. Sie verscheuchte diese Gedanken. Nein, sie würde sich nicht in einer endlosen Gedankenspirale verlieren. Sie wusste noch nicht einmal, ob es etwas zu befürchten gab.

»Holly, Liebling?«

»Was ist, Dad? Oh ja, tut mir leid. Es ist alles da oben. Kannst du die Schachtel fertig machen, mit der ich bereits angefangen habe?«

Trotz ihrer ziemlich klaren Anweisungen blieb er stehen.

»Alles in Ordnung? Du siehst plötzlich so blass aus.«

Obwohl es Zeiten gegeben hatte, in denen sie sich ihrem Vater anvertraut hatte, war dies keine davon. Obwohl sie sich mies fühlte, sagte sie: »Es geht mir gut, Dad. Alles in Ordnung.«

Während Arthur im Lager arbeitete, dachte Holly über Daten nach und versuchte, einen Ausweg aus einer Situation zu finden, für die sie keine anderen Beweise hatte als ihre plötzliche Vorliebe für Schoko-Limetten. Doch gerade jetzt begann die geschäftigste Zeit des Tages und sie hatte kaum mehr Zeit zum Atmen.

»Nun, Liebling, wenn es dir nichts ausmacht, werde ich jetzt gehen. Der Bus fährt in zehn Minuten.«

»Wie bitte?«

»Ich gehe jetzt. Ist das okay?«

Sie sah auf ihre Uhr. Es kam ihr vor, als wäre er erst vor wenigen Minuten nach oben gegangen, aber er hatte recht. Es war fast eine halbe Stunde vergangen.

»Ja. Ja, natürlich«, sagte sie. »Geh ruhig.«

Doch er zögerte. Seine Stirn war in Falten gelegt.

»Welcher Tag kommt als Nächstes?«

»Wie bitte?«

»Wann soll ich wiederkommen? Wann möchtest du, dass ich wieder im Laden bin?«

»Oh, ja. Ähm …«

Sie dachte nach. Heute war es nicht so gut gelaufen, aber es war auch keine Katastrophe gewesen, und sie hatte ihrer Mutter versprochen, dass sie ihn mindestens einen Monat lang beschäftigen würde.

»Wie wäre es mit Montag?«, sagte sie, erinnerte sich dann aber an sein frühes Auftauchen und fügte rasch hinzu: »Aber nachmittags, nicht morgens. Wäre ein Uhr in Ordnung?«

»Das klingt wunderbar. Alles klar, Liebling.« Er kam auf sie zu und legte ihr die Hände auf die Schultern. »Und pass auf dich auf. Wenn du mich länger brauchst, gib einfach Bescheid. Dafür ist dein alter Vater schließlich da.«

»Danke, Dad«, sagte Holly und warf den Schokoladen-

Limetten einen sehnsüchtigen Blick zu. Nein. Sie bildete es sich nur ein. Alles außer die Übelkeit, die sich in ihrem Hals und Magen festgesetzt hatte.

Den Rest des Nachmittags ging sie in einer Art Trance durch den Laden, füllte automatisch Gläser mit Süßigkeiten und wog sie für ihre Kunden ab. Sie lächelte und wünschte ihnen einen schönen Tag, aber mehrmals machte sie einen Fehler und musste von vorn beginnen. Einmal gab sie einem Kunden Marzipan-Teegebäck anstatt Kokosnuss-Teegebäck und einem anderen Kaugummi anstelle von Fruchtgummi. Als sie am Ende des Tages den Laden abschloss, schmerzten ihre Füße und ihr Magen knurrte, da sie den ganzen Tag nichts Richtiges gegessen hatte. Vielleicht würde sie sich mit etwas Brot und Suppe sättigen können, dachte sie, als sie das Schild an der Ladentür umdrehte. Leider bedeutete das auch, dass sie einkaufen musste.

Sie wollte nicht bis nach Stow fahren und entschied sich für den Coop in Bourton, der nur einen kurzen Spaziergang entfernt war und normalerweise alles hatte, was sie brauchte. Als sie jedoch auf den Parkplatz fuhr und ausstieg, traute sie ihren Augen kaum.

»Das ist ein Witz, oder?«, sagte sie, als sie zum Eingang kam. »Folgst du mir etwa?«

Giles Caverty stand neben einem dunkelgrünen Sportwagen und trug fast ausschließlich Tweed. Als er sie sah, leuchteten seine Augen. Er lächelte schüchtern.

»Da ich gerade gehe und du kommst, würde ich sagen, du bist diejenige, die mir folgt.«

Offenbar ging es ihm gut, denn er hatte mehrere Weinkisten und Tüten mit Spirituosen zu seinen Füßen stehen. Aber die Tatsache, dass er recht hatte, machte es nicht besser. Es war schlimm genug, dass sie ihm einmal begegnet war, aber zweimal innerhalb weniger Tage, nachdem sie sich von Ben getrennt hatte? Es schien fast so, als würde das Schicksal sie verspotten.

»Also bist du wieder da«, fauchte sie. »In den Cotswolds.«

»Ja, bin ich. Ich kann nicht sagen, wie lange ich bleiben werde, aber es gibt da ein paar Dinge, die ich in Ordnung bringen muss. Mal sehen, wie lange das dauert.«

Sie gab ein verächtliches Schnauben von sich und erwartete eine prompte Reaktion, doch stattdessen presste er nur die Lippen zusammen und scharrte erneut mit den Füßen auf dem Boden.

»Holly, ich habe es ernst gemeint. Es tut mir wirklich leid. Wenn du Zeit hast, würde ich dich gerne zum Essen einladen oder etwas mit dir trinken gehen.«

»Nun, ich habe keine Zeit. Ich bin …«

Was war sie eigentlich? Mit Ben zusammen, war ihr spontaner Gedanke gewesen, aber das war sie nicht mehr. Sie war allein, völlig allein.

»Ich habe kein Interesse, mehr von deinen Lügen zu hören«, sagte sie und stürmte an ihm vorbei in den Supermarkt, wo sie eine kleine Packung Suppe und eine sehr, sehr große Packung Eis kaufte.

Als sie schließlich nach Hause kam, war es schon nach sechs Uhr, und ihre Wut hatte einen neuen Höhepunkt erreicht. Sie war wütend auf Ben und Giles. Sie war wütend auf ihren Vater, weil er sie geweckt hatte, als sie hätte weiterschlafen können, aber am wütendsten war sie auf sich selbst.

Als sie die Haustür öffnete, waren die Schuhe das Erste, was ihr auffiel. Sie standen mitten vor der Tür, und sie wäre fast darüber gestolpert. Zwei Paar Wanderschuhe, eines für Frauen und eines für Männer, und ein farbenfrohes Skateboard.

»Ein Skateboard? Echt jetzt?«, murmelte sie.

Fin nutzte Jamie nicht nur aus, er schien auch ein Kindskopf zu sein. Großartig. Obwohl sie zugeben musste, dass die Zeichnungen auf dem Skateboard fantastisch aussahen. Es waren mehrere sich überlappende Mandalas in verschiedenen Farben, die sie wirklich ansprechend fand, bevor sie sich wieder auf ihren anfänglichen Ärger konzentrieren konnte. War es wirklich so schwierig, die Schuhe ins Schuhregal zu stellen? Es stand direkt daneben. Und sie hatten einen guten Schuppen für das Skateboard.

»Jamie?«, rief sie. »Bist du zurück?«

Es dauerte einen Moment, bevor ihre Freundin oben auf der Treppe erschien. Es war erst sechs Uhr, aber sie war in einen dünnen Morgenmantel gekleidet und sah völlig zerzaust aus.

»Hey, ich habe dich nicht zu Hause erwartet«, sagte sie und versuchte, ihre Haare zu ordnen. »Warum bist du nicht nebenan? Willst du heute Nacht hier schlafen?«

Holly atmete tief durch. Das war's, realisierte sie. Dies war das erste Mal, dass sie es laut aussprechen würde, aber je früher sie es tat, desto besser.

»Ben und ich haben uns getrennt«, sagte sie.

»Was?« Jamies Augen weiteten sich.

»Ja. Es ist aus.«

Es folgte ein Moment der Stille, dann kam Jamie die

Treppe herunter. Holly erwartete eine Umarmung und eine Reihe von Fragen. Aber stattdessen zog Jamie eine Grimasse, als sie die unterste Stufe erreichte.

»Oje, das bedeutet, dass meine Neuigkeiten zu einem wirklich schlechten Zeitpunkt kommen«, sagte sie.

KAPITEL FÜNFZEHN

Holly hielt ihr Glas Wein fest. Bisher hatte sie genau sechs Schlückchen genommen. Sechs winzige Schlückchen. Obwohl sie den Duft so intensiv inhaliert hatte, dass ihre Nase brannte. War es schädlich, am Wein zu riechen, wenn man schwanger war? Sie versuchte, den Gedanken zu verdrängen. Sie wusste nicht einmal, ob sie schwanger war. Wenn der Heißhunger auf eine bestimmte Süßigkeit ein zuverlässiges Zeichen für eine Schwangerschaft war, mussten die meisten ihrer Kunden schwanger sein. All das musste mit den belastenden Ereignissen ihrer Trennung zu tun haben, also sollte sie sich darauf konzentrieren.

Zufrieden mit dieser Einsicht, nahm sie einen größeren Schluck und fühlte sich sofort etwas besser.

Jamie hatte sie ins Wohnzimmer geführt und ihnen etwas zu trinken geholt.

»Was sind denn deine Neuigkeiten?«, fragte Holly und

zog ihre Füße unter sich auf das Sofa. »War Amsterdam ein Erfolg?«

»Darüber können wir später reden. Was ist passiert? Ich dachte, ihr seid total verliebt. Es sah so aus.«

»Das dachte ich auch, aber scheinbar ist Ben noch nicht so weit.« Holly kämpfte gegen ihre Tränen an. »Ich glaube, er ist immer noch in seine Ex verliebt.«

»Ella?«

»Ja. Ich dachte, er wäre über sie hinweg. Aber dann schlug ich vor, dass wir ein Wochenende wegfahren könnten, und er sagte, dass er nicht an eine gemeinsame Zukunft glaubt. Dass es für ihn mehr um das Hier und Jetzt geht.«

»Das kann er doch unmöglich so gemeint haben.«

»Oh, das hat er. Du hättest ihn bei dem Abendessen erleben sollen. Er hat mich nicht einmal verteidigt, als seine Schwester sagte, ich sollte nicht dort sein und an ihrem Gespräch teilnehmen, weil ich nicht Teil der Familie bin. Sie wird sich freuen, wenn sie hört, dass sie recht hatte.«

»Oh Hols, das tut mir so leid.« Jamie streckte ihre Hand aus und rieb Hollys Knie. »Unglaublich. Echt jetzt, ich kann es kaum fassen. Ich werde rübergehen und ihm den Kopf abbeißen.«

»Nein, tu das nicht. Es lohnt sich nicht. Ich muss ihn einfach vergessen«, sagte sie und blickte in ihr Glas.

Sie stellte fest, dass es fast leer war und trank es ohne zu zögern aus.

»Aber genug von mir«, sagte sie und zwang sich, fröhlich zu klingen. »Erzähl mir von Amsterdam. Wie war Fin?«

Hatte er für etwas bezahlt? Das war die eigentliche Frage, die in ihrem Kopf herumgeisterte, doch das so direkt auszusprechen hätte ihre Freundin leicht vor den Kopf stoßen können. Sie würde später versuchen, es in ihre Unterhaltung einfließen zu lassen, subtiler. Vielleicht indem sie nach ihren Ausgaben, den Kosten für das Essen und so weiter, fragte.

»Es war unglaublich. Wunderschön«, antwortete Jamie mit einem verträumten Seufzer. »Wir sind nur herumgelaufen und haben gegessen. Nein, nicht nur. Wir haben auch eine dieser Bootstouren durch die Kanäle gemacht und an einem Nachmittag Fahrräder gemietet. Dort fahren alle mit dem Fahrrad herum, wirklich. Die Infrastruktur ist unglaublich. Einmal haben wir uns völlig verirrt, und dann begann es zu regnen. Es hätte leicht eine Katastrophe werden können, denn wir waren klatschnass und hatten keine Ahnung, wo wir waren. Dann sind wir in diesem kleinen Pub gelandet, der ausgerechnet in einer Windmühle untergebracht war. Ich meine, natürlich war es eine Windmühle! Also haben wir etwas gegessen und am Feuer ein paar Drinks genossen, und dann noch ein paar Drinks. Wir müssen gute drei Stunden dort gewesen sein. Es regnete immer noch, wir hatten immer noch keine Ahnung, wo wir waren, und inzwischen hatten wir auch zu viel getrunken, um mit den Fahrrädern zurückzufahren. Nun, Fin, er ist halt so ein Typ, hatte sich schon mit der halben Kneipe angefreundet und kannte alle beim Namen. Und ehe ich mich versah, saßen wir neben unseren Fahrrädern auf der Ladenfläche eines Pickups, und ein Bauer fuhr uns zurück zu unserem Hotel! Es war verrückt. Ehrlich, ich glaube, ich habe noch nie so viel auf einmal erlebt.«

»Das klingt super.«

»Das war es auch.«

»Und ihr zwei scheint euch wirklich gut zu verstehen.«

Es war das erste Mal seit dem Beginn ihres Gesprächs, dass Jamie nervös wirkte. Sie rutschte auf dem gegenüberliegenden Sofa hin und her und kopierte Hollys Position, ehe sie es sich anders zu überlegen schien und ihre Füße wieder auf den Boden stellte.

Hollys Griff um ihr Weinglas verstärkte sich.

»Alles in Ordnung zwischen euch?«, fragte sie und spürte, dass ihre Vorbehalte diesem mysteriösen Mann gegenüber berechtigt waren. Jamie sah irgendwie ängstlich aus. »Wenn er etwas getan hat, kannst du es mir sagen, das weißt du, ja?«

»Was? Fin?« Ein schockierter Ausdruck erschien auf ihrem Gesicht. »Nein. Er ist toll. Wir verstehen uns prächtig, wirklich. Ich war noch nie so glücklich.«

»Das ist super«, sagte Holly. Sie versuchte, ihre Eifersucht und Sorge zu verbergen und sich für ihre Freundin zu freuen. »Dann nehme ich an, dass ich ihn künftig öfter zu sehen bekommen werde?«

Statt der schnellen Antwort, die sie erwartet hatte, nahm Jamies Unbehagen zu, und sie knabberte an ihren Fingernägeln. Neue Unruhe machte sich in Hollys Magen breit. Was auch immer sie als Nächstes sagen würde, sie wusste, dass es ihr nicht gefallen würde.

»Stimmt etwas nicht?«, fragte sie. »Was ist los? Was wolltest du mir sagen?«

»Es ist schwierig«, sagte Jamie und ließ die Hände in ihren Schoß sinken. »Ich wusste nichts von dem mit dir und Ben. Hätte ich das gewusst, hätte ich nichts gesagt. Ich hatte ganz einfach angenommen, dass sich eure Beziehung in die gleiche Richtung bewegt wie meine und Fins.«

»Die gleiche Richtung?« Holly fragte sich, was sie damit

meinte. Was sollte das bedeuten? In welche Richtung bewegte sie sich denn? Es dauerte nicht lange, bis Jamie es ihr erklärte.

»Ich habe Fin gefragt, ob er hier bei mir einziehen möchte.«

KAPITEL SECHZEHN

Die Tatsache, dass sie sich innerhalb von vierundzwanzig Stunden von ihrem Freund getrennt hatte und aus dem Haus geworfen werden würde, welches sie als ihr Zuhause ansah, war zu viel, um es zu verarbeiten. Holly blinzelte ein paar Mal und räusperte sich.

»Wahnsinn. Das ging schnell.«

Vielleicht hätte sie etwas Netteres sagen sollen, immerhin hatte Jamie bei der Partnersuche genauso wenig Glück gehabt wie sie. Ihre Beziehung hatte sich wirklich schnell entwickelt, aber das war ein gänzlich neues Niveau von Verpflichtung. Und jetzt musste sie eine neue Bleibe finden.

Als hätte sie ihre Gedanken gelesen, streckte Jamie eine Hand aus und griff nach ihrer.

»Das bedeutet nicht, dass du ausziehen musst. Das musst du nicht, und das war nie der Plan, versprochen. Ich wusste, dass du die meiste Zeit bei Ben verbringst, aber das hier ist immer noch dein Zuhause. Ehrlich, ich fände es toll, wenn du hierbleiben würdest, bis Fin und ich verheiratet sind und drei Kinder haben, obwohl wir vielleicht eines von ihnen im Schrank unter der Treppe unterbringen müssten, wenn uns der Platz ausgeht.«

Sie lächelte Holly an und schien auf eine positive Reaktion zu hoffen. Holly versuchte, es zu erwidern, aber Jamies Worte hatten einen weiteren, wunden Punkt getroffen.

»Also habt ihr darüber gesprochen? Über Heiraten und Kinder bekommen?«

Jamie zuckte mit den Schultern. »Natürlich haben wir darüber gesprochen.«

Sie versuchte, es wie einen belanglosen Kommentar klingen zu lassen, aber Holly konnte es in ihrem Gesicht sehen. Sie hatte dieses Strahlen, etwas, das sie noch nie gesehen hatte. Ihre Freundin war Hals über Kopf verliebt.

»Wow, das ist großartig.«

»Ich denke, in unserem Alter macht es keinen Sinn, um den heißen Brei herumzureden, oder? Ich meine, im Moment ist nichts davon wirklich ernst gemeint. Dumme betrunkene Gespräche. Ich bin mir nicht mal sicher, ob ich Kinder möchte, aber ihm ist das egal. Er ist offen, weißt du. Wir sind uns in vielen Punkten sehr ähnlich. Das ist es, worauf es auf lange Sicht ankommt, oder?«

Ist das so?, dachte Holly. Es kam ihr so vor, als hätte sie in jeder ihrer bisherigen Beziehungen in einem völlig anderen Kapitel, wenn nicht sogar in einem anderen Buch gelebt, als ihr Partner.

»Absolut«, sagte Holly und zwang sich zu einem Lächeln. »Also, wann ist der große Tag? Wann zieht er ein? Ich nehme an, er muss erst mal einiges klären.«

Jamie nahm einen tiefen Atemzug.

»Dieses Wochenende.«

»Dieses Wochenende? Meinst du … morgen?«

»Ja, morgen. Er will ein paar Dinge aus den Staaten hierher bringen und muss erst den Transport organisieren, aber ja, ab morgen wird er das hier als sein Zuhause bezeichnen. Wahnsinn, oder?«

Die Worte hallten in Hollys Kopf nach. Morgen. Morgen würde Fin einziehen. Sie nahm die Weinflasche, füllte ihr Glas wieder auf und trank in einem Zug die Hälfte davon aus.

»Ja«,sagte sie. »Das ist definitiv Wahnsinn.«

»Bist du in Ordnung? Das ist das dritte Mal innerhalb der letzten halben Stunde, dass du ein Glas falsch hingestellt hast. Das ist nicht böse gemeint oder so, aber du siehst etwas … nun ja … miserabel aus.«

Drey war einfach nur ehrlich. Und meistens schätzte Holly das, aber heute waren ihre Kommentare alles andere als hilfreich. Sie war überfordert. Es waren zu viele Dinge in ihrem Kopf, um sie alle zu verarbeiten.

Glücklicherweise wurde sie von der Neuigkeit abgelenkt, dass Fin einziehen würde, wodurch sich ihre Gedanken auf Jamie konzentrierten. Ein Visum, das hatte sie sich letzte Nacht überlegt, musste der Grund dafür sein, warum sich die Beziehung der beiden so schnell entwickelte. Fin wollte die Möglichkeit haben, im Land zu bleiben. Wie oft sah man so etwas im Fernsehen? Ein junger, attraktiver Mann verführt eine liebe, naive Frau, heiratet sie, um seine dauerhafte Aufenthaltsgenehmigung zu bekommen, und haut dann ab.

Nun, mit Jamie hatte Fin eindeutig Glück gehabt. Sie war jung, erfolgreich und höllisch heiß. Das war sicher auch der Grund für seine fehlende Präsenz in den sozialen Medien. Er wollte nicht, dass jemand herumschnüffelte und Informationen über sein Leben fand; die Frau und Familie, die er verlassen hatte und für die er keinen Unterhalt zahlte. Nein, dieser Typ war dubios. Sie hatte ihn nur einmal kurz getroffen, war sich aber sicher, dass sie recht hatte. Sie würde nicht zulassen, dass er Jamie verarschte, so wie Giles es mit ihr getan hatte. Giles, von dem sie angenommen hatte, dass er endgültig aus ihrem Leben verschwunden war.

Aber Drey hatte zumindest in Bezug auf die Gläser recht, also tauschte Holly ein paar davon aus und rückte ein paar andere zurecht. Die Schokoladen-Limetten riefen nach ihr, und sie hatte schon den ganzen Tag lang immer wieder Hunger, war jedoch fest entschlossen, diesem Verlangen nicht nachzugeben. Nicht, dass es wirklich wichtig wäre. Sie war nicht schwanger. Sie konnte nicht schwanger sein.

Trotz dieser entschlossenen Gedanken verspürte sie einen Hauch von Traurigkeit. Sie hatte sich immer Kinder gewünscht, aber selbst wenn sie wie durch ein Wunder schwanger geworden wäre, könnte sie kaum bei Jamie ein Baby großziehen. Vorher hätte es Sinn gemacht – mit dem Vater ihres Babys direkt nebenan –, aber jetzt würde Fin einziehen. Sie musste umziehen, aber wohin? Zu ihren Eltern? Das wäre eine Möglichkeit. Würde sie es schaffen, Kinderbetreuung zu organisieren und den Laden am Laufen zu halten?

Das war natürlich alles reine Spekulation. Sie konnte nicht schwanger sein.

»Hallo, Holly? Du hältst das Glas mit den Pfefferminzbonbons schon seit zwei Minuten in der Hand. Bist du sicher, dass es dir gut geht?«

»Wie bitte?«, sagte sie und wandte sich Drey zu. »Hast du etwas gesagt?«

Drey neigte den Kopf und warf ihr einen prüfenden Blick zu.

»Ja, ich habe gesagt: hallo, Holly. Du scheinst dich offensichtlich nicht gut zu fühlen. Warum legst du dich nicht ein bisschen hin? Ich komme alleine zurecht.«

Sie zögerte einen Moment, bevor sie sich entschied.

»Ich denke, das werde ich tun«, sagte sie.

Sie stellte das Glas mit den Pfefferminzbonbons auf den Boden und ging langsam die Treppe hinauf. Es fühlte sich an, als hätte ihr Geist ihren Körper verlassen.

Als sie oben ankam und ihre Handtasche sah, holte sie sofort ihr Handy heraus und setzte sich an den Tisch. Sie öffnete eine Webseite und tippte ein: *Wie sicher ist die Pille?* Sie erhielt sofort eine Antwort. Die Verhütungspille war zu 99 % wirkungsvoll. Das hörte sich gut an. Es bedeutete, dass neunundneunzig von hundert Frauen nicht schwanger wurden. Aber was war mit dem letzten Prozent? Eine von hundert Frauen wurde schwanger. Wie viele waren das jedes Jahr?

Holly klickte auf eine andere Seite.

Ihr Herz setzte einen Schlag aus.

Diese Webseite behauptete, die Sicherheit läge bei etwa 91 %. Das war nicht besonders gut. Hatte sie vergessen, sie zu nehmen? Nein. Es hatte vielleicht einen oder zwei Tage gegeben, an denen sie spät aufgestanden und zur Arbeit gehetzt war, wodurch sie ihre übliche Morgenroutine ignoriert hatte, aber normalerweise hatte sie sich immer rechtzeitig daran erinnert. Oder?

Mit jedem Wort, das sie las, spürte sie, wie ihr heißer wurde. Sie las sich durch immer mehr Seiten. Die ersten Anzeichen einer Schwangerschaft. Sichere Anzeichen dafür, dass ein Baby unterwegs ist. Um das Ganze noch schlimmer zu machen, stieß sie auf Artikel mit Geschichten von Frauen, die Babys geboren hatten, ohne zu wissen, dass sie schwanger waren!

Sie ließ ihr Handy auf den Tisch fallen und legte den Kopf auf ihre Arme. Die Übelkeit, die sie in den letzten vierundzwanzig Stunden geplagt hatte, war zurück. Das war lächerlich. Es gab keinen Grund, sich deswegen verrückt zu machen. Sie war nicht schwanger. Trotzdem musste sie sicher gehen. Sie würde zur Apotheke gehen und einen Test machen.

Sie nahm ihre Tasche, warf ihr Handy hinein und lief zwei Stufen auf einmal nehmend hinunter ins Erdgeschoss.

»Ich bin gleich wieder da«, rief sie Drey zu, als sie schon auf halbem Weg zur Tür war.

Die Apotheke von Bourton war von einer kleinen Grünfläche umgeben und lag etwas abseits der High Street. Der schmale Laden war schon in Hollys Schulzeit hier gewesen. Hier hatte sie ihren ersten Lippenstift und ihren ersten Mascara gekauft, nachdem sie bei *Just One More* etwas Geld verdient hatte. In ihrer Jugend hatte sie die Apotheke öfter besucht, um die verschiedenen Lidschatten und Haarfärbemittel zu betrachten, auch wenn sie nur selten Geld dafür ausgegeben hatte. Seit ihrem Umzug war sie nur selten hier gewesen. Ben mochte eine bestimmte Marke medizinischer Mundspülung, die man nur dort kaufen konnte, und sie hatte sie einmal für ihn abgeholt, zusammen mit einer Packung Paracetamol gegen eine aufkommende Erkältung. Abgesehen davon war sie im letzten Jahr gesund geblieben, was ein Glück war, denn sie wollte nicht, dass die Angestellten sie erkannten.

Wie erwartet war der Laden voll, und sie musste erst drei Leute herauslassen, bevor sie eintreten konnte. Sie warf einen kurzen Blick zur Theke, um sicherzugehen, dass sie keine der Angestellten aus dem Süßwarenladen kannte, bevor sie sich auf den Weg zum ersten Regal machte, um nach den Schwangerschaftstests zu suchen.

»Mhm«, murmelte sie vor sich hin. »Wo könnten die sein?«

Sie ging auf der rechten Seite an den Windeln vorbei. Als sie die Bilder auf den Packungen betrachtete, begann ihr Herz schneller zu schlagen. Angenommen, sie war schwanger – was nicht möglich war, aber angenommen – würde sie das alles schaffen? Würde sie es schaffen, ganz alleine ein Baby großzuziehen? Aber es lohnte sich nicht, darüber nachzudenken. Sie machte sich grundlos verrückt. In zwanzig Minuten würde sie über ihre Paranoia lachen und eine Schokoladen-Limette genießen.

Sie ließ die Windeln hinter sich und ging an Seife und Duschgel vorbei zu den Zahnpflegeprodukten, dann weiter zu den Tampons und Binden. Sie fand die Kondome, und direkt darunter befanden sich die Schwangerschaftstests. Sie lachte zynisch vor sich hin. Vielleicht sollten sie die Artikel anders sortieren oder zumindest die Salbe für rissige Brustwarzen nach oben rücken.

Wie so oft gab es eine große Auswahl an verschiedenen Marken. Nachdem sie entschieden hatte, dass es keine Rolle spielte, griff sie nach der ersten Packung. In diesem Moment räusperte sich jemand hinter ihr.

»Holly?«

Sie musste sich nicht umdrehen, um zu wissen, wer es war. Ihr Herz hämmerte wild in ihrer Brust, während sie sich langsam umdrehte und aufrichtete.

»Ben«, sagte sie.

KAPITEL SIEBZEHN

Er hielt einen Einkaufskorb, der zwei Flaschen seiner Lieblingsmundspülung und ein Set Ersatzköpfe für seine elektrische Zahnbürste enthielt. Es herrschte Stille zwischen ihnen. Eine schreckliche, unangenehme Stille, die sie wünschen ließ, im Erdboden zu versinken. Sie sollte etwas sagen und erklären, warum sie sich in diesem Teil des Ladens aufhielt. Aber was sollte sie sagen? Dass sie nach Kondomen suchte? Das war kaum besser.

Glücklicherweise hatte ihr typisches Geplapper noch nicht begonnen, aber wenn nicht bald einer von ihnen etwas sagte, würde sich das gleich ändern.

Bitte Ben, geh einfach aus dem Weg, wünschte sie sich mit aller Macht. Geh einfach zur Seite und lass mich vorbei. Kaum hatte sie das gedacht, ergriff er das Wort.

»Ich wollte dir eine Nachricht schicken«, sagte er. »Alles in Ordnung?«

Die Temperatur um sie herum stieg. Die Gänge waren eng, und es fühlte sich an, als würden die Regale immer näher kommen. Sie konnte den Schweiß in ihrem Nacken spüren. Sie schluckte und versuchte, etwas zu sagen.

»Jamie ist wieder da«, sagte sie, obwohl sie wusste, dass sie seine Frage vollständig ignorierte. »Und Fin. Er zieht heute ein.«

»Oh.«

»Ich bin sicher, du wirst bald eine Einladung bekommen, auf ein Getränk oder so. Von Jamie, meine ich.«

»Okay.«

Sie machte eine Pause. Warum war das so schwierig? Es gab so viele Dinge, die sie sagen wollte. In ihrem Kopf hatte sie in den letzten zwei Tagen mindestens hundert Gespräche mit ihm geführt, in denen sie ihn mit all den Fragen bombardiert hatte, auf die sie sich Antworten wünschte. Warum war er so lange mit ihr zusammen gewesen, wenn er nicht an eine gemeinsame Zukunft geglaubt hatte? Hatte er gewusst, dass er immer noch in seine Ex verliebt war, als sie zum ersten Mal miteinander ausgegangen waren? Sie erinnerte sich an den Moment, in dem sie unter den Lichtern des Weihnachtsbaums zusammen im Schnee gestanden hatten und er ihr gesagt hatte, wie wichtig sie ihm war. Hatte er gewusst, dass er immer noch in diese Ella verliebt war und das Leid, das sie verursacht hatte, noch nicht überwunden hatte? Doch sie konnte ihn nichts davon fragen. Stattdessen sagte sie: »Ich nehme an, dass du nächsten Montag alleine zum Bingo gehen wirst?«

Sie bezog sich natürlich auf die Abende, an denen sie sich ehrenamtlich im Pflegeheim *Weeping Willows* engagierte.

»Oh?« Seine Augen weiteten sich ein wenig. »Wenn du möchtest. Oder du könntest es tun. Oder …«

Er verstummte.

Oder was?, wollte sie schnappen. Es gab kein drittes Oder. Es gab keine Chance, dass sie wieder zusammenkamen. Es gab nicht einmal mehr eine Freundschaft zwischen ihnen.

»Die alten Damen bevorzugen es, wenn du es machst«, sagte sie. »Du solltest gehen.«

»Okay.«

Sein Blick hielt dem ihren stand. Wie oft hatte sie in den letzten drei Monaten in diese Augen geblickt? Normalerweise trafen sich ihre Blicke mit dieser Intensität, kurz bevor ihre Lippen aufeinandertrafen, oder während sie sich in einem Pub oder Restaurant gegenübersaßen.

Ihre Hände ruhten noch immer an ihren Seiten, und erst jetzt bemerkte sie, dass sie zitterten.

»Ich sollte zurück in den Laden«, sagte sie. »Ich habe Drey alleine gelassen.«

»Okay.«

Sie sah sich um und zögerte. Es gab keinen Weg nach draußen, der nicht an ihm vorbeiführte. Das andere Ende des Ganges war mit Leuten blockiert, die bereits an der Kasse anstanden. Wenn sie versuchen würde, sich an all den Körben vorbeizudrängen, würde sie ein heilloses Durcheinander verursachen. Sie presste sich so dicht an das Regal wie möglich, wodurch sie glücklicherweise seine Sicht auf die Schwangerschaftstests hinter sich blockierte.

»Willst du vorbeigehen?«, fragte sie ihn.

»Stehst du nicht in der Schlange?«

Sie schüttelte den Kopf.

»Nein. Ich habe es mir anders überlegt. Ich brauche es doch nicht.«

Sie wartete darauf, dass er die Andeutung verstand und weiterging, aber er blieb einfach dort stehen und sah sie an. Dann ging er endlich.

Es war eng, und als er an ihr vorbeiging, konnte sie die Wärme seines Körpers spüren und sein Deodorant riechen. Sie hielt den Atem an und schloss die Augen. Als sie sie wieder öffnete, hatte er sich bereits in die Schlange gestellt, und einen Moment später war sie draußen und schnappte nach Luft.

Zurück im Süßwarenladen blieb sie hauptsächlich oben und kam nur gelegentlich herunter, um die Regale mit Karamell und anderen Dingen, die sich am Wochenende besonders schnell verkauften, aufzufüllen. Aber um zwei Uhr war sie am Ende. Vielleicht war es die – hoffentlich eingebildete – Schwangerschaft, oder vielleicht war es die Tatsache, dass sie die letzten drei Nächte nicht richtig geschlafen hatte. Sie hatte Schwierigkeiten, sich auf etwas zu konzentrieren, selbst wenn Drey sie direkt nach etwas fragte. Mehr als einmal setzte sie sich an den Tisch im Lagerraum und spürte, wie ihre Augenlider schwer wurden. Um drei Uhr zog sie ihren Mantel an und ging nach unten.

»Wäre es okay für dich, heute Abend den Laden zu schließen?«, fragte sie Drey, als der Laden leer war. »Ich fühle mich nicht so gut. Soll ich Caroline fragen, ob sie vorbeikommen und die Kasse machen kann?«

Drey musterte sie mit offensichtlicher Besorgnis. Obwohl sie noch keine zwanzig war, war sie in vielerlei Hinsicht unersetzlich. Holly fragte sich oft besorgt, was passieren würde, wenn sie zur Universität ging und nicht mehr im Laden aushelfen konnte. Aber das war etwas, mit dem sie sich an einem anderen Tag auseinandersetzen müsste. Momentan hatte sie mehr als genug anderes zu bewältigen.

Drey schüttelte den Kopf.

»Keine Sorge, ich komme klar. Für einen Samstag ist es ziemlich ruhig, also schaffe ich das schon.«

»Bist du sicher?«

»Ganz sicher. Ich werde die Einnahmen wie gewöhnlich im Safe einschließen.«

»Das wäre großartig. Und falls es dir zu viel wird oder es ein Problem gibt, ruf mich einfach an.«

»Sicher, natürlich«, antwortete sie, obwohl Holly das dunkle Gefühl hatte, dass sie im Falle eines Problems Caroline anrufen würde und nicht sie. Aber im Moment war ihr das ganz recht.

»Soll ich morgen für ein paar Stunden einspringen, falls es dir immer noch nicht gut geht? Ich habe heute Abend genug Zeit, um meine Arbeit fertig zu schreiben. Ich kann auch am Morgen den Laden öffnen, falls du etwas länger schlafen möchtest.«

Beinahe hätte Holly abgelehnt, änderte jedoch im letzten Moment ihre Meinung. Sie fühlte sich schrecklich erschöpft, und das Angebot klang verlockend.

»Das wäre fantastisch, danke.«

Als sie ging, überlegte sie, ob sie noch einmal in die Apotheke gehen sollte, um den Test zu kaufen, aber sie konnte sich nicht dazu überwinden. Der erste Versuch war traumatisch genug gewesen, und heute war sie auf keinen

Fall in der Stimmung, sich mit dem Ergebnis auseinanderzusetzen. Sie fuhr direkt nach Hause.

Der Anblick von Jamies Truck vor dem Haus ließ Hollys Herz schwer werden. Sie hatte wenig Lust, ihr zu erklären, warum sie schon so früh zurück war. Wenn sie behauptete, krank zu sein, obwohl das auf eine Art stimmte, würde Jamie annehmen, dass es wegen Ben war. Vielleicht könnte sie direkt in ihr Schlafzimmer schleichen, dachte sie.

Holly drehte den Schlüssel im Schloss und drückte gegen die Tür, aber sie bewegte sich nicht. Sie versuchte es erneut, aber etwas Schweres dahinter verhinderte, dass sie sich öffnete. Beim dritten Mal versuchte sie es mit einem kräftigen Schubs, aber was auch immer dahinterstand, rührte sich nicht von der Stelle.

»Großartig«, murmelte sie vor sich hin.

Nach fast einem Jahr, in dem sie hier gewohnt hatte, hatte sie sich noch immer keinen Schlüssel für die Hintertür machen lassen. Es war nie nötig gewesen, nicht einmal im Sommer. Entweder bekam sie diese Tür selbst auf oder sie musste klingeln, damit Jamie es für sie tat. Da sie nicht wollte, dass Jamie wusste, dass sie bereits zurück war, blieb nur die erste Möglichkeit.

Mit neuer Entschlossenheit warf sie ihr gesamtes Gewicht gegen die Tür, und nach ein paar kräftigen Stößen gab sie endlich nach, zumindest ein bisschen. Zwei Minuten später hatte sie eine Lücke geschaffen, durch die sie sich zwängen konnte, aber nach drinnen zu kommen war nur der Anfang des Problems.

Der gesamte Flur war vollgestellt. Es war eine Mischung

aus braunen Kartons, Seesäcken und vollen Mülltüten, die sich bis zur Treppe stapelten und sogar ins Wohnzimmer quollen. Wenn sie bedachte, wie penibel Jamie in Bezug auf Brandschutz war, war sie erstaunt, ein solches Chaos vorzufinden. Es musste etwas passiert sein, dass sie alles hatte stehen und liegen lassen. Da das wichtiger war, als sich unbemerkt in ihr Zimmer zu schleichen, wollte sie nach ihrer Freundin rufen, doch in diesem Moment hörte sie ein Geräusch. Ein schweres, dumpfes Geräusch, das direkt von oben kam. Aus Jamies Schlafzimmer.

Sie kannte dieses Geräusch nur zu gut, dachte sie mit einem schweren Gefühl Magen. Ihr eigenes Ikea-Bett hatte das gleiche, rhythmische Geräusch gemacht, als sie Dan und seine Geliebte überrascht hatte.

»Super. Einfach toll.«

Jetzt war sie nicht nur Single und vielleicht, aber hoffentlich nicht, schwanger, sie musste auch noch mit einem fremden Mann zusammenleben, der scheinbar versuchte, ihre beste Freundin zu betrügen. Darüber hinaus würde sie all die Dinge ertragen müssen, die frisch verliebte Paare taten, wenn sie zum ersten Mal zusammenzogen. Vielleicht würde sie das eines Tages aushalten können, aber heute war definitiv nicht dieser Tag.

Sie räumte einige Kisten weg, um Platz zu schaffen, öffnete dann die Tür so weit wie möglich und schlug sie mit aller Kraft wieder zu

»Jamie, ich bin zu Hause!«, rief sie.

KAPITEL ACHTZEHN

Das Geräusch von oben verstummte fast sofort, aber es dauerte noch ein paar Minuten, bis ihre Freundin oben an der Treppe auftauchte, während sie ihr Haar zu einem Pferdeschwanz band. Ihre Haut war auffallend gerötet.

»Hey, Hol. Alles in Ordnung? Wir haben dich erst in ein paar Stunden erwartet.«

»Ja, alles gut. Ich fühlte mich einfach nicht ganz wie ich selbst, das ist alles. Es war ruhig im Laden. Drey mag es, wenn ich sie alleine lasse, also dachte ich, ich gehe nach Hause und schaue etwas fern.«

Sie versuchte sich zur Küche durchzuschlagen, aber da sie die Kisten herumgeschoben hatte, um vor der Tür Platz zu machen, gab es nur wenige Platz im Flur.

»Tut mir leid wegen all der Sachen«, sagte Jamie und kam die Treppe herunter, um eine der Kisten aus dem Weg zu heben. »Wir haben gerade alles aus meinem Lieferwagen ausgeladen und wollten es nach oben bringen.«

»Kein Problem«, log Holly und versuchte, einen Weg zwischen den vielen Taschen und Säcken zu finden.

»Hier, gib mir das, Babe. Das ist schwer.«

Fin stand über Jamie, heute glücklicherweise in zerrissenen Jeans und einem T-Shirt. Er hatte die Arme ausgestreckt und wartete darauf, dass sie ihm die Kiste übergab. Holly hielt den Atem an. Wenn es eine Sache gab, die Jamie hasste, dann waren es Männer, die ihr Dinge abnehmen wollten, weil sie annahmen, sie sei nicht stark genug. Besonders, weil sie im Fitnessstudio deutlich schwerere Gewichte stemmte.

Wie erwartet, hob Jamie die Augenbrauen.

»Du weißt, dass ich das sehr gut selbst tragen kann.«

»Ich weiß. Aber ich möchte bei Holly einen guten Eindruck hinterlassen. Sie soll schließlich nicht denken, ihr neuer Mitbewohner sei kein Gentleman. Also, lässt du mich dir das abnehmen oder nicht? Ich räume ein paar Sachen aus, und ihr beiden könnt etwas von dem Kuchen essen, den wir gekauft haben.«

Jamie drehte sich zu Holly um und bot ihr ein schiefes Lächeln an.

»Ich habe ihm gesagt, dass du viel bessere Kuchen backen kannst als die, die man im Laden kaufen kann, aber er bestand darauf.«

»Man kann nicht mit leeren Händen kommen, wenn man zum ersten Mal eine neue Mitbewohnerin trifft«, sagte er. »Außerdem stammt der Kuchen nicht von irgendeiner durchschnittlichen Bäckerei. Er ist mit Bio-Mehl, Rohrzucker und Himalaya-Meersalz gemacht.«

»Oh«, sagte Holly und fragte sich, was das nun wieder

bedeuten sollte. »Vielleicht hätte ich etwas aus dem Laden mitbringen sollen. Ich denke, es liegen noch ein paar Tüten Schokoladenrosinen im Kühlschrank. Bedient euch.«

»Das ist lieb, danke.«

»Er hat auch Sekt mitgebracht«, fügte Jamie hinzu.

»Champagner?«, fragte Holly und dachte, dass etwas Alkohol am Nachmittag vielleicht genau das Richtige wäre, um ihre Stimmung zu heben.

»Es ist besser als Champagner«, sagte Fin. »Es ist voller Probiotika und Präbiotika. Ich denke, es ist so etwas wie Kombucha.«

»Also nichts Alkoholisches?«, fragte Holly direkt.

Fin schien den leicht schnippischen Ton in ihrer Stimme nicht bemerkt zu haben, aber Jamie musterte sie mit zusammengekniffenen Augen.

»Komm, wir setzen uns in die Küche und lassen Fin sein Durcheinander aufräumen.«

Holly zögerte. Obwohl sie unbedingt wissen wollte, warum ein Kuchen mit Himalaya-Meersalz so viel besser war, würde sie in weitere Gespräche verwickelt werden, was wahrscheinlich darauf hinauslaufen würde, dass sie erklären musste, wie sie sich fühlte. Sie war ganz einfach nicht in der Stimmung dazu, das in Fins Anwesenheit zu tun.

»Tatsache ist, dass ich mich hinlegen muss. Du weißt schon, früh von der Arbeit nach Hause und so.«

»Sicher«, sagte Jamie. »Soll ich später nach dir sehen?«

»Das wäre schön«, antwortete sie und zwang sich zu einem Lächeln, bevor sie die Treppe hinaufging.

Auf halbem Weg nach oben begegnete sie Fin, der mit fröhlicher Miene nach unten kam.

»Es bringt Unglück, sich auf der Treppe zu kreuzen«, sagte er und hob eine Augenbraue, bevor er breit grinste. »Nur ein Scherz«, fügte er hinzu und machte Platz, damit sie vorbeigehen konnte. »Nach dir.«

Er lächelte immer noch, als sie an ihm vorbeiging, aber sie erwiderte es nicht. Das hatte er nicht verdient.

Obwohl sie unbedingt schlafen wollte, stellte Holly fest, dass ihr Kopf einfach nicht zur Ruhe kam. Sie verbrachte den Rest des Nachmittags damit, ein Buch zu lesen, bevor sie auch das aufgab und sich YouTube-Shorts ansah.

Seit sie hier wohnte, hatte sie noch nie alleine Zeit in ihrem Zimmer verbracht. Der Wintergarten war ein schöner Ort zum Lesen, und der Fernseher stand im Wohnzimmer, wo sie und Jamie oft gemeinsam Filme geschaut hatten. Die Küche war das Herz des Hauses und der Ort, an dem sie die meiste Zeit verbrachte. Die langen Bänke waren fast so bequem wie ein Sofa. Ihr Schlafzimmer wurde hauptsächlich für zwei Dinge genutzt: zum Schlafen und zum Umziehen. Nicht, dass es nicht schön gewesen wäre. Durch das große Fenster konnte man in den Garten blicken. Es gab einen hübschen, gusseisernen Kamin mit Kaminsims und einen großen Spiegel darüber, wo sie ihr Make-up auftragen konnte. Falls sie zukünftig mehr Zeit hier drin verbringen würde, könnte sie noch einiges verbessern. Sie könnte ein paar schöne Decken und Kissen und einige dieser Duftkerzen, die einen Raum wie ein Spa riechen ließen, besorgen.

Sie überlegte gerade, in welcher Farbe sie die Wände streichen könnte, als es an der Tür klopfte.

»Holly, geht es dir gut? Darf ich reinkommen?«

Sie rutschte auf dem Bett herum und setzte sich etwas auf.

»Ich bin wach«, rief sie, und eine Sekunde später knarrte die Tür.

»Hey«, sagte Jamie und trat ein. »Wie geht es dir? Du siehst immer noch ein bisschen blass aus, weißt du.«

Holly setzte sich aufrechter hin und streckte ihren verspannten Hals.

»Es geht schon. Vielleicht habe ich einfach Hunger.«

»Das ist toll«, antwortete Jamie, anscheinend höchst erfreut über diese Information. »Ich wollte gerade fragen, ob du mit uns essen möchtest. Fin und ich wollten Take-away bestellen, um seinen ersten Abend hier zu feiern. Wir haben auch vor, den Sekt zu öffnen. Und er zahlt.«

Holly wollte ablehnen. Das Letzte, was sie wollte, war, Fins Großzügigkeit zu akzeptieren, denn das würde sich irgendwann rächen, auch wenn Jamie das momentan nicht sehen konnte. Aber noch bevor sie etwas sagen konnte, knurrte ihr Magen so laut, dass Jamie es hören konnte.

»Perfekt. Chinesisch, Indisch oder Thai? Du entscheidest. Wir sind mit allem einverstanden.«

Hollys und Bens erste Wahl war immer Indisch gewesen. Butter Chicken und Tarka Dahl waren ihrer Meinung nach unübertrefflich. Sie entschied sich immer für die cremigen Gerichte, während Ben Chilis bevorzugte, aber momentan hatte sie Lust auf etwas Würziges. Etwas wirklich scharfes.

»Ich denke, ich hätte Lust auf Thai«, sagte sie.

»Toll. Finde heraus, was du möchtest, und ich werde es holen.«

Dann trat Jamie gänzlich in ihr Schlafzimmer und schloss leise die Tür hinter sich. In all der Zeit, in der sie Mitbewohnerinnen gewesen waren, hatte sie das noch nie getan, und das beunruhigte Holly.

»Hör zu, Fin möchte etwas Zeit mit dir verbringen, während ich das Essen hole. Ich weiß, dass er sich seit dem Vorfall im Badezimmer Sorgen macht, dass er keinen guten Eindruck bei dir hinterlassen hat. Es ist ihm wichtig, dass ihr zwei gut miteinander auskommt.«

Sie setzte sich ans Fußende des Bettes, scheinbar ahnungslos, dass Hollys Füße dort lagen.

»Ich weiß, dass du nicht gerade begeistert darüber bist, dass er bei mir einzieht, und wenn man die Situation mit Ben bedenkt, ist es wirklich mieses Timing, aber würdest du es bitte versuchen? Ehrlich, ich bin mir sicher, dass du ihn mögen wirst. Er ist …« Holly beobachtete, Jamies Augen vor Glückseligkeit leuchteten.

»Er ist ein bisschen anders, das gebe ich zu. Aber ich bin sicher, dass ihr euch verstehen werdet. Gibst du ihm eine Chance? Für mich?«

Während sie auf eine Antwort wartete, konnte Holly ihn pfeifend im Haus umhergehen hören. Und weil sie wusste, dass sie nichts anderes sagen konnte, lächelte sie und sagte: »Natürlich werde ich das.«

KAPITEL NEUNZEHN

Sie saßen im Wohnzimmer. Fin saß auf dem Sofa, das Holly normalerweise benutzte, und weil es sich nicht richtig anfühlte, sich auf Jamies Sofa zu setzen, benutzte Holly den Sessel, den sie sonst vermied, weil er hart wie Stein war. Kein Wunder, dass auch Caroline und Ben immer schnurstracks zu den Sofas gingen. Ihr tat auf einmal Michael leid, der immer diesen Platz bekam, wenn sie zu Besuch waren. Vielleicht würde sie ihm zukünftig einen Platz auf dem Sofa anbieten. Andererseits wäre jetzt vielleicht nicht mehr genug Platz für alle, da Fin hier wohnte. Sie konnte sich nicht vorstellen, dass Ben in absehbarer Zukunft für einen Spieleabend vorbeikommen würde.

Jamie war schon seit über zehn Minuten weg, was ihr eher wie zwanzig Minuten vorkam, aber die Wartezeiten im Thai-Restaurant waren immer lang, und so würde es wahrscheinlich noch mindestens zehn weitere Minuten dauern. Hollys Hunger half nicht mit ihrer mürrischen Stimmung. Sie hatte ein grünes Thai-Curry bestellt und hoffte, dass der würzige Geschmack ihren neu entdeckten Heißhunger auf Chili stillen würde. Ihre Hoffnung, dass Fin bezahlen würde, war schnell verpufft, als er festgestellt hatte, dass sich seine Geldbörse noch in seiner alten Wohnung befand, und so hatte Jamie bezahlen müssen. Holly konnte nicht verstehen, dass sie seine Masche, sie um ihr Geld zu bringen, bisher nicht durchschaut hatte.

»Also, erzähl mal, hast du Geheimnisse, Holly Berry?«, fragte Fin und lehnte sich vor.

»Wie bitte?«

»Geheimnisse. Bist du der Typ Mensch, der Geheimnisse hat?«

»Ähm. Äh.«

Sie war sich sicher, dass sie diesen Mann nicht mochte, und dieses Gefühl wuchs mit jeder Sekunde. Hatte sie Geheimnisse? Was für eine Frage! Jeder hatte Geheimnisse, und sie würde sicherlich nicht anfangen, ihm ihre zu erzählen.

Aber was sie tatsächlich sagte, war: »Nein, ich denke nicht. Ich bin ein offenes Buch.«

Er nickte, offensichtlich zufrieden mit dieser Antwort.

»Gut, das ist gut. Ich weiß, ich wirkte manchmal etwas direkt, aber ich denke, es ist wichtig, dass wir unser wahres Ich zeigen, wenn wir jemanden kennenlernen. Findest du nicht?«

»Ich denke schon.«

Wieder nickte er und schien ihren verwirrten Blick nicht zu bemerken.

»Jamie sagte, ich würde dich mögen«, fuhr er fort. »Weißt du, sie ist so rein, so unkompliziert. Und ich denke, es ist gesund, so zu sein, wie man ist. Man sollte nichts verstecken, nur weil man glaubt, dass andere Leute es nicht mögen würden. Im Laufe der Jahre habe ich gelernt, dass schlechte Gedanken, Betrug und Lügen die Energiekanäle in unserem Inneren blockieren. Das kann deiner geistigen und körperlichen Gesundheit schaden.«

»Blockierte Energiekanäle?«

»Genau. Wenn ich jetzt auf mein Leben blicke, weiß ich, dass Wut und Bitterkeit keinen Platz darin haben. Sie halten dich zurück. Du kannst niemals frei sein, weder beruflich, privat noch in der Liebe, wenn du an diesen Dingen festhältst. Findest du nicht?«

Sie konnte kaum glauben, was sie da hörte. So sprach niemand wirklich, oder? Höchstens jemand in einer Reality-TV-Show, der behauptete, zwanzig Monate in einem versteckten Ashram verbracht zu haben, gefolgt von zwei Jahren in einem buddhistischen Kloster, um dann in einem Tempel an den Berghängen Bhutans den Sinn des Lebens gefunden zu haben – und das alles vor seinem zwanzigsten Lebensjahr. Unglaublich, dass Jamie so etwas ernst nehmen konnte.

»Ich finde es eigentlich ganz gesund, ein paar Geheimnisse zu bewahren«, entgegnete sie, jetzt etwas sicherer.

Fin rutschte nervös auf dem Sofa hin und her.

»Wirklich? Was für welche zum Beispiel?«

Nach kurzem Überlegen antwortete Holly: »Wie die Zahnfee. Der Weihnachtsmann. Ich meine, wäre es nicht schrecklich enttäuschend, wenn man allen Kindern sagen würde, dass der Weihnachtsmann nicht echt ist, nur weil man keine Geheimnisse vor ihnen haben will?«

»Aber stell dir vor, wie dankbar sie wären«, entgegnete er, »wenn sie wüssten, dass ihre Eltern jedes Jahr etwas so Besonderes für sie tun? Wie sehr sie die Geschenke schätzen würden, wenn sie wüssten, dass sie mit dem hart verdienten Geld ihrer Eltern gekauft wurden, anstatt zu denken, dass sie in irgendeiner imaginären Werkstatt am Nordpol oder in Lappland oder wo auch immer ihr Briten glaubt, dass der Weihnachtsmann wohnt, gemacht wurden. Findest du nicht, dass das besser wäre? Dass das Wissen, dass die Geschenke von echten Menschen mit Liebe ausgesucht wurden, mehr bedeuten würde?«

Holly dachte an die Weihnachtsfeste ihrer Kindheit. Wegen der finanziellen Schwierigkeiten ihrer Eltern war der Weihnachtsmann bei ihnen immer etwas sparsamer gewesen als bei ihren Freunden. Anstatt Kassettenrekordern und den neuesten Modeaccessoires, hatte sie Orangen und selbst gestrickte Handschuhe in ihrem Strumpf gefunden. Als sie den Grund dafür herausgefunden hatte, war sie schon in einem Alter gewesen, in dem man nicht mehr an den Weihnachtsmann glaubte. Hätte es wirklich einen Unterschied gemacht, wenn sie die Wahrheit gekannt hätte? Es war schwer zu sagen.

»Nun, ich denke, einige Geheimnisse sollten auch bewahrt werden, um andere Menschen nicht zu verletzen«, sagte sie mit einem Hauch von Endgültigkeit in ihrer Stimme.

»Auf kurze Sicht«, entgegnete er.

»Nicht unbedingt.«

Sie konnte spüren, wie sie sich innerlich sträubte. Für jemanden, der so viel Wert auf Frieden und Gelassenheit legte, schien er abweichenden Meinungen gegenüber nicht sehr tolerant zu sein. Anscheinend war das seine Art: ganz oder gar nicht. Toll.

»Jetzt bin ich an der Reihe, dir eine Frage zu stellen«, sagte sie. »Warum hast du die Staaten verlassen? Kalifornien, nicht wahr?«

»Ah, Kalifornien.«

Seine Lippen verzogen sich zu einem Lächeln, sodass seine perfekt geraden, strahlend weißen Zähne sichtbar wurden. Er war ein wirklich attraktiver Mann, daran gab es keinen Zweifel. Sie konnte ihn sich leicht auf einem Pin-up-Kalender vorstellen, vielleicht in einem karierten Holzfällerhemd, das vorne offen war und seine muskulöse Brust zeigte, oder auf einem Sofa, mit den Armen voller Welpen, um ihm einen süßen, fürsorglichen Look zu verleihen.

»Nun, ich bin ein Doppelstaatsbürger. Meine Mutter ist Britin. Sie wurde in Colchester geboren. Kennst du das?«

»Nur vage«, antwortete sie ehrlich.

Sie wusste, dass es an der Ostküste lag, aber ihr geografisches Wissen beschränkte sich auf die Cotswolds, London und das Gebiet dazwischen.

»Essex, nicht wahr?«

»Richtig. Ich war nur ein paar Mal dort. Sie hält sich meistens in dieser Gegend auf, wenn sie in Großbritannien ist. Als ich noch jung war, waren wir alle paar Jahre hier zu Besuch, um die Großeltern, Cousins und andere Verwandte zu besuchen. Wie dem auch sei, ich war schon lange nicht mehr hier, also beschloss ich, alleine herzukommen. Und dann habe ich Jamie getroffen.«

»Also warst du hier zu Besuch? Wo hast du in den letzten Monaten gewohnt?«

»Nun, die meiste Zeit hier. Ich habe ein paar Sachen bei meiner Großmutter, aber anfangs habe ich bei meinem Cousin gewohnt. Er hat ein Haus in Chipping Norton.«

Er sprach weiter über seinen Cousin, der irgendetwas in der Finanzbranche machte, aber Holly hörte nur mit halbem Ohr zu. Sie fühlte sich in ihrer Entscheidung bestätigt, ihn nicht zu mögen. Allein aus diesem Gespräch ging deutlich hervor, dass er nur bei Jamie einzog, weil er sonst keine Bleibe hätte. Die Geschichte über seine Mutter, Großmutter und seine Doppelstaatsbürgerschaft war eindeutig eine Lüge. Holly gab ihm einen Monat, um Jamie einen Heiratsantrag zu machen – wenn sie ihn bis dahin nicht bereits rausgeworfen hatte.

»Also, Jamie hat gesagt, du hättest all deine Ersparnisse verwendet, um einen Süßwarenladen zu kaufen. Das ist radikal. Wirklich mutig.«

Sie schnaubte.

»Vielleicht. Aber ich habe ihn nicht einfach gekauft. Ich hatte früher schon dort gearbeitet. Und hier gewohnt.«

»Oh ja, das hat sie gesagt. Trotzdem, ziemlich krass.«

Krass. Sie hatte schon viele Kommentare über ihre Entscheidung, *Just One More* zu kaufen, gehört, aber *krass* war noch nie dabei gewesen.

»Und was machst du beruflich?«, fragte sie.

Das war das erste Mal, dass er sich Zeit nehmen musste, um seine Antwort zu überdenken. Er streckte die Arme über seinem Kopf aus, gähnte kurz und ließ sich dann zurück auf das Sofa sinken.

»Eigentlich bin ich gerade in einer Art Übergangsphase«, sagte er. »Kurz vor meiner Abreise aus den Staaten habe ich meine Firma verkauft, einer der Gründe für meinen Besuch. Reisen öffnet den Geist, weißt du? Es lässt mich die Dinge aus einer neuen Perspektive sehen. Das macht es leichter, zu entscheiden, was ich als Nächstes machen möchte.«

»Also bist du arbeitslos?«

»Ich habe Ideen. Ich denke, ich werde die Zeit nutzen, um herauszufinden, in welche Richtung ich gehen möchte.«

Das war genau die Art von vagem Unsinn, den Holly von einem Betrüger erwarten würde. All dieses Gerede über Geheimnisse. Was für eine großartige Strategie, um zu verbergen, dass er Jamie anlog. Wut machte sich in ihr breit. Sie hatte genug von ihm.

»Was erhoffst du dir von alledem? Was willst du von deiner Beziehung mit Jamie?«, fragte sie.

»Was ich will?« Er lehnte sich vor. »Was denkst du denn, was ich will?«

»Ich weiß es nicht. Deshalb frage ich.«

Er presste die Lippen zusammen und strich sich mit den Händen durch sein blondes Haar, das sofort wieder perfekt zurückfiel, als würde er für eine Aftershave-Werbung posieren.

»Nun, ich denke, ich will alles.«

»Was soll das bedeuten?«

»Genau das, was ich sage. Ich möchte, dass sie glücklich ist. Ich möchte mit ihr alt werden. Vielleicht Kinder, oder vielleicht auch nicht. Ich weiß, dass sie da noch etwas unentschlossen ist, aber das macht nichts. Wir könnten auch einfach aufbrechen und die Welt bereisen, wenn sie das möchte. Ins tiefblaue Meer tauchen und auf schneebedeckte Berge klettern. Unter Wasserfällen baden und unter den Sternen Zelten. Was auch immer sie will.«

»Was für ein Unsinn«, war alles, was Holly denken konnte. Es war absurd. Die Leichtigkeit, mit der diese Worte über seine Lippen kamen, ließ vermuten, dass er sie geprobt oder, was wahrscheinlicher war, schon tausendmal gesagt hatte.

»Wow, du klingst wie der perfekte Mann, bereit, alles für sie aufzugeben.«

»Ist es nicht das, was man tut, wenn man jemanden liebt?«

»Liebst du sie?«

Das war das erste Mal, dass seine lässige, kalifornische Haltung ins Wanken geriet. Er setzte sich wieder auf.

»Weißt du was, ich habe viele Fragen beantwortet«, sagte er. »Ich denke, es ist an der Zeit, dass ich dir eine stelle.«

Das Knirschen ihrer zusammengebissenen Zähne vibrierte in ihrem Schädel. Was auch immer er fragen wollte, sie wusste, dass es nichts Gutes sein würde.

»Dann schieß los«, sagte sie.

»Was habe ich getan, um dich zu verärgern?«, fragte er.

Sie prustete los. Es passierte abrupter, als sie beabsichtigt hatte, und wirkte fast aggressiv. Sie versuchte, das Geräusch mit einem halben Lachen zu überspielen.

»Was lässt dich glauben, dass du etwas getan hast, um mich zu verärgern?«

»Deine Energie, sie ist sehr, sehr … angespannt.«

»Angespannt? Als Nächstes sagst du mir, dass meine Energiekanäle blockiert sind, oder?«

Ein Hauch von Verärgerung huschte über sein Gesicht. Es war das erste Mal, seit dem Beginn ihres Gesprächs, dass seine Ruhe und Gelassenheit verschwanden, aber es hielt nur für einen Augenblick an, dann lächelte er wieder.

»Hör zu, es tut mir leid, dass du es für notwendig hältst, die Überzeugungen anderer Menschen zu belächeln. Ich will Jamie glücklich machen, das ist alles. Und schlechte Energie ist ansteckend, das wollen Jamie und ich nicht in diesem Haus.«

»Wow. Was für eine tolle Art und Weise, das Haus für dich zu beanspruchen.«

»Das ist nicht das, was ich meine, Holly. Ich wünsche mir einfach nur Ruhe und Harmonie.«

Sie schüttelte den Kopf. Dieser Kerl war noch unglaublicher, als sie gedacht hatte.

»Weißt du was? Ich werde dir ganz genau sagen, was mir an dir missfällt. Es ist …«

Sie wusste nicht genau, was sie zuerst sagen sollte, denn die Auswahl war groß. Ganz oben auf der Liste stand wahrscheinlich die Art und Weise, wie er Jamie behandelte – als sei sie unfähig. Dann war da noch die Tatsache, dass er ganz selbstverständlich zuließ, dass sie für alles bezahlte. Ihr missfiel auch, dass er ihr Leben innerhalb weniger Monate vollständig durchdrungen hatte, und ihr fielen noch ein Dutzend andere Dinge ein. Doch bevor sie zu sprechen beginnen konnte, hörte sie, wie die Haustür aufging.

»Ich hoffe, ihr kommt miteinander aus«, sagte Jamie auf dem Weg in die Küche. »Lasst uns essen. Ich sterbe vor Hunger.«

KAPITEL ZWANZIG

Holly schaffte nur die Hälfte ihres Currys und stellte den Rest in den Kühlschrank, damit sie es am Tag darauf essen konnte. Fin verhielt sich völlig normal, lächelte und plauderte. Nicht ein Hauch von Feindseligkeit ging von ihm aus, was sie ziemlich beunruhigte. Er holte die Teller, servierte das Essen, füllte ihre Gläser nach und hielt das Gespräch am Laufen. Es war offensichtlich, dass Jamie sehr von ihm angetan war, als sie sich an ihn lehnte, ein paar Krümel aus seinem Stoppelbart wischte und ihn mit Pad Thai fütterte. Nach dem Essen sahen sie fern, und er war weiterhin das Paradebeispiel eines perfekten Gentlemans. Trotzdem hatte er etwas, das sie aus dem Konzept brachte.

»Ich glaube, ich gehe schlafen«, sagte sie und stand auf.

»Bist du sicher?«, fragte Jamie. »Wir können etwas anderes sehen, wenn du möchtest. Oder wir könnten ein Spiel spielen. Ich wollte Fin dieses neue Brettspiel zeigen. Er hat es noch nie gespielt.«

»Ehrlich gesagt brauche ich dringend Schlaf. Ich bin morgen alleine im Laden«, log sie versehentlich, dann erinnerte sie sich daran, dass Drey versprochen hatte, am Morgen zu öffnen.

»Na gut, wenn du sicher bist.«

In der Küche goss sie sich ein großes Glas Wasser ein und nahm einen Schluck. Ihre Lieblingszahnbürste war immer noch bei Ben zu Hause, realisierte sie. Zusammen mit ein paar anderen Dingen wie Schmuck und etwas Make-up. Sie sollte rübergehen und es holen, war sich aber nicht sicher, ob sie schon bereit dafür war. Vielleicht könnte er es vorbeibringen.

»Holly?«

Fins Stimme ließ sie zusammenzucken. Einen Moment lang hatte sie ihn völlig vergessen, aber da stand er nun und hielt ein kleines Päckchen in der Hand.

»Es tut mir leid, wenn wir heute nicht auf dem rechten Fuß gestartet sind. Ich weiß, dass ich oft etwas intensiv wirken kann, wenn man mich zum ersten Mal trifft. Das ist ein Fehler, an dem ich arbeite. Toll für Geschäftstreffen, nicht so toll in sozialen Situationen. Jamie hat mich davor gewarnt. Also, hier, bitte.«

Er hielt ihr die Schachtel hin.

»Was ist das?«, fragte sie, ohne sie ihm abzunehmen.

»Ein kleines Einweihungsgeschenk.«

»Ich glaube, man macht Geschenke, wenn jemand einzieht. Ich wohne schon hier. Außerdem hast du schon den Kuchen und dieses Getränk mitgebracht.«

»Die du kaum angerührt hast, außerdem ist das hier etwas Besonderes. Na los, nimm es schon.«

Sie zögerte noch einen Moment lang, dann streckte sie die Hand aus und nahm ihm die Schachtel ab. Sie war schwerer, als sie erwartet hatte, besonders für ihre Größe.

»Öffne sie«, forderte er sie auf.

Da sie spürte, dass sie sich nicht davor würde drücken können, hob sie den Deckel ab.

»Eine Kerze?«, fragte sie und versuchte, die Form darin richtig zu deuten.

»Ja. Sie ist handgemacht. Nicht von mir, aber von einem meiner Freunde. Sie duftet unglaublich, nach Salbei und Rosenquarz. Es sind echte Quarz-Kristalle darin eingearbeitet. Wenn du sie beim Meditieren anzündest, wird sie dabei helfen, deine Energiekanäle zu befreien.«

Schon wieder diese verdammten Energiekanäle. Holly spürte, wie sich ihr Kiefer anspannte. Irgendwie schaffte sie es, ein Lächeln aufzusetzen, auch wenn es etwas schief wirkte.

»Danke«, sagte sie. »Das ist sehr nett von dir.«

Im Nu hatte er seine Arme um sie geschlungen und zog sie in eine Umarmung, wie sie sie noch nie zuvor erlebt hatte. War es in Kalifornien üblich, die Freundinnen deiner Freundin so zu umarmen? Falls dem so war, würde sie nicht so bald dorthin reisen wollen.

»Da sieh mal einer an. Ich wusste, dass ihr beiden euch verstehen würdet«, sagte Jamie, die sie von der Tür aus beobachtete.

Dann, noch bevor Holly sich aus seinem Griff befreien konnte, kam sie auf sie zu.

»WG-Gruppenumarmung!«

Holly war zwischen Fin, Jamie und der Schachtel eingeklemmt, die sich in ihre Rippen bohrte, und konnte kaum mehr atmen. Ihr Gesicht wurde rot.

»Okay, das war's«, sagte sie und befreite sich aus ihrer Umklammerung. »Früh Schlafengehen und so. Gute Nacht«, fügte sie hinzu, dann nahm sie ihr Glas Wasser und verließ das Zimmer.

Als sie am nächsten Morgen erwachte, fühlte sich Holly etwas besser. Sie hatte, entgegen ihrem früheren Bauchgefühl, beschlossen, dass ihr diffuses Licht beim Entspannen helfen könnte, also hatte sie Fins Kerze eine halbe Stunde lang auf der Fensterbank brennen lassen, bevor sie sich zum Schlafen hingelegt hatte. Das Gerede über das Befreien der Energiekanäle hielt sie für Unsinn, aber die Kerze duftete göttlich, und sie schien ihr beim Lesen zu helfen. Ihre Mutter würde sie lieben. Vielleicht könnte sie eine für ihren Geburtstag besorgen, vorausgesetzt, Fin war dann noch da. Bis dahin könnte er bereits alles von Jamie bekommen haben, was er wollte und wieder weg sein.

Obwohl sie vorgehabt hatte, auszuschlafen, erinnerte sie sich nur eine halbe Stunde nach dem Klingeln ihres Weckers daran, dass an diesem Tag zwei Partyplatten abgeholt werden sollten. Sie hatte bereits alle Süßigkeiten und die Gläser und Schalen dafür gekauft, hatte es aber leider noch nicht geschafft, alles zusammenzustellen. Von Drey zu erwarten, all das alleine zu machen und gleichzeitig den Laden vorzubereiten, war unmöglich.

Also war sie um halb zehn im Lager des Ladens und füllte

kleine Glasbehälter, die sie in Kartons verpackte, damit sie abgeholt werden konnten. Angesichts des geschäftigen Treibens im Laden überlegte sie, Drey zu bitten, den ganzen Tag zu bleiben, aber sie verwarf diese Idee schnell wieder. Dreys Vater hatte kurz nach Weihnachten mit Holly gesprochen. Er war weder unhöflich noch unfreundlich gewesen, hatte aber betont, dass es wichtig sei, dass sich Drey in diesem Jahr für die Uni bewarb. Er machte sich Sorgen, dass sich die vielen Stunden im Laden negativ auf ihre Leistungen auswirken könnten.

Ab ein Uhr war sie alleine und bediente die Kunden, die in einem stetigen Strom durch die Tür kamen.

»Das ist ein tolles Angebot, nicht wahr?«, sagte eine Kundin, als Holly ihre Einkäufe in die Kasse eintippte.

Sie war so sehr mit ihren Gedanken beschäftigt, dass sie kaum darauf achtete, was sie verkaufte. Daher war dies das erste Mal, dass sie dem Artikel in ihrer Hand irgendwelche Aufmerksamkeit schenkte. Es war eine Karamellschachtel mit einer Postkarte von Bourton auf der Vorderseite. Das Bild zeigte eine Winterszene mit Schnee, der um den riesigen Weihnachtsbaum herum fiel. Sie verspürte eine brennende Wut auf das Bild. Würde sie dieses Foto jemals wieder betrachten können, ohne an Ben zu denken? Sie hatte diesen Baum geliebt. Sie würde nicht zulassen, dass er ihn ruinierte. Sie war gerade dabei, die Schachtel in eine Tüte zu packen, als sie etwas bemerkte, was ihr kochendes Blut gefrieren ließ.

Diese konstanten Bestseller wurden für zwei Pfund und neunundneunzig Pence verkauft. Die Gewinnmarge war nicht besonders gut – sie waren nicht annähernd so lukrativ wie die Süßigkeiten, die sie nach Gewicht verkauften –, aber sie kaufte sie in so großen Mengen ein, dass es sich lohnte. Aber auf dem Etikett stand nicht zwei neunundneunzig, sondern neunundneunzig Pence.

»Verzeihung«, sagte sie, überprüfte die Box darunter und dann die nächste.

Die Frau hatte insgesamt sieben Stück ausgesucht, und alle waren falsch angeschrieben.

»Die sind leider falsch angeschrieben«, sagte sie. »Sie sollten zwei neunundneunzig kosten.«

Die Frau erstarrte.

»Auf dem Etikett steht neunundneunzig Pence.«

»Das sehe ich«, antwortete Holly, »aber das ist offensichtlich ein Fehler. Ich versichere Ihnen, dass diese Schachteln zwei neunundneunzig kosten.«

Sie ging von hinter dem Tresen zu dem Regal, auf dem sie ausgestellt waren. Ihr Herz wurde schwer, als sie mehr und mehr Schachteln sah, die mit neunundneunzig Pence angeschrieben waren. Tatsächlich war sie fast bis zur Mitte des Regals gelangt, als sie endlich eine mit dem richtigen Preis fand.

»Hier«, sagte sie und zog die Schachtel heraus, damit die Kundin sie sehen konnte. »So sollten sie aussehen.«

»Nun, zu dem Preis will ich sie nicht. Auf diesen hier steht neunundneunzig Pence und das ist der Preis, den ich zahlen will. Sie können nicht einfach Ihre Meinung ändern. So führt man kein Geschäft. Ich bin überrascht, dass überhaupt jemand hier einkauft, wenn Sie Ihre Kunden so behandeln.«

Inzwischen waren weitere Kunden eingetreten, und sie

konnte sehen, dass alle mit großem Interesse zusahen. Es gab keine Chance, dass diese Frau den richtigen Preis zahlen würde, und warum sollte sie das auch? Holly grübelte. Es war klar, dass es eine ziemliche Szene geben würde, wenn sie auf dem höheren Preis bestand, und sie müsste auch die falschen Eingaben in der Kasse korrigieren, was schrecklich mühsam wäre. Sie würde es einfach hinnehmen müssen.

»In Ordnung«, sagte sie.

Sie tippte alles ein und legte die Schachteln in Rekordzeit in eine Tüte, damit sie zurück zum Regal laufen und all die falsch angeschriebenen Schachteln entfernen konnte. Wie um alles in der Welt war das passiert? Sie versuchte, sich daran zu erinnern, wann sie angekommen waren. Die Lieferung war in der vorletzten Woche eingetroffen, aber sie hatte erst später damit begonnen, sie zu etikettieren. Da fiel es ihr ein. Ihr Vater hatte ihre Arbeit beendet, und sie war so abgelenkt gewesen, dass sie ihm einfach gesagt hatte, er solle weitermachen. Hatte er denn gar nicht daran gedacht, den Preis derer anzusehen, die sie bereits etikettiert hatte? Warum hatte er den Unterschied nicht bemerkt, als er sie ins Regal gestellt hatte?

Ärger brodelte in ihr, Ärger auf sich selbst. Gut, dass ihr die Bank nicht mehr im Nacken saß, dachte sie. Glücklicherweise dauerte es nicht lange, den Fehler zu beheben, und bald waren die beliebten Postkarten-Schachteln mit Karamell wieder zum korrekten Preis erhältlich.

Leider war ihr Verlangen nach Schokoladen-Limetten genauso stark wie am Vortag. Sie musste einen Schwangerschaftstest machen, um sich zu beruhigen, aber es war Sonntag, und zu dieser Uhrzeit gab es keinen einzigen Laden, in dem sie einen kaufen konnte. Vielleicht an der örtlichen Tankstelle, aber sie kannte ein paar der Angestellten durch Caroline und Michael, und die beiden waren nicht sehr diskret – milde ausgedrückt. Nein, es wäre besser, bis morgen zu warten. Ihr Vater würde wieder für ein paar Stunden im Laden sein, und sie könnte losgehen und einen kaufen.

Sie ging nach Hause und fragte sich, ob Jamie Lebensmittel eingekauft hatte, oder ob sie die Schränke nach einer Dose Suppe durchsuchen müsste. Morgen würde sie selbst einkaufen gehen. Vielleicht würde sie zur Abwechslung mal früh aufstehen. Sie war jetzt wieder Single, also würde sie vielleicht zu einem jener Menschen werden, die ihre Tage gerne um 5:30 Uhr begannen. Andererseits hatte sie das noch nie getan, also war es eher unwahrscheinlich.

Als sie sich ihrem Zuhause näherte, fiel ihr der ungewöhnlich hohe Lärmpegel auf. Hämmern, unterbrochen von etwas, das sich wie das Surren einer elektrischen Säge anhörte, kam von irgendwo in der Nähe. Hier in der Gegend beschäftigten sich viele Leute mit Heimwerkerarbeiten, aber selten an einem Sonntagabend. Angesichts ihrer Stimmung war das Letzte, was sie jetzt hören wollte, konstantes Hämmern.

Als sie das Haus erreichte, war sie froh, dass Jamies Lieferwagen nicht da war. Das bedeutete zumindest, dass sie ihre Freundin nicht in einem intimen Moment stören würde, und mit etwas Glück wäre auch Fin unterwegs. Während sie darüber nachdachte, dass sie noch das Take-away vom

Vortag im Kühlschrank hatte, öffnete sie die Haustür und blieb wie angewurzelt stehen. Das Hämmern war jetzt lauter. Mit zunehmendem Unbehagen betrat sie die Küche und blickte durch die Doppeltüren, die zum Garten führten.

»Was zum Teufel!«, rief sie.

KAPITEL EINUNDZWANZIG

»Was zum Teufel machst du da?«, rief Holly, als sie durch die Hintertür stürmte. »Um Himmels willen!«

Fin stand am anderen Ende des Gartens. Beim Schuppen. Dem Schuppen, in dem Jamie all ihr Werkzeug aufbewahrte. Sie hatte sogar eine kleine Kamera angebracht – die gleiche Art, die Giles dabei gefilmt hatte, wie er eine Maus in ihrem Laden versteckt hatte –, um sicherzustellen, dass nichts gestohlen wurde. Aber in diesem Moment blickte sie nicht auf den Schuppen, sondern auf ihre Himbeersträucher, oder besser gesagt, auf die Stelle zwischen dem Schuppen und Bens Hecke, wo sie einst gestanden hatten.

Es sah aus wie eine Szene aus einem Katastrophenfilm. Umgegrabene Erde. Pflanzen, die aus dem Boden gerissen und zertreten worden waren. Keine Einzige war noch übrig. Einen Moment lang konnte sie nicht einmal sprechen.

»Meine Himbeersträucher«, sagte sie, als sie endlich ihre

Stimme wiederfand. »Was zum Teufel hast du gemacht?«, fragte sie und schaute sich um. »Auch meine Stachelbeeren!«

Tränen der Wut stiegen ihr in die Augen, als sie sah, wie weitreichend die Zerstörung war.

»Was zum Teufel hast du dir dabei gedacht?«

Fin stand regungslos da.

»Das waren Pflanzen?«, fragte er, sichtlich verdutzt.

Nie zuvor hatte sein kalifornischer Akzent so sehr genervt.

»Natürlich waren das Pflanzen. Meine Pflanzen. Meine Beeren.«

Er stand da und starrte sie an.

»Ich dachte … ich dachte … ich glaube, ich habe einen Fehler gemacht.«

»Glaubst du?«, sagte sie und spürte, wie Hitze in ihre Wangen stieg.

Er war offensichtlich beschäftigt gewesen. Er hatte nicht nur ihre Himbeer- und Stachelbeersträucher gerodet, sondern auch fast alle Brombeer- und Johannisbeersträucher. Das Beet, das sie mit Stroh zugedeckt hatte, um ihre Erdbeeren vor dem Winterfrost zu schützen, war vollständig umgegraben worden. Im Grunde war alles weg, was sie letztes Jahr gepflanzt hatte.

»Das tut mir wirklich leid. Das war mir nicht bewusst.«

»Warum bist du überhaupt hier draußen?«, schleuderte sie ihm entgegen.

Sie wusste, dass sie ihr Zuhause mit diesem Mann teilen musste, aber gehörte auch der Garten dazu? Zwischen ihr und Jamie hatte es ein unausgesprochenes Einvernehmen gegeben, dass dies ihr Bereich war. Sie pflegte nicht nur ihre

Kräuter und Früchte, sondern mähte auch den Rasen und hielt das Unkraut in Schach. Jamie nutzte den Schuppen und saß bei gutem Wetter auf der Terrasse, aber das war alles.

Jetzt schien sich alles geändert zu haben.

»Ich habe Mist gebaut«, räumte er ein, als er am Küchentisch saß und eine Tasse Kräutertee festhielt, der wie eine Mischung aus Kompost und Eukalyptusöl roch. »Jamie und ich hatten uns unterhalten. Ich sagte, dass ich eine Werkstatt brauche – du weißt, um meine Sachen zu machen, ganz zu schweigen davon, dass ich meine Yoga-Ausrüstung irgendwo unterbringen muss. Und sie sagte, dass sie ihren Schuppen etwas klein findet und wir vielleicht zwei Fliegen mit einer Klappe schlagen und einen größeren aufstellen könnten. Nun, ich dachte, es wäre eine nette Geburtstagsüberraschung für sie, wenn ich damit anfange. Ich hatte gehofft, bis heute Abend alles gerodet zu haben, um den Schuppen noch vor ihrem Geburtstag aufstellen zu können. Sie sahen wie normale Sträucher aus.«

»Weil es Sträucher waren«, sagte Holly wütend. »Beerensträucher. Teure.«

»Ich kann dir das Geld geben. Es ist egal, was sie gekostet haben.«

Er zog sein Handy aus der Tasche.

»Es geht nicht um das Geld«, entgegnete sie.

Er nickte.

»Ich verstehe. Wirklich.«

Sie erwartete weitere Demütigungen, doch zu ihrer Überraschung griff er über den Tisch und nahm ihre Hände.

»Sag mir, wie du dich fühlst.«

»Was?«

Sie war zu schockiert, um sich zu bewegen. War es nicht offensichtlich, dass sie verdammt wütend war? Und jetzt, da er sie berührt hatte, war sie sogar noch wütender.

»Es wird dir helfen, versprochen«, sagte er und schloss die Augen. »Du weißt, wenn du deine Gefühle unterdrückst, wird es nur noch schlimmer. Deine Energie…«

»Wage es nicht! Meine Energiekanäle waren völlig in Ordnung, bevor du meinen Garten verwüstet hast«, unterbrach sie ihn und entzog ihm ihre Hände. »Ich denke, das ist etwas, worüber Jamie und ich reden müssen. Unter vier Augen.«

Mit diesen Worten atmete sie heftig aus, stand auf und zog sich in ihr Zimmer zurück, um den Rest des Abends alleine zu verbringen.

Es war nach neun Uhr abends, als es an ihrer Schlafzimmertür klopfte. Sie hatte damit gerechnet. Jamie hatte ihr bereits eine Nachricht geschickt, dass Fin mit ihr gesprochen hatte, aber sie hatte nicht darauf reagiert. Sie hatte befürchtet, etwas zu sagen, das sie später bereuen würde.

»Darf ich reinkommen?«, rief Jamie, wartete jedoch nicht auf ihre Antwort. »Fin hat mir von den Beerensträuchern erzählt«, sagte sie und setzte sich auf Hollys Bett. »Er fühlt sich schrecklich.«

Holly schnaubte. Sie wollte ihre Wut nicht an Jamie auslassen, aber vielleicht wäre nichts davon passiert, wenn sie sich die Zeit genommen hätte, den Typen besser kennenzulernen, bevor sie ihn bei sich einziehen ließ.

»Glaub mir, er fühlt sich wirklich mies. Es hat ihn sehr getroffen. Es ist ihm wichtig, dass ihr beide gut miteinander auskommt. Mir auch.«

Sie machte eine Pause, als würde sie erwarten, dass Holly etwas sagte, aber sie konnte gerade nichts sagen, außerdem war es Jamie, die reden wollte.

»Er will im Internet neue Sträucher für dich bestellen«, sagte sie, »aber er ist nicht sicher, ob es die richtigen sind. Könntest du nach unten kommen und sie dir ansehen?«

Das war die erste direkte Frage, die sie ihr gestellt hatte, und Holly antwortete sofort.

»Wie du siehst, bin ich bereits im Pyjama«, sagte sie.

»Na und? So verbringst du doch die meisten deiner freien Tage.«

»Ja, aber das war früher.«

Holly wusste nicht, welche Antwort sie erwartet hatte, ging aber davon aus, dass Jamie ihren Hinweis verstanden hatte und sie in Ruhe lassen würde. Stattdessen stand ihre Mitbewohnerin auf, stemmte die Hände in die Hüften und sah sie wütend an. Es war wahrscheinlich das erste Mal, dass sie sie so ansah.

»Hör zu, ich weiß, dass es dir gerade nicht gut geht. Aber Fin bedeutet mir etwas. Er hat einen ehrlichen Fehler gemacht, das ist alles. Und wenn du nicht über deinen eigenen Trotz hinwegsehen kannst, um das zu erkennen, dann gibt es ein größeres Problem in dieser WG, als ich dachte.«

Wow. Holly seufzte. Jamie war die entspannteste Person, die sie je kennengelernt hatte. Sie nahm fast alles, außer Giles, mit einem Schulterzucken hin, aber diesmal hatte sie recht. Erst jetzt wurde ihr bewusst, wie schlecht sie sich verhalten hatte.

»Es tut mir leid«, sagte sie. »Du hast recht. Ich werde nach unten gehen und mir die Sträucher anschauen.«

»Danke.«

Jamies Stirnrunzeln löste sich etwas. Als Holly ihr Pyjama-Oberteil herunterzog und vom Bett aufstand, fiel ihr noch etwas ein. Es war kein guter Zeitpunkt, um es anzusprechen, aber sie wusste, dass es ihr keine Ruhe lassen würde, wenn sie es nicht tat, obwohl sie sich eigentlich die Pflanzen anschauen und Fin für etwas danken sollte, was jeder normale Mensch tun würde, wenn er gerade das Eigentum einer anderen Person zerstört hatte.

»Hast du mit Ben gesprochen?«, fragte sie.

Selbst von hinten konnte sie die Veränderung in Jamies Haltung sehen. Es war, als hätte sie gewusst, dass die Frage kommen würde.

»Nur kurz. Er hat mich heute Morgen angerufen. Er wollte wissen, wie es dir geht.«

»Wirklich?«

Sie versuchte, desinteressiert zu klingen, doch es gelang ihr nicht.

»Was hast du gesagt?«

»Ich habe gesagt, dass ich denke, dass es dir ganz gut geht. Das war natürlich vor heute Abend.«

Sie sah sie über ihre Schulter hinweg an und lächelte, um ihr zu zeigen, dass sie nur einen Scherz gemacht hatte. Holly war erleichtert. Sie konnte gerade keinen weiteren Beziehungsstreit gebrauchen.

»Er sagte auch, dass er es verstehen würde, wenn du nicht möchtest, dass er bei meiner Überraschungsgeburtstagsfeier am Dienstag dabei ist.«

Sie war so mit der Zerstörung ihres Eigentums beschäftigt gewesen, dass Holly nicht einmal bemerkt hatte, was Fin über das Aufstellen eines neuen Schuppens für Jamies Geburtstag gesagt hatte. Jamies Geburtstag, an dem sie alle zusammen essen gehen wollten.

»Weißt du, technisch gesehen ist es keine Überraschungsfeier, wenn du diejenige bist, die alle einlädt. Es ist einfach nur eine Party«, kommentierte Holly.

»Ich weiß, aber Fin wollte, dass es eine Überraschungsfeier wird, er wusste nur nicht, wen er einladen sollte. Und ich werde entsprechend überrascht aussehen. Das zählt, oder?«

Sie wollte darüber schmunzeln, aber in ihrer derzeitigen Stimmung schaffte sie es einfach nicht. Sie wusste noch nicht einmal, was auf sie zukam.

»Ben wird nicht kommen, oder?«, fragte sie mit zitternder Stimme.

»Natürlich wird er kommen«, versicherte Jamie. »Er hat noch nie meinen Geburtstag verpasst.«

»Ich dachte, du könntest ihn bitten, dieses Mal nicht zu kommen.«

»Das ist lächerlich. Er ist einer meiner besten Freunde und ich will, dass er dabei ist. Ich will, dass ihr beide da seid.«

Der Schmerz in ihrer Brust raubte ihr den Atem. Sie biss die Zähne zusammen und kämpfte gegen all die Dinge an, die sie sagen wollte. Es war nicht Jamies Schuld. Natürlich wollte sie, dass Ben dabei war, genauso, wie sie mit ihrem Freund zusammenleben wollte, obwohl er versuchte, sie um ihr Geld zu bringen und Hollys Eigentum zerstörte. Auf einmal fühlte sie sich allein. Wie ein Schiff, das von seinem Anker getrennt worden war und ziellos im Meer trieb.

»Es werden noch viele andere Leute da sein«, sagte Jamie. »Caroline und Michael kommen, dazu ein paar Leute, mit denen ich manchmal zusammenarbeite. Ich dachte, ihr könntet an entgegengesetzten Enden des Tisches sitzen. Du könntest neben Fin sitzen. Es wäre toll, wenn du ihn ein bisschen besser kennenlernen würdest. Vielleicht wäre es sogar gut für dich und Ben. Ihr könntet euch an einem neutralen Ort treffen.«

»Vielleicht.«

Sie wollte sich nicht aufregen, und es gab keinen Grund zum Weinen. Sie war erwachsen. Sie könnte ein Abendessen in Anwesenheit ihres Ex-Freundes überstehen, doch aus irgendeinem Grund wurde sie von Tränen überwältigt. Vielleicht waren es ihre Hormone, dachte sie und wünschte sich sofort, sie hätte es nicht getan. Es erinnerte sie an das, was ihr Vater über die Schokoladen-Limetten gesagt hatte, und obwohl sie sicher war, dass es reine Einbildung war, fühlte sie sich überfordert. Drei Sekunden später begann sie zu schluchzen.

»Oh, Holly.« Jamie setzte sich wieder auf das Bett und zog sie in eine Umarmung. »Mach dir keine Sorgen. Alles wird gut. Versprochen.«

KAPITEL ZWEIUNDZWANZIG

Die Suche nach neuen Sträuchern verlief so gut wie erwartet, da Holly nicht wirklich wusste, welche Arten sie benötigte. Beim letzten Mal hatte sie sich in der Baumschule beraten lassen. Es war viel schwieriger, anhand kleiner Bilder auf einem Bildschirm eine Entscheidung zu treffen, trotzdem war ihr bewusst, dass Jamie wollte, dass sie das tat. Fins Chance, sich ihre Gunst zu verdienen, verflüchtigte sich jedoch in dem Moment, als er zahlen wollte.

»Verdammt, meine Karte funktioniert nicht. Kann ich deine benutzen? Ich überweise dir das Geld später, zusammen mit meiner Miete.«

»Sicher.«

»Danke, meine kleine Zuckertüte.«

Zuckertüte? Holly fühlte sich unwohl, als sie diesen neuen Spitznamen hörte und sah, dass Jamie ihm einfach so ihre Karte gab. Und dann war da noch der Kommentar zu seiner Miete. Bedeutete das, dass ihre eigene Miete reduziert werden würde? Das wäre großartig, denn dann könnte sie damit anfangen, Geld für eine eigene Wohnung zu sparen.

Als die Zahlung endlich getätigt worden war und sie eine feste, lang andauernde Umarmung von Fin in Kauf genommen hatte, ging sie wieder ins Bett und fragte sich, was die kommende Woche für sie bereithalten würde.

AM NÄCHSTEN MORGEN erwachte Holly zu einem ungewöhnlichen Geruch. Er war nicht unangenehm, nur … fehl am Platz. Nachdem sie aus dem Bett geklettert war und sich gestreckt hatte, begab sie sich nach unten, wo sie schnell feststellte, dass der Geruch aus der Küche kam. Normalerweise aß Jamie morgens nur eine Scheibe Toast oder eine Schüssel Müsli, es sei denn, Holly kochte etwas Gehaltvolleres für sie beide. Aber es roch nicht nach Speck und Eiern, Pfannkuchen oder Waffeln. Ihr wurde flau im Magen, als sie begriff, was das bedeuten könnte.

Sie riss sich zusammen und betrat die Küche.

»Guten Morgen, Morgenmuffel«, sagte Fin auf die irritierende Art und Weise, die Menschen an den Tag legten, die morgens unnatürlich gut gelaunt waren. »Bereit, den Tag zu beginnen? Ich dachte, ich schulde dir ein Entschuldigungsfrühstück.«

Holly rieb sich die Augen und wunderte sich, wie jemand so früh am Morgen so viel Energie haben konnte. Dann nahm sie endlich den Anblick vor sich wahr, und ihr Mund klappte auf. Die Küche, ihre Küche, war ein absolutes Chaos. Sie hatte sich nie als eine besonders ordentliche Bäckerin betrachtet – tatsächlich hatte sie beim Backen ständig Mehl oder Zucker auf ihrer Kleidung –, aber im Laufe der Jahre hatte sie gelernt, dass es besser war, laufend aufzuräumen, statt sich am Ende mit einem riesigen Chaos auseinandersetzen zu müssen. Und Chaos war das einzige Wort, das ihr einfiel, um den Zustand der Küche zu beschreiben. Schneidebretter, Messer und Schüsseln lagen überall auf der Arbeitsplatte verstreut, während sich im Waschbecken Pfannen stapelten. Der Anblick schnürte ihr die Kehle zu.

»Ich muss zur Arbeit«, sagte sie. Angesichts der riesigen Menge an Essen fragte sie sich, ob er vielleicht noch ein halbes Dutzend andere Leute eingeladen hatte.

»Nicht ohne vorher etwas zu essen«, sagte er und zog einen Stuhl für sie heraus. »Dein Körper benötigt Nährstoffe, außerdem hat Jamie gesagt, dass du gerne isst. Ich dachte, das könnte zu unserer Versöhnung beitragen.«

Das musste ein Traum sein, dachte Holly. Ein Albtraum, genauer gesagt. Wie auf Autopilot ging sie zum Tisch und setzte sich Jamie gegenüber, die ein breites Grinsen im Gesicht hatte.

»Ich habe dir doch gesagt, dass er großartig ist, oder? Er ist seit zwei Stunden wach und bereitet alles vor.«

»Nun, ich stehe an den meisten Tagen um halb fünf auf, also versuche ich, meine Zeit sinnvoll zu nutzen. Es ist wirklich erfrischend, morgens bei Frost Skateboard zu fahren.«

»Oder einfach verrückt«, entgegnete Jamie.

Holly musste ihr recht geben. Skateboardfahren auf eisigem Untergrund war eine sichere Methode, um in der Notaufnahme zu landen.

Fin nahm eine schwere, gusseiserne Pfanne vom Herd

und stellte sie auf die Untersetzer in der Mitte des Tisches. Anstatt sich jedoch hinzusetzen und sich ihnen anzuschließen, schloss er seine Augen und atmete tief ein. Mehrere Sekunden lang blieb er regungslos stehen. Erst als er die Augen wieder öffnete, lieferte Jamie eine Erklärung.

»Fin meditiert gerne vor dem Essen. Ich weiß, es ist seltsam. Ich habe es ihm schon oft gesagt, aber er macht es trotzdem.«

»Es ist nicht seltsam, sich vor der Nahrungsaufnahme zu vergewissern, dass man seinem Körper die nötige Aufmerksamkeit schenkt«, sagte er, während er sich neben Holly setzte. »Und es ist auch nicht seltsam, im Einklang mit dem Planeten zu sein, der uns mit Nahrung versorgt. Es ist nicht mein Problem, dass es euch Briten an Spiritualität fehlt.«

»Ignoriere es einfach«, sagte Jamie zu Holly und lächelte. »Das tue ich auch immer. Jetzt können wir anfangen, oder?«

»Auf jeden Fall«, antwortete er. »Das hier ist Galayet Bandora.«

Er zeigte auf ein Gericht mit gehackten Tomaten.

»Es mag gewöhnungsbedürftig aussehen, aber ich könnte es ständig essen. Ich habe natürlich Bio-Tomaten und wilden Knoblauch verwendet, den ich mit meinem Cousin auf dem Grundstück meiner Großmutter gesammelt habe. Viele Menschen sind sich nicht einmal bewusst, dass man das in Großbritannien kann. Der Geschmack ist so viel besser, ganz zu schweigen von den Antioxidantien. Wusstest du, dass der kultivierte, weiße Knoblauch, den du kaufst, so viele Chemikalien enthält, dass er deinem Körper mehr schadet als nützt? Ich verstehe auch nicht, warum wir Gemüse Tausende von Meilen transportieren müssen, wenn wir es auch problemlos hier anbauen könnten. Ich meine, Großbritannien ist nicht Kalifornien, aber mit einem Gewächshaus und ein wenig Motivation ist alles möglich.«

Holly musste sich auf die Zunge beißen. Wenn jede Mahlzeit fortan mit einem Vortrag über Anbaumethoden und ihre Einkaufsgewohnheiten begann, würde sie wohl sehr viel öfter auswärts essen.

»War das alles?«, sagte sie und zwang sich zu einem Lächeln.

»Ich habe auch Dhal gemacht. Ich weiß, in indischen Restaurants isst man das oft am Abend, aber in vielen Teilen der Welt ist es ein Frühstücksgericht. Ich wünschte, ich könnte das dazu passende Roti zubereiten, aber dafür reichen meine Fähigkeiten nicht aus. Stattdessen habe ich frisches, englisches Brot aus der Bäckerei mitgebracht. Wusstest du, dass sie dort eine Auswahl an biologischem Mehl haben, wenn man danach fragt?«

Holly war sich nicht sicher, ob es der ständige Strom rhetorischer Fragen oder der abrupte Beginn ihres Morgens war, aber sie konnte einfach nicht klar denken. Unter normalen Umständen wäre ein solches Essen eine faszinierende Erfahrung gewesen, und sie hätte es wahrscheinlich fast allein aufessen können. Aber die Gewürze waren schwer und stechend, und zu solch früher Stunde waren ihr diese Gerüche ganz einfach zu intensiv. Sie spürte Übelkeit in sich aufsteigen.

»Ich denke, ich werde mit etwas Brot anfangen«, sagte sie und nahm ein Stück von dem Teller vor ihr.

Als sie das Haus verließ, war sie bereits zwanzig Minuten zu spät. Die Scheibe Brot hatte ihren Appetit angeregt, und sie hatte festgestellt, dass Dhal tatsächlich ein tolles Frühstück sein konnte, obwohl ihr das Tomatengericht am besten geschmeckt hatte. Sie hoffte, dass ihr die große Mahlzeit die Energie liefern würde, um den Tag zu überstehen. Als sie den Laden erreichte, wartete eine Schlange auf sie.

»Es tut mir so leid«, sagte sie, während sie an den Kunden vorbei zur Eingangstür ging, um aufzuschließen. »Es ist eine lange Geschichte. Ein Notfall zu Hause.«

»Oje! Ist alles in Ordnung?«, fragte jemand. »Ich hoffe, Ihrem Vater ist nichts passiert. Wird er heute wieder hier sein?«

»Nein, nein, es ist alles wieder in Ordnung. Nur ein kleines Problem im Garten«, antwortete sie, während sie die Lichter einschaltete und das Schild auf »Geöffnet« drehte. Es war nur eine halbe Lüge, schließlich war das Entschuldigungsfrühstück die Ursache für ihre Verspätung. Sie hängte ihren Mantel unter der Theke auf, weil sie bei so vielen Kunden nicht nach oben in den Lagerraum verschwinden wollte.

»Gut«, sagte sie, schaltete die Kasse ein und war bereit, loszulegen. »Wer kommt zuerst dran?«

Durch den späten Start war sie den ganzen Tag im Stress. Sie hatte keine Zeit, den Kalender zu prüfen und vergaß deshalb, per E-Mail mehr Süßholz zu bestellen. Sie vergaß auch, eine spezielle Bestellung für belgische Pralinen zusammenzustellen, die ein Paar als Hochzeitsgeschenk haben wollte. Ein Geschäft zu führen bedeutete, den Überblick zu behalten, und genau das gelang ihr momentan nicht. Als ihr Vater hereinkam, wusste sie nicht, ob sie sich noch gestresster oder erleichtert fühlen sollte. Zumindest bis er anfing, die Kunden zu bedienen.

»Hier, lassen Sie mich Ihnen helfen. Wie viel möchten Sie?«, fragte er eine Frau, die nach Everton-Minzbonbons gefragt hatte.

Er nahm ihr das Glas ab, wog die gewünschte Menge ab, verpackte die Bonbons und nahm das Geld entgegen, wobei er sich höflich mit der Dame unterhielt. Holly atmete leise auf. Vielleicht war es doch eine gute Idee gewesen.

Sie fühlte sich fast wieder normal, als eine junge Familie hereinkam.

»Wir müssen Oma und Chad Schokolade mitbringen«, sagte das jüngere der beiden Mädchen, das zuerst in den Laden gelaufen war. »Dad? Dad? Können wir ihnen Schokolade kaufen? Sie werden sie lieben.«

Die Familie kam zur Theke.

»Abbie, pass bitte auf Mabel auf. Sorg dafür, dass sie nicht alles im Laden kaufen möchte«, sagte der Vater.

»Hör schon auf, Eric, sie werden sich benehmen«, tadelte die Frau ihn gutmütig.

Wie es ihr aufgetragen worden war, führte das ältere Mädchen ihre kleine Schwester durch den Laden und sorgte dafür, dass sie keines der Gläser berührte. Aber es war das Paar, das Hollys Aufmerksamkeit auf sich zog. Sie hielten Händchen, die Finger ineinander verflochten, und wirkten so unbeschwert, als die Frau ihren Kopf auf die Schulter ihres Partners sinken ließ. Und als Hollys Blick weiter nach unten wanderte und die Wölbung ihres Bauches sah, brannte es in ihren Augen.

Warum fiel es ihr nur so schwer, eine friedliche, glückliche Beziehung zu finden? Oder besser gesagt, warum war es so schwierig?

Als sie die Familie beim Stöbern beobachtete, verspürte sie ein seltsames Ziehen in ihrem Unterleib. Ihr erster Gedanke war, dass es weit nach Mittag war und sie seit ihrem ausgiebigen Frühstück nur ein paar Gummibärchen gegessen hatte. Doch als ihr Blick erneut auf den Bauch der Frau fiel, nahm ihre Nervosität zu.

»Dad«, rief sie die Treppe hinauf. »Könntest du den Laden übernehmen? Ich muss kurz weg und etwas besorgen.«

Der Kopf ihres Vaters tauchte in der Lagertür auf.

»Du willst mich alleine lassen?«

»Du schaffst das schon, oder?«

Mit erhobenen Schultern richtete Arthur seine Krawatte und kam herunter.

»Natürlich schaffe ich das. Ich komme problemlos zurecht. Mach dir keine Sorgen.«

Beruhigt vom Gedanken, dass im schlimmsten Fall eine lange Schlange auf sie warten würde, wenn sie zurückkam, nahm sie ihre Tasche und schlüpfte an der Familie vorbei nach draußen auf die High Street.

Erst als sie die Apotheke betrat, bemerkte sie ihren Fehler. Für viele Leute war es nicht nur das Ende der Mittagspause, es war auch Montag. Das bedeutete, dass jeder, der gestern etwas gebraucht hätte, es aber nicht kaufen konnte, weil der Laden geschlossen war, heute hier war. Die Schlange war fast doppelt so lang wie sonst. Sie überlegte, ob sie später wiederkommen sollte, aber wahrscheinlich würde sie sich nur wieder von etwas ablenken lassen, und ein weiterer Tag würde vergehen, bevor sie den Schwangerschaftstest kaufen konnte. Nein, sie brauchte ihn jetzt. Momentan hatte sie das Gefühl, nur wenig in ihrem Leben unter Kontrolle zu haben, also war es wichtig, ihre Paranoia loszuwerden.

Sie stellte sich ans Ende der Schlange und wartete geduldig, während sie sich langsam auf die Kasse zubewegte. Unterwegs nahm sie beiläufig ein Testkit aus dem Regal, dazu einen Lippenstift, so wie früher.

Ihre Hände zitterten, als sie zur Kasse kam und bezahlen wollte. Ob sich die Verkäuferinnen hier lange an Kunden und ihre Einkäufe erinnerten? Wahrscheinlich nicht.

»Das macht neun Pfund achtundneunzig«, sagte die Verkäuferin, ohne aufzublicken. Holly hielt ihre Karte auf das Lesegerät, schnappte sich die Tüte und ging schnell wieder.

Die Tüte war weiß und aus dünnem, billigem Papier, das praktisch transparent war. Das Wort »Schwangerschaftstest« schimmerte deutlich hindurch, also steckte sie die Tüte unter ihren Pullover, bevor sie ihren Laden betrat. Die Glocke über der Tür klingelte, und der vertraute Duft von Süßigkeiten und Schokolade wehte um sie herum. Sie atmete ihn ein und war erleichtert, dass niemand da war, der sehen konnte, wie sie hinter die Theke ging und die Tüte sicher verstaute. In diesem Augenblick fiel ihr etwas auf. Es war niemand da, der sie hätte sehen können. Der Laden war völlig leer.

KAPITEL DREIUNDZWANZIG

»Dad?«, rief Holly die Treppe hinauf und versuchte, ihren Ärger zu unterdrücken, welcher sowohl sich selbst als auch ihrem Vater galt. Sie hatte ihm nicht gesagt, dass er den Verkaufsraum nicht verlassen durfte, wenn etwas aufgefüllt werden musste, aber sie hätte es vorgezogen, wenn er ein Glas leer stehen gelassen hätte, anstatt den Laden unbeaufsichtigt zu lassen. Nachdem sie einen Moment gewartet und keine Antwort bekommen hatte, rief sie ein zweites Mal.

»Dad, du solltest den Laden wirklich nicht so lange alleine lassen.«

Dass er nicht antwortete, ließ sie vermuten, dass er auf der Toilette war, und ihre Irritation wuchs. Er hätte etwas sagen können, bevor sie gegangen war. Aber als eine weitere Minute verging und er immer noch nicht auftauchte, begann Panik in ihr aufzusteigen.

»Dad! Dad! Ist alles in Ordnung?«

Sie lief zwei Stufen auf einmal nehmend die Treppe hoch,

aber es fühlte sich immer noch zu langsam an. War er zusammengebrochen? Ihre Mutter hatte immer davon gesprochen, wie gesund er für sein Alter war, aber er war doch immerhin über sechzig. Schreckliche Bilder tauchten in ihrem Kopf auf, und sie befürchtete das Schlimmste. Nachdem sie Ende letzten Jahres ihre Freundin Verity verloren hatte, wusste sie nicht, ob sie eine weitere Tragödie verkraften würde. Doch als sie das Lager erreichte, war er nicht da.

»Dad?«, sagte sie und öffnete die Tür zur Toilette, die ebenfalls leer war. Ihre Sorge nahm zu, und ihr Herzschlag hämmerte in ihren Ohren.

»Dad!«, schrie sie. »Dad! Wo bist du?«

Aber es hatte keinen Sinn. Das Geschäft war so klein, dass man selbst das Klingeln der Tür von hier oben hören konnte. Wo zum Teufel steckte er?

Sie rannte die Treppe hinunter und sah sofort hinter den freistehenden Displays nach, weil sie befürchtete, er könnte dahinter zusammengebrochen sein, aber es war noch immer keine Spur von ihm zu sehen. Ihr Herz raste, und ihre Brust fühlte sich eng an. Wo könnte er sein? Es war, als wäre er vom Erdboden verschluckt worden.

Die Glocke über der Tür läutete, und eine Stimme sagte: »Verzeihung. Haben Sie geöffnet?«

Sie drehte sich um und sah ein älteres Paar, das zur Tür hereinschaute.

»Das Licht ist an und so weiter«, sagte die Frau, »aber das Schild an der Tür sagt: Geschlossen.«

»Ähm … wir haben … wir haben …«

Holly versuchte, eine Antwort zu finden und gleichzeitig

herauszufinden, was sie jetzt tun sollte. Ihr Vater war verschwunden, und Kunden standen vor der Tür und fragten, ob sie geöffnet hatten.

»Verzeihung«, sagte sie und sah die Frau etwas aufmerksamer an. »Was haben Sie gerade gesagt?«

Die Frau schien verwirrt. »Ich wollte nur fragen, ob Sie geöffnet haben, weil das Schild an der Tür auf *Geschlossen* steht.«

Holly ging zur Tür. Es stimmte, es zeigte tatsächlich »Geschlossen«. Aber sie drehte es jeden Morgen um, es war ein Teil ihrer Routine. Heute Morgen hatte sie es eilig gehabt, aber genau deshalb erinnerte sie sich so deutlich daran, es umgedreht zu haben, da zu dieser Zeit bereits Kunden auf sie gewartet hatten. Und es war ein schweres Schild an einer Kette, das auch nicht versehentlich umgedreht werden konnte. Nein, jemand hatte es absichtlich umgedreht.

»Es tut mir wirklich leid«, sagte sie. »Ja, ja … kommen Sie rein. Kommen Sie rein. Ich bin nur …«

Sie trat schnell nach draußen und blickte die Straße entlang. Könnte ihr Vater einfach so den Laden verlassen haben? Nein, oder? Die Kasse enthielt mehr als den halben Tagesumsatz, und die Tür war nicht abgeschlossen gewesen. Das hätte er nie getan, dachte sie, doch dann sah sie ihn. Er spazierte den Fluss entlang und schwenkte die Arme, als hätte er alle Zeit der Welt. Als er die gegenüberliegende Straßenseite erreichte, winkte er kurz.

»Verzeihung, dürfte ich wohl bezahlen?«, rief die Frau aus dem Laden.

»Natürlich, ich komme gleich«, rief sie mit einem Lächeln zurück.

Sie stellte sich draußen vor das Fenster, von wo sie einen perfekten Blick auf die Kasse hatte.

»Wo zum Teufel warst du?«, fauchte sie ihren Vater an.

»Ah, na ja, siehst du, Mrs. Jenkins hat den Arm in einer Schlinge. Sie ist die Treppe hinuntergefallen. Nicht das erste Mal, sagte sie. Nun, sie hatte all diese Tüten, und sie wohnt nur ein kleines Stück die Straße herunter. Dort, wo einmal die Kingfisher-Kneipe war, weißt du?«

»Dad, du hast den Laden unbeaufsichtigt gelassen.«

»Nur für ein paar Minuten.«

»Das darfst du nicht. Jemand könnte hereinkommen, die Kasse leeren, Sachen klauen oder das Geschäft verwüsten.«

»Ich habe das Schild an der Tür auf *Geschlossen* gedreht. Niemand würde einfach so in einen geschlossenen Laden spazieren.«

Holly war fassungslos. Wäre er ein zufälliger Mitarbeiter gewesen, hätte sie ihn auf der Stelle gefeuert, aber in diesem Augenblick fehlten ihr die Worte.

»Entschuldigen Sie bitte. Wir warten schon ziemlich lange.«

Die Kundin war zur Tür gekommen.

»Wenn wir kurz bezahlen könnten …«

»Ja, natürlich.«

»Ich erledige das«, sagte Arthur und ging auf die Kasse zu, aber Holly streckte ihren Arm aus, um ihn aufzuhalten.

»Eigentlich denke ich, du warst heute schon lange genug hier, Dad. Warum packst du nicht zusammen? Es fährt sicherlich bald einen Bus.«

Sein Kinn zitterte, als er seine Tochter ansah.

»Oh, okay, wenn du meinst. Wann soll ich wiederkommen? Nächsten Freitag?«

Sie fächerte ihre Finger auf und streckte sie dann, bis die Sehnen sichtbar wurden.

»Weißt du was? Ich rufe dich an.«

»Und das Schlimmste ist, dass ich das Gefühl habe, diejenige zu sein, die etwas falsch gemacht hat. Ich habe ihm einen Job gegeben, obwohl ich ihn gar nicht brauche, und musste ihn sogar anlügen. Ich bin so unglaublich erschöpft. Am liebsten würde ich den Laden für eine Woche schließen.«

»Oder du könntest dir einfach ein Wochenende freinehmen, ein Spa besuchen und Drey und mich übernehmen lassen. Und warum trinkst du Limonade? Heute brauchst du eindeutig einen Gin. Oder zwanzig.«

Caroline hatte recht. Holly hatte sie von der Arbeit aus angerufen und gefragt, ob sie Zeit hatte. Ihre zwei ältesten Kinder waren beim Taekwondo und bei der Gymnastik, und das jüngste war bei ihren Eltern, wodurch sie eine halbe Stunde entbehren konnte. Sie saßen seit zwanzig Minuten in der Kneipe, und Holly hatte die ganze Zeit über von dem Ärger mit ihrem Vater geredet. Tatsächlich war sie so sehr damit beschäftigt gewesen, dass sie kaum an Ben, Fin oder das Drama in ihrem Leben gedacht hatte.

»Mein Neujahrsvorsatz war, einen Monat lang keinen Alkohol zu trinken«, antwortete sie auf Carolines Frage.

»Du weißt schon, dass wir Mitte März haben, oder?«

»Nun, ich habe nicht gleich angefangen.«

Caroline spürte offensichtlich, dass sie nicht darüber sprechen wollte, also wechselte sie das Thema.

»Und wie läuft es mit dem neuen Mitbewohner? Jamie hat mir von den Beerensträuchern erzählt. Sie fühlt sich schrecklich. Sie denkt, dass du ihn nicht magst.«

»Ich mag ihn nicht. Ich kann ihn nicht ausstehen.«

Caroline hob eine Augenbraue.

»So schlimm kann er nicht sein. Jamie mag ihn. Was ist das Problem?«

Holly strich mit der Zunge über ihre Vorderzähne und versuchte, in Worte zu fassen, was sie an Fin störte.

»Zuerst einmal lächelt er immer. Er ist immer gut gelaunt und lächerlich entspannt.«

»Und das ist schlecht?«

»Niemand kann die ganze Zeit so positiv sein. Das ist einfach nicht möglich. Entweder tut er nur so, oder er wird eines Tages ausrasten und mehr als meine Himbeersträucher umbringen.«

Sie lehnte sich in ihrem Stuhl zurück und nahm einen großen Schluck Limonade.

»Ich weiß nicht. Ich vertraue ihm einfach nicht. Er redet ständig davon, seine Gefühle auszudrücken und keine Geheimnisse zu haben. Er ist merkwürdig. Und er hat Kristalle in seinen Kerzen und meditiert vor dem Essen.«

»Nun, ich freue mich darauf, ihn morgen Abend kennenzulernen. Michaels Eltern übernachten bei uns, um auf die Kinder aufzupassen, also können wir so lange wegbleiben, wie wir wollen.«

»Das ist gut«, sagte Holly und versuchte, etwas Begeisterung zu zeigen.

Sie hatte tatsächlich darüber nachgedacht, wie sie sich vor diesem Geburtstagsessen drücken könnte, war dann aber zum Schluss gekommen, dass sie es nicht konnte. Es sollte keine Rolle spielen, dass Ben anwesend war, und auch die Tatsache, dass sie Jamies Freund für eine falsche Schlange hielt, sollte sie nicht so sehr belasten. Jamie hatte Geburtstag, und sie liebte sie.

»Ihr werdet mich beschützen, oder?«, sagte sie zu Caroline. Sie fühlte sich erbärmlich.

»Du kannst zwischen mir und Michael sitzen. Auf diese Weise musst du den ganzen Abend mit niemandem sprechen, wenn du nicht willst. Aber ich muss dich warnen. Es ist Michaels erster freier Abend seit über einem Monat, also könnte es sein, dass er etwas zu viel trinkt. Er verträgt nicht so viel, wie er denkt.«

»Vertrau mir, ein betrunkener Michael ist unendlich viel besser als Ben oder Fin«, sagte Holly. Sie war erleichtert, dass sie nun einen Plan hatte.

»Du brauchst dir keine Sorgen zu machen«, sagte Caroline. »Es wird nicht annähernd so schlimm werden, wie du denkst. Hast du schon ein Outfit ausgesucht?«

»Ein Outfit? Ich will gar nicht dabei sein.«

»Deshalb musst du so heiß wie möglich aussehen, um Ben zu zeigen, was für ein Idiot er ist. Du solltest diese kniehohen Stiefel tragen, die du dir vor ein paar Monaten im Secondhandladen gekauft hast. Ich habe dich noch nie darin gesehen.«

»Das liegt daran, dass ich sie noch nie getragen habe.«

Die Stiefel waren ein Impulskauf gewesen, als sie sie im Schaufenster gesehen hatte. Solche Stiefel hatte sie noch nie besessen, obwohl sie immer etwas neidisch auf Frauen gewesen war, die selbstbewusst darin herumstolzierten. Sie hatte kurzerhand beschlossen, nach der Größe zu fragen, und als sie festgestellt hatte, dass sie eine Sechs waren und nur sieben Pfund kosteten, hatte sie zugeschlagen. Seitdem lagen sie auf dem Boden ihres Kleiderschranks.

»Ich weiß nicht einmal, womit ich sie kombinieren könnte.«

»Das spielt keine große Rolle«, antwortete Caroline. »Wie wäre es mit diesem kleinen schwarzen Kleid, das du hast? Das mit den Taschen.«

Kleider mit Taschen, hatte Holly entdeckt, waren viel besser als die ohne.

»Okay, das könnte funktionieren«, stimmte sie zu.

»Vertrau mir, wenn du das trägst, wird Ben den Blick nicht mehr von dir abwenden können.«

Holly hob ihr Glas und trank den Rest ihrer Limonade. Sie würde niemals zugeben, dass sie sich Bens Aufmerksamkeit wünschte, aber zu sehen, wie er seine Taten bereute, würde sie vielleicht ein wenig aufheitern.

»Dann werde ich wohl das anziehen«, sagte sie und stieß mit ihrem leeren Glas gegen Carolines.

»Und keine Sorge, Michael und ich werden auf dich aufpassen. Du hast mein Wort.«

KAPITEL VIERUNDZWANZIG

Es würde schlimm werden. Holly wusste das in dem Moment, als sie aufwachte. Sie hatte das Gefühl, dass es besser wäre, gar nicht aufzustehen und stattdessen bis Mittwoch durchzuschlafen. Leider konnte sie das nicht. Da Carolines Schwiegereltern über Nacht auf die Kinder aufpassen würden, hatte sie darum gebeten, ihre Ganztagesschicht, die normalerweise Hollys freien Tag abdeckte, von Dienstag auf Donnerstag zu verschieben, was bedeutete, dass sie zur Arbeit gehen musste.

Am frühen Morgen Jamies und Fins Kichern zuzuhören, war nicht die Art, wie sie ihren Tag beginnen wollte. Es klang unschuldig, als würden sich zwei Menschen an der Gesellschaft des anderen erfreuen, aber es erinnerte sie zu sehr daran, wie sie und Ben noch vor einer Woche miteinander umgegangen waren. Es war absurd, wie drastisch sich das Leben in einer so kurzen Zeit verändern konnte. Natürlich war es nicht das erste Mal, dass sie mit jemandem Schluss gemacht hatte, und es war bei Weitem nicht so dramatisch wie damals mit Dan. Trotzdem fühlte es sich schrecklich an.

Um den Lärm zu übertönen, gönnte sie sich eine extra lange Dusche, während sie ihre Hände gegen ihren Bauch drückte und an den Test dachte, den sie gekauft hatte. Sicherlich würde sie es spüren, wenn sie wirklich schwanger wäre. Sie war fast dreißig. Es war nur die Aufregung über die Trennung, die sie durcheinandergebracht hatte, das war alles.

Als sie aus der Dusche kam, holte sie den Test aus ihrem Zimmer und legte ihn in eine der Badezimmerschubladen.

Heute Abend, sagte sie zu sich selbst. Es machte keinen Sinn, es aufzuschieben, und der Test würde sowieso negativ sein.

Bei der Arbeit wurde ihr keine Ruhe gegönnt. Noch bevor sie den Laden geöffnet hatte, war eine große Tüte Minzbonbons geplatzt und hatte sich über den ganzen Boden verteilt. Von all den Süßigkeiten, mit denen das hätte passieren können, waren Minzbonbons die schlimmsten. Sie hüpften und rollten in alle Richtungen davon, und selbst nachdem sie zehn Minuten lang mit Schaufel und Besen unter den Regalen umhergerutscht war, um auch die letzten Ausreißer zu finden, war sie sich sicher, dass jemand auf einem vergessenen Bonbon ausrutschen, hinfallen und sie verklagen würde. In den ersten Stunden entdeckte sie immer wieder einen weißen Schimmer und zog ein Bonbon zwischen Tüten mit Karamell und Zuckerstangen hervor.

Gegen Mittag hatte sich das Papier in der Kreditkartenmaschine nicht nur einmal, nicht zweimal, sondern viermal verheddert. Ein Kind hatte seinen Lolli fallen lassen, kaum hatten die Eltern dafür bezahlt, und sie sah sich gezwungen, den heruntergefallenen Lolli aufzuheben und dem Kind einen neuen zu geben. Am Ende kam auch noch ein Verkehrspolizist vorbei und steckte Zettel an die Autos ihrer Kunden, die draußen geparkt hatten.

Da sie allein war, hatte sie keine Möglichkeit, eine Mittagspause einzulegen. Als sie die Bäckerei anrief, um zu fragen, ob sie liefern könnten, stellte sich heraus, dass das Personal auch dort knapp war und sie niemanden entbehren konnten.

Als sie endlich nach Hause kam, wollte sie sich ein großes Sandwich und ein langes Bad gönnen, aber es war kein Brot im Haus, und das Badezimmer war besetzt.

»Du weißt, dass dein Zimmer ein eigenes Bad hat, oder?«, rief Holly in Richtung Tür. Sie hatte die Hände in die Hüften gestemmt und wartete darauf, dass er herauskam.

Endlich kam Fin heraus und zuckte überrascht zusammen, weil sie direkt vor ihm stand. Das gab ihr zumindest ein kleines bisschen Befriedigung.

»Holly?«

»Du hast eine eigene Dusche, erinnerst du dich?«

Einen Moment lang blinzelte er sie an, als hätte er sie nicht verstanden, dann räusperte er sich.

»Ich bin mir durchaus bewusst, dass ich eine besitze, allerdings komme ich mit all den Knöpfen, den Regen- und Druckeinstellungen, nicht zurecht. Ich bin einfache Außenduschen gewohnt und bevorzuge eine Wanne. Ich habe alles saubergemacht. Ich habe sogar etwas von meinem Gurken- und Apfelduschgel da gelassen. Es ist mit ätherischen Ölen. Bio, natürlich.«

Sie presste ihre Lippen zusammen und versuchte herauszufinden, warum diese Situation so merkwürdig war, abgesehen davon, dass Fin ihr Badezimmer bevorzugte. Aber er war noch nicht fertig.

»Ich fahre gleich zum Restaurant. Ich habe die Dekoration aufgehängt, aber es gibt noch ein paar Kleinigkeiten, die ich erledigen möchte. Natürlich muss ich später noch Jamie abholen, wegen der ganzen Überraschung, aber ich mache gerne eine Extrafahrt. Wenn du nicht zu Fuß gehen möchtest, kann ich dich mitnehmen.«

»Nein, danke. Ich muss nur ins Bad.«

Mit einem Nicken trat Fin aus dem Weg und ließ sie ins Bad. Sie kratzte sich am Kopf und fragte sich, was mit ihm los war. Er wirkte genauso durcheinander wie sie, aber zumindest hatte er diesmal ein Handtuch getragen, was ein Fortschritt war. Vielleicht war es Jamies Party, die ihn nervös machte. Das würde Sinn ergeben.

Während sie das Wasser einlaufen ließ, öffnete sie das Apfel-Gurken-Duschgel. Er hatte nicht gelogen: Es roch wirklich gut. Sie goss eine großzügige Menge in das heiße Wasser und begann, sich auszuziehen, um einzusteigen.

Das war der Moment, in dem sie die Schublade bemerkte.

Sie war nur leicht geöffnet, kaum mehr als ein paar Zentimeter, aber heute Morgen hatte sie sie eindeutig geschlossen. Ihr Herz schlug hart in ihrer Brust, als sie einen Schritt näher trat. Dort lag ihr Schwangerschaftstest, deutlich sichtbar. Fin hatte ihn gesehen. Hundert Gedanken schossen durch ihren Kopf, als sie in den Schaum sank. Was sollte sie jetzt tun? Er hatte ihn gesehen. Na und? Es war *ihr* Badezimmer, und sie konnte alles darin aufbewahren, was sie wollte. Es hätte ein alter Test sein können oder einer, den sie für eine Freundin gekauft hatte. Aber so sehr sie auch versuchte, sich davon zu überzeugen, dass es keine große Sache war, sie konnte sich nicht gegen einen Hauch von Angst wehren. Würde er Jamie erzählen, was er gesehen hatte? Spielte es überhaupt eine Rolle?

Wie auch immer, eines wusste sie mit Sicherheit: Sie musste den Test machen. Jetzt.

ERST ALS DAS Wasser im Überlauf zu gurgeln begann, kehrte Holly in die Realität zurück. Sie stand auf, drehte den Wasserhahn zu, zog den Stöpsel heraus und setzte sich auf die Toilette.

Sie, Holly Berry, war schwanger.

Schwanger und allein.

Sie hatte die Anleitung auf der Rückseite der Packung immer wieder gelesen, um herauszufinden, ob sie das kleine Kreuz im Testfenster irgendwie falsch interpretiert haben könnte, doch tief in ihrem Inneren wusste sie, dass das nicht der Fall war. Sie war schwanger, und das Kind war von Ben. Aber Ben liebte Ella, und sie hatte noch nicht einmal eine eigene Wohnung, in der sie ein Kind großziehen könnte. Das Letzte, was Fin und Jamie in ihrem kuscheligen Liebesnest wollten, war, jede Nacht sechsmal von einem weinenden Baby geweckt zu werden. Wie sollten sie den Laden führen? Sie hatte keine Ahnung, wie sie das schaffen würde. Vielleicht könnte sie das Baby tagsüber in einer dieser Tragegestelle herumtragen, aber das würde nur funktionieren, bis es zu krabbeln begann. Danach müsste sie sich etwas anderes einfallen lassen. Aber was? Sie konnte sich kaum einen ordentlichen Lohn leisten. Wie sollte sie ein Kind finanzieren? Vielleicht wäre es das Beste, wenn sie es gar nicht erst bekommen würde.

Sie verdrängte diesen Gedanken, bevor er richtig Gestalt annehmen konnte. Wenn sie das letzte Jahr etwas gelehrt hatte, dann war es, dass man das Beste aus dem machen musste, was einem das Leben vor die Füße warf. Sie hätte nie gedacht, dass Dans Affäre das Beste sein würde, was ihr passieren konnte, aber so war es gewesen. Vielleicht war die Situation mit ihrer Schwangerschaft ähnlich. Ja, so musste es sein. Sie würde es schaffen. Sie wusste nur noch nicht, wie.

Auf der Vorderseite des Tests stand, dass das Ergebnis zu 99,9 % zuverlässig war. Das bedeutete, dass immer noch eine Chance von eins zu tausend bestand, dass sie nicht schwanger war. Vielleicht würde sie morgen einen weiteren Test machen, nur um ganz sicher zu gehen.

Sie hatte es noch nicht geschafft, das Badezimmer zu verlassen, als ihr Handy klingelte.

»Wo bist du?«, fragte Caroline am Telefon. »Fin will Jamie abholen, und du bist die Einzige, die noch nicht hier ist.«

»Oh, Mist.«

Holly schaute auf die Uhr. Irgendwie waren fast fünfundvierzig Minuten vergangen. Sie würde weitere zwanzig Minuten benötigen, um sich anzuziehen, zu schminken und zu Fuß zum Restaurant zu gehen. Vielleicht wäre es besser, das Abendessen auszulassen. Sie hatte einen sehr guten Grund.

»Wage es nicht«, sagte Caroline, nachdem Holly sekundenlang geschwiegen hatte. »Du wirst dich auf keinen Fall davor drücken. Ich kann dich abholen, wenn du möchtest.«

Holly wollte automatisch ablehnen, schließlich wäre sie ein paar Minuten schneller dort, wenn sie rannte. Aber sollte sie das tun, jetzt, da sie schwanger war? Ihr Körper war sich diese Art von Anstrengung nicht gewohnt.

»Es wäre toll, wenn du das tun könntest. Ich bin in zehn Minuten draußen.«

»Mach fünf draus. Ich komme jetzt.«

Sie konnte sich nicht daran erinnern, je so schnell fertig geworden zu sein. Ohne zu beachten, dass sie kein Bad genommen hatte, stürmte sie in ihr Schlafzimmer, zog ihr Kleid vom Bügel und schlüpfte in ihre Stiefel. Sie hatte gehofft, Zeit für ein wenig Make-up zu haben, damit sie zumindest so aussah, als wäre sie in Ordnung. Aber so wie es aussah, musste sie sich mit dem verwischten Mascara zufriedengeben, mit dem sie die Treppe hinunterlief und in Carolines Auto sprang. Wenigstens hatte sie sich das Haar gebürstet, aber ihre Freundin bemerkte trotzdem, in welchem Zustand sie sich befand.

»Was ist los?«, fragte sie. »Alles in Ordnung?«

»Ich werde dir später davon erzählen.«

»Kein Problem. Wir können uns während des Essens unterhalten. Wir haben bereits eine Flasche Wein geöffnet.«

Holly schnallte sich an.

»Glaube mir, das ist kein Gespräch für einen geselligen Abend.«

»Jetzt hast du mich wirklich neugierig gemacht«, sagte Caroline und grinste.

Als Holly nicht antwortete, griff Caroline nach ihrer Hand und drückte sie.

»Hör zu, es ist nur ein Abend. Du schaffst das. Wir haben Wein, erinnerst du dich?«

»Wein, den ich nicht trinken kann«, murmelte Holly.

Dieses Mal antwortete Caroline nicht. Holly konnte den Blick ihrer Freundin spüren, aber sie schaffte es nicht, sie anzusehen. Stattdessen traten ihr Tränen in die Augen.

»Oh Holly.«

Caroline machte den Motor aus und wischte eine Träne von Hollys Wange.

»Ist es das, was ich denke?«

Holly nahm einen schluchzenden Atemzug.

»Kannst du dir einen anderen Grund vorstellen, warum ich gerade nicht trinke?«

Eine Pause folgte. Holly wünschte, sie könnte aufhören zu weinen, aber ihre Selbstkontrolle war dahin.

»Weiß Ben davon?«, fragte Caroline. »Hast du es ihm schon gesagt?«

Holly schniefte.

»Ich habe gerade erst einen Test gemacht. Er könnte auch falsch sein.«

»Es tut mir leid, dir das sagen zu müssen, aber heutzutage sind diese Tests sehr genau. Vertrau mir.«

Eine drückende Stille machte sich zwischen ihnen breit.

»Was wirst du tun?«, fragte sie. »Hast du schon darüber nachgedacht?«

Die Wahrheit war, dass sie nicht darüber nachdenken musste. Sie wusste es mit unumstößlicher Sicherheit, aber das war nichts, worüber sie jetzt sprechen wollte. Nicht einmal mit Caroline.

»Das habe ich, und bald werde ich mich mit allem auseinandersetzen müssen. Aber heute Abend werde ich Jamies Party besuchen und mich amüsieren, ohne darüber nachzudenken.«

Ein besorgter Ausdruck lag auf Carolines Gesicht, aber sie lächelte trotzdem.

»Das klingt nach einem guten Plan.«

KAPITEL FÜNFUNDZWANZIG

Holly stieß die Tür des Restaurants auf. Es war eines der elegantesten im Dorf und lag in einer Nebenstraße, die parallel zum Fluss verlief. Es hatte seit ihrer Jugend mehrere Renovierungen durchlaufen und sich im Laufe der Jahre immer wieder neu definiert, wodurch es von einem Schnellimbiss zu einem gehobenen Sushi-Restaurant und vielem anderen geworden war. Seit zwei Jahren war es ein asiatisch-amerikanisches Fusionsrestaurant, was bedeutete, dass alles, was auf der Speisekarte stand – von Fish and Chips bis zu Chow Mein – kommentarlos serviert wurde. Trotzdem kam es gut an und erhielt hervorragende Bewertungen.

Sie war schon zweimal hier gewesen. Einmal an Carolines Geburtstag und einmal zu einem Neujahrsessen mit Ben. Sie waren erst seit ein paar Wochen zusammen und schrecklich verliebt gewesen. Da sie in der Gemeinde bekannt waren, hatten sie leider kaum fünf Minuten lang ungestört essen können, ohne dass jemand an ihren Tisch gekommen war, um zu plaudern. Am Ende hatten sie sich ihr Essen einpacken lassen, worauf es auf dem Küchentisch kalt geworden war, während sie sich lachend ins Schlafzimmer zurückgezogen hatten.

Holly versuchte, nicht daran zu denken, als sie eintrat und darauf achtete, nicht über die Schwelle zu stolpern. Die Stiefel sahen toll aus, doch die Absätze waren ungewohnt hoch, und so fühlte sie sich etwas wackelig auf den Beinen.

In London war sie in hochhackigen Schuhen zur Arbeit gegangen, aber die Absätze waren nur ein oder zwei Zentimeter hoch gewesen, um sie etwas größer zu machen. Dort hatte sie allerdings an einem Schreibtisch gesessen und war nur gelegentlich in die Küche gegangen, um sich Tee zu machen oder ein Sandwich aus dem Kühlschrank zu nehmen.

Jetzt war sie den ganzen Tag auf den Beinen, hetzte durch den Laden, lief die Treppe hoch und runter und stieg auf die Trittleiter, um die Gläser auf den obersten Regalen zu erreichen. Daher trug sie nur noch flache Schuhe, meistens Turnschuhe, was die acht Zentimeter hohen Absätze der Stiefel zu einer Herausforderung machte. Heute Abend würde sie nicht weglaufen können.

Mit diesem Gedanken im Hinterkopf schlängelte sie sich durch den Hauptteil des Restaurants, um den hinteren, privaten Bereich zu erreichen, den sie für das heutige Fest reserviert hatten. Zu ihrer Überraschung hingen überall Origami-Vögel.

»Wow«, sagte sie, blickte nach oben und drehte sich langsam um ihre eigene Achse, um sich alles anzusehen. »Es ist wie ein Vogelhaus. Aus Papier.«

Es mussten Hunderte dieser leuchtenden farbigen Vögel sein, die in verschiedenen Höhen an nahezu unsichtbaren Fäden hingen und sich in den Luftströmungen bewegten, wenn jemand vorbeiging. Sie sahen aus, als würden sie fliegen. Es gab sie in jeder Größe. Einige glichen Kranichen, andere Schwalben und wieder andere Spatzen. Es fühlte sich eher so an, als wäre sie in einer Kunstgalerie als in einem Restaurant in Bourton-on-the-Water.

»Das ist fantastisch. Ich hatte keine Ahnung, dass sie hier so etwas haben«, sagte sie.

»Oh, das haben sie nicht. Fin hat sie gemacht. Er war den ganzen Nachmittag hier«, sagte Caroline.

»Fin? Wirklich?«

Holly wich einem der tiefer hängenden Vögel aus. Die meisten von ihnen hingen deutlich höher, aber es gab ein paar wenige, die für jemanden, der größer war als sie, problematisch sein könnten.

Er musste jemanden bezahlt haben, um sie herzustellen, dachte sie, während sie sich zwischen den Vögeln hindurchschlängelte. Vielleicht hatte er sie im Internet bestellt, sodass er sie nur noch aufhängen musste, obwohl er offensichtlich ein gutes Auge für Dekorationen hatte. Vielleicht würde sie heute Abend endlich erfahren, was er eigentlich beruflich machte. Vorausgesetzt, er hatte einen Job. Vielleicht könnte sie ihn als Babysitter einstellen. Andererseits könnte sie sich das wahrscheinlich gar nicht leisten.

Sie verdrängte die Gedanken an Fin und ihre Schwangerschaft und richtete ihre Aufmerksamkeit auf den langen Tisch, von dem Gesprächsfetzen und Gelächter kamen. Die meisten der Gäste kannte sie. Es waren Leute dabei, mit denen Jamie zusammenarbeitete, und einige der Freiwilligen aus dem Altersheim, trotzdem wurden ihre Augen magisch von einem bestimmten Stuhl angezogen. Der, auf dem Ben saß und sie direkt anschaute.

Eine Hitzewelle schoss durch ihren gesamten Körper, und ihr Unterleib begann zu pochen, obwohl sie sich das einbilden musste. Sie griff nach Carolines Hand und drückte zu.

»Ich muss nur kurz auf die Toilette. Ich werde nicht lange weg sein. Bitte halte mir einen Platz zwischen dir und Michael frei.«

Caroline nickte.

»Es ist alles vorbereitet, aber beeil dich. Jamie wird jeden Moment hier sein. Fin ist schon losgefahren, um sie abzuholen.«

Auf der Toilette schöpfte sich Holly kaltes Wasser ins Gesicht. Das war lächerlich. Was machte sie hier? Warum war sie bei einem Fest und tat so, als wäre alles normal? Nichts war normal. Es war nicht mal ansatzweise normal. Wasser tropfte von ihrem Gesicht, als sie sich im Spiegel betrachtete. Ob Ben davon wusste? Sie tat den Gedanken als lächerlich ab. Natürlich wusste er nichts davon. Sie hatte es nicht einmal selbst gewusst. Hätte ihr Vater nicht den Kommentar über die Schokoladen-Limetten gemacht, hätte es vielleicht noch wochenlang gedauert, bis sie zwei und zwei zusammengezählt hätte. Sie verweilte noch einen Moment, dann atmete sie tief durch und straffte ihre Schultern.

»Also los«, sagte sie zu sich selbst.

Wie versprochen hatte Caroline einen Platz zwischen

sich und ihrem Mann freigehalten, und Holly setzte sich, ohne jemandem in die Augen zu sehen. Die Stiefel drückten ihre Zehen zusammen, und sie fragte sich, ob es eine Möglichkeit gab, sie unauffällig unter dem Tisch auszuziehen. Vielleicht würden sie sich etwas bequemer anfühlen, wenn sie saß.

»Michael«, sagte sie und wandte sich Carolines Mann zu. »Wie geht es dir?«

Obwohl Holly mit Michael zur Schule gegangen war, war er kaum als der schüchterne, unbeholfene Junge wiederzuerkennen, der früher ganz hinten im Klassenzimmer gesessen und Emo-Musik gehört hatte. Jetzt trug er einen dichten Bart und eine Brille mit dickem Rand, wodurch er einem trendigen Naturwissenschaftler oder Techniker glich. Er war weder das eine noch das andere, obwohl Holly nie ganz verstanden hatte, was sein Job beinhaltete. Sie verstanden sich gut, obwohl er sie gerade ansah, als hätte sie mindestens zwei Köpfe. Seine Lippen zuckten.

»Holly, lass mich dir etwas zu trinken holen«, sagte er und sprang von seinem Stuhl auf. »Wein? Entschuldigung. Nein. Was habe ich nur gedacht? Äh. Wasser? Limonade? Cola?«

Er stotterte wie damals mit fünfzehn, und man musste kein Genie sein, um zu wissen, warum er so nervös war. Holly drehte sich zu Caroline um, die den Stiel ihres Weinglases betrachtete, während sie es an ihre Lippen führte.

»Du hast es ihm gesagt!«, zischte Holly. »Ich war nur eine Minute weg! Warum um alles in der Welt hast du das getan?«

»Es tut mir leid«, flüsterte Caroline reuevoll. »Ich wusste einfach nicht, was ich sonst tun sollte. Er wusste, dass ich ihm etwas verheimlichte. Er hat es in meinem Gesicht gesehen, als ich hereinkam.«

»Du hättest ihm erzählen können, dass du das Auto geschrottet hast, dass ich ein Trinkproblem habe oder sonst irgendetwas.«

Wieder stieg Hitze in ihr auf. Sie bedeckte ihr Gesicht mit den Händen und stieß einen tiefen Seufzer aus.

»Schon gut. Es ist in Ordnung. Behaltet es einfach für euch, ja?«

»Sicher«, sagte Michael sofort.

»Ich werde keinem ein Wort sagen. Keinem Menschen, meine ich«, stammelte Caroline. »Ich werde den ganzen Abend mit niemandem reden, außer mit euch beiden. Okay?«

Holly wusste nicht, ob sie lachen oder weinen sollte, doch in diesem Moment brach der Tisch in lautes Gejohle aus. Das Geburtstagskind war eingetroffen.

KAPITEL SECHSUNDZWANZIG

Im ganzen Raum brach Jubel aus, als Jamie eintrat und sich in gespielter Überraschung die Hand vor den Mund schlug. Sie konnte in einer mit Farbe bespritzten Latzhose genauso gut aussehen wie in einem Ballkleid. Ihr heutiges Outfit lag irgendwo dazwischen. Sie trug einen langen, silbernen Rock und ein kurzes, schwarzes Top, das sie mit einem Paar hochhackiger Schuhe kombiniert hatte, die Hollys Stiefel wie Ballettschuhe aussehen ließen. Hoffentlich war Fin so stark, wie er aussah, denn er würde sie wahrscheinlich nach Hause tragen müssen, dachte Holly.

»Oh mein Gott«, sagte Jamie und streckte ihre Arme aus. »All meine Lieblingsleute an einem Ort, ich glaube, es hätte nicht besser kommen können.«

Wie alle vor ihr blickte sie sofort zu der prächtigen Vogeldekoration empor. Einer der Vögel schwebte genau vor ihr in der Luft. Sie streckte die Hand aus und berührte ihn leicht, was dazu führte, dass er sich an seinem Faden zu drehen begann.

»Die sehen spektakulär aus. Hast du die gemacht?«, fragte sie Fin und sah ihn mit leuchtenden Augen an.

»Ich dachte, es könnte dich an etwas erinnern.«

»Das tut es. Auf jeden Fall.«

Die beiden sahen sich tief in die Augen, bevor sie sich küssten. Es war ein äußerst leidenschaftlicher Kuss, vor allem wenn man bedachte, dass sie Gesellschaft hatten, und um es noch schlimmer zu machen, dauerte er unangenehm lange. Selbst Caroline warf Holly einen Blick zu, bevor Fin und Jamie sich endlich voneinander lösten und sich daran zu erinnern schienen, dass noch andere Leute anwesend waren.

»Ist er nicht talentiert?«, sagte Jamie.

»Es war nicht viel Arbeit«, lächelte Fin.

»Du bist nur bescheiden. Fin hat mich bei unserem zweiten Date zu einer Vogelausstellung mitgenommen«, erklärte sie.

»Ich hatte Jamie erzählt, dass ich mich für Aviation interessiere, und sie fragte, ob das etwas mit Vögeln zu tun hätte.«

Beide brachen in Gelächter aus, die nervige Art, die nur Paare an den Tag legten. Die anderen standen da und hatten das Gefühl, den Witz verpasst zu haben.

»Das war natürlich nur ein Scherz«, sagte Jamie. »Aber dieser Schlaumeier hier dachte, er sollte mich in ein Vogelhaus mitnehmen.«

»Später sind wir in ein Flugzeug gestiegen.«

»Das stimmt. Und du hättest auch kleine Papierflugzeuge aufhängen können.«

»Vielleicht mache ich das an deinem nächsten Geburtstag.«

Wieder sahen sie sich in die Augen, als wären sie sich

nicht bewusst, dass noch andere Leute anwesend waren. Hatten Ben und sie das auch getan? Sie hoffte nicht, hatte aber das schreckliche Gefühl, dass es so gewesen war. Nun, das Ganze war schneller in Flammen aufgegangen, als irgendjemand hätte erahnen können. Mit ein wenig Glück würde Fin bei Jamies nächstem Geburtstag nicht mehr anwesend sein.

Nachdem sie alle mit Lächeln und Küsschen begrüßt hatten, nahmen sie ihre Plätze direkt gegenüber von Holly und Caroline ein. Es hätte schlimmer sein können, zum Beispiel, wenn sie Ben hätte anschauen müssen. Heute Abend würde sie versuchen, die positiven Aspekte zu sehen.

»Du hast also alle selbst gemacht?«, fragte Caroline Fin, als ein Kellner die Getränkekarten brachte. »Das muss ewig gedauert haben.«

»Tatsächlich kam ich schnell in einen fast meditativen Rhythmus. Ich habe mir ein immersives Klangbad angehört, was mir geholfen hat, mich mit dem Sinn meiner Arbeit zu verbinden.«

»Papier falten?«, fragte Holly und schaffte es nicht, den Spott aus ihrer Stimme zu verbannen.

»Sie sind aus Saatpapier gemacht. Es war schwieriger, die Linien gerade zu bekommen, aber ich denke, dass sich der Aufwand gelohnt hat. Es verleiht den Vögeln eine wirklich tolle Textur. Ich dachte, dass wir irgendwann in den nächsten Tagen einen Spaziergang machen könnten, um sie in einigen Feldern zu verteilen.«

»Darf man das überhaupt?«, fragte Holly, aufrichtig neugierig. »Einfach irgendwo Samen verteilen?«

»Es handelt sich um einheimische, wilde Blumen«,

erklärte er ihr. »Ich habe sie sorgfältig ausgesucht, um sicherzustellen, dass sie das natürliche Ökosystem nicht stören.«

»Natürlich hast du das«, murmelte sie vor sich hin.

»Ich liebe Saatpapier«, sagte Caroline und ignorierte Hollys Kommentar. »Ich war einmal auf einer Hochzeit, wo jemand alle Geschenke damit eingepackt hatte. Ich kann mich aber nicht erinnern, wessen Hochzeit das war. Mike, weißt du das noch?«

»Ich kann mich überhaupt nicht daran erinnern«, antwortete ihr Ehemann, was nicht sehr hilfreich war.

Caroline machte ein enttäuschtes Gesicht.

»Bist du sicher? Oh, das wird mich den ganzen Abend lang verrückt machen«, sagte sie und kratzte sich am Kopf. »Erinnerst du dich wirklich nicht? Wir haben dabei geholfen und kleine Nachrichten auf die Rückseite des Papiers gestempelt. Ich kann es genau vor mir sehen. Ich hasse es, wenn ich so etwas vergesse. Jamie, kannst du dich erinnern, wo das war?«

Holly war sich nicht ganz sicher, ob sie es sich nur eingebildet hatte, hätte aber schwören können, dass Jamie bei dieser Frage zusammengezuckt war.

»Nein, ich kann mich nicht erinnern«, sagte sie und warf Caroline einen Blick zu, mit dem sie ihr eindeutig etwas mitteilen wollte.

»Bist du sicher? Wir haben Initialen auf die Vorderseite gestempelt. Waren es M und E …? S und B …?«

»E und B«, antwortete Ben vom Ende des Tisches her.

»Ja! Genau das war es!«

Caroline sah sichtlich erleichtert aus, als hätte es sie

tatsächlich belastet, sich nicht mehr daran erinnern zu können.

»Du erinnerst dich also auch? Wessen Hochzeit war es?«

Noch bevor er antwortete, wusste Holly ganz genau, was er sagen würde, und ihr ganzer Körper spannte sich an.

»Meine«, sagte er. »Wir hatten viel Papier übrig, das wir nicht einmal verschenken konnten, weil wir unsere Initialen darauf gestempelt hatten. Am Ende haben wir es weggeworfen.«

Caroline sah aus, als würde sie am liebsten im Erdboden versinken, und ihre Wangen liefen scharlachrot an.

»Oh Ben … es tut mir so leid. Ich habe nicht nachgedacht.«

»Schon gut.«

Erst als Ben Augenkontakt mit ihr aufnahm, bemerkte Holly, dass sie ihn direkt angesehen hatte, und nun konnte sie ihren Blick nicht mehr abwenden.

»Schon gut«, wiederholte er. »Wirklich. Ich bin darüber hinweg.«

Ein Kloß bildete sich in ihrem Hals. Sie schluckte hart und versuchte, ihn loszuwerden, aber gegen den Schweiß, der sich auf ihrer Stirn bildete, konnte sie nichts tun.

»Wird uns jemand die Speisekarten bringen?«, fragte sie mit einem Blick zur Tür, während sie die vielen Blicke ignorierte, die auf ihr ruhten. »Ich denke, wir sollten langsam bestellen, oder?«

»Es tut mir so leid«, flüsterte Caroline ihr zu. »Ich habe wirklich nicht nachgedacht.«

»Mach dir keine Sorgen. Ich weiß nur nicht, wie ich das ohne Alkohol überstehen soll.«

Holly war sich nicht sicher, ob Jamie diesen Kommentar gehört hatte oder nicht, aber sie bemerkte sofort, dass Holly nichts trank.

»Warum trinkst du keinen Wein?«, fragte sie. »Wir haben mehrere Flaschen bestellt. Du brauchst dir wegen der Kosten keine Sorgen zu machen.«

»Oh, na ja …« Holly spürte, dass sie im Begriff war, sich zu verplappern.

»Es ist ein gemeinsamer Neujahrsvorsatz«, platzte Caroline heraus. »Nur hat sie spät damit angefangen. Das haben wir beide. Im März.«

Jamies Augen verengten sich, dann blickte sie auf Carolines Weinglas hinunter.

»Aber du trinkst?«

Mit zusammengebissenen Zähnen warf Caroline ihrem Ehemann einen finsteren Blick zu.

»Michael, das ist deine Schuld. Ich habe dir doch gesagt, dass du mich an den alkoholfreien März erinnern sollst. Jetzt habe ich es ruiniert und kann genauso gut weitertrinken.«

Michael hob überrascht den Kopf, sichtlich verwirrt über den plötzlichen Ausbruch seiner Frau.

»Entschuldigung?«, sagte er.

Caroline schnaubte, dann nahm sie einen weiteren Schluck von ihrem Wein. Unter dem Tisch berührte sie sanft Hollys Knie und schenkte ihr ein kurzes Lächeln.

Die Krise war verhindert worden, aber sie hatten noch nicht einmal ihr Essen bestellt. Es würde ein sehr langer Abend werden.

KAPITEL SIEBENUNDZWANZIG

Obwohl Holly noch nie schwanger gewesen war, wusste sie von Freunden, dass es eine Liste von Lebensmitteln gab, die tabu waren. Dinge, vor denen jeder Arzt, jede Krankenschwester und jeder Pflegehelfer warnen würde. Das Problem war nur, dass sie keine Ahnung hatte, was diese Dinge waren.

»Scharfe Tom-Yum-Suppe?«, flüsterte sie Caroline zu, die entschieden den Kopf schüttelte.

»Da sind Garnelen drin«, flüsterte sie zurück. »Du musst Meeresfrüchte meiden.«

»Gebratener Reis mit Ananas?«

»Nein, keine Ananas.«

»Echt?«

»Nimm einfach ein Hühnercurry, aber ein mildes. Du willst nichts Scharfes. Weißt du schon, wie weit du bist?«

»Ihr beiden seid aber sehr geheimnisvoll. Was flüstert ihr da?«

Jamie hatte den denkbar ungünstigsten Moment gewählt,

um sich von Fin abzuwenden und ihren Blick auf sie zu richten. Allerdings wurde ihre Sicht durch einen ziemlich großen, orangefarbenen Kranich eingeschränkt, der in der Luft zwischen ihnen hing. Holly hatte sich bereits das Handgelenk daran gestoßen, als ihr der Kellner von der anderen Seite des Tisches her ein Getränk gereicht hatte. Glücklicherweise hatte sie das Ding nicht heruntergerissen. Eine Welle von Übelkeit überkam sie.

»Oh, nichts. Ich habe nur gefragt, was davon gut ist, mehr nicht. Caroline war schon ein paarmal hier.«

»Ach so«, sagte Jamie, aber der Blick, mit dem sie Holly maß, war fast so intensiv wie der, mit dem sie Fin angesehen hatte.

Holly lehnte sich in ihrem Stuhl zurück. Hatte Fin ihr von dem Test erzählt? Und hatte sie, als sie festgestellt hatte, dass sie nicht trank, die richtigen Schlüsse gezogen? Nein. Nein, das war unmöglich. Oder? Wenn es so weiterging, würde es jeder hier am Tisch wissen, noch ehe sie Ben davon erzählen konnte.

»Du solltest mit ihm reden, weißt du«, sagte Jamie.

Holly spürte, wie alles Blut aus ihrem Gesicht wich.

»Was? Warum?«

»Was meinst du mit warum? Weil ihr zwei Freunde wart. Und weil ihr meine Freunde seid und es mich traurig macht, euch so zu sehen. Vielleicht könntet ihr euch später ein wenig unterhalten. Das würde euch beiden guttun.«

Holly war sich nicht sicher, wie sie es schaffte, nicht ohnmächtig zu werden und aufrecht sitzen zu bleiben.

»Nun, ich bin jedenfalls froh, dass ihr beide hier seid.«

Nachdem das Essen bestellt worden war, gingen die

Gespräche am Tisch weiter. Jamie war damit beschäftigt, mit der Person links von ihr zu plaudern, die Holly vage als jemanden erkannte, mit dem sie gelegentlich zusammenarbeitete. Caroline und Fin unterhielten sich über Wildblumen, Wiesen und die besten Orte, an denen man Blaubeeren pflücken konnte. Michael, der neben Holly saß, hatte offenbar beschlossen, dass er sie beschützen musste. Er nahm seine neue Rolle sehr ernst.

»Ich kann fragen, ob sie ein weiteres Kissen für deinen Rücken haben. Du solltest von Anfang an deine Bauchmuskulatur entlasten. Das kann dir später viele Schmerzen ersparen. Das haben wir bei unserem zweiten Kind herausgefunden.«

»Es geht mir gut, Michael«, sagte sie leise und hoffte, dass er den Wink mit dem Zaunpfahl verstehen und sich etwas zurückhalten, oder besser noch, ganz schweigen würde.

Leider funktionierte sein Gehirn nicht so, und er schlug alle paar Minuten etwas Neues vor, von Schlafpositionen bis hin zu orthopädischen Schuhen. Durch den Wein war er noch gesprächiger als sonst. Offensichtlich hatte er das Gefühl, das Gewicht seiner neuen Verantwortung mit Alkohol lindern zu müssen.

»Soll ich dir etwas Eis holen? Das hat bei Caroline gegen die Übelkeit geholfen.«

»Es geht mir gut«, sagte Holly. »Würdest du bitte, du weißt schon … einfach aufhören, darüber zu reden?«

»Ich weiß, ich weiß. Es tut mir leid. Aber es ist wahnsinnig aufregend, oder? Ich bin jedenfalls aufgeregt. Für dich ist es wahrscheinlich etwas anders wegen der Sache mit Ben und so.«

Sie holte so tief Luft, wie sie konnte, ohne zu hyperventilieren, und schaute sich am Tisch um. Sosehr sie auch versuchte, es nicht zu tun, ihr Blick fiel immer wieder auf Ben, der neben einer Frau saß, die ebenfalls ehrenamtlich im Pflegeheim tätig war. Sie bemerkte, dass die Frau immer wieder laut lachte. Zweifellos sprachen sie über die Pflegeheimbewohner und ihre jüngsten Eskapaden. Jedes Mal, wenn es passierte, huschte ein Lächeln über Bens Gesicht, und Holly verspürte einen Stich von Eifersucht. Es war seltsam, ihn dort sitzen zu sehen. Normalerweise würde er direkt neben ihr oder höchstens einen Stuhl entfernt sitzen. Die Eifersucht verwandelte sich in Bitterkeit.

»Also, Holly, ich dachte, ich komme morgen mal in deinen Süßwarenladen. Wäre das in Ordnung? Jamie hat mir so viel darüber erzählt, und ich möchte den Laden unbedingt selbst einmal sehen.«

Es dauerte einen Moment, bis ihr bewusst wurde, dass jemand mit ihr sprach, und einen weiteren Moment, bis sie erkannte, dass dieser jemand Fin war.

»Tut mir leid, das habe ich nicht gehört. Was hast du gesagt?«

»Ich habe gesagt, dass ich morgen gerne in deinen Laden kommen möchte, um ein paar Dinge zu kaufen.«

»Ich bin mir nicht sicher, ob meine Waren deinen Ansprüchen gerecht werden. Sie sind weder biologisch noch schadstofffrei«, antwortete sie etwas barsch, aber er lächelte nur.

»Oh, auch ich gönne mir ab und zu eine Cola«, sagte er. »Außerdem lieben meine Neffen und Nichten in den Staaten diese altmodischen Süßigkeiten, die es bei dir gibt. Ich denke, es ist an der Zeit, dass ich ein Paket für sie zusammenstelle. Es wird noch eine Weile dauern, bis wir sie persönlich treffen werden.«

»Fin, was machst du eigentlich beruflich?«, fragte Caroline, und schloss sich damit glücklicherweise ihrem Gespräch an. Holly hatte keine Lust, belanglosen Small Talk zu betreiben.

Aber noch bevor er antworten konnte, erschienen die Kellner mit ihren Vorspeisen. Jamie sprang auf und schlug mit einem Messer gegen ihr Weinglas.

»Dürfte ich um einen Moment eurer Aufmerksamkeit bitten.«

Die Stimmen am Tisch verstummten eine nach der anderen, und alle Augen richteten sich auf sie.

»Nur keine Sorge, ich werde keine Rede halten, obwohl das, seien wir mal ehrlich, ziemlich toll wäre.«

Lachen kam von der Gruppe. Als es versiegt war, fuhr sie fort.

»Ich möchte nicht sentimental werden, dafür bin ich viel zu hart und cool, aber euch heute Abend hier zu haben, all die Menschen, die mir etwas bedeuten, ist etwas ganz Besonderes für mich. Ich fühle mich gesegnet, meinen Geburtstag mit euch verbringen zu dürfen. Danke.«

Ihre Worte wurde mit Beifall quittiert, den Jamie mit einer abwehrenden Geste besänftigte.

»Ganz besonders möchte ich meinem fantastischen Freund Fin danken. Sicher stimmt ihr mir alle zu, wenn ich sage, dass er mit dem Dekorieren dieses Raumes fantastische Arbeit geleistet hat. So fantastisch, dass die Besitzer des

Restaurants gefragt haben, ob er so bleiben könnte, wenn wir gehen.«

»Wow.«

Carolines spiegelte Hollys eigene Gefühle wider. Wahrscheinlich hätte sie etwas mehr Begeisterung gezeigt, wäre das Ganze nicht von einer falschen Schlange gemacht worden. Sie hoffte, dass Jamie fertig war, da inzwischen alle eine Vorspeise vor sich stehen hatten, die kalt wurde.

»Keine Sorge, ich bin fast fertig«, versprach sie und schien die Blicke der Gäste richtig zu deuten. »Ich möchte nur noch einen Toast ausbringen. Also, wenn ihr bitte eure Getränke heben würdet, ob alkoholisch oder nicht …«, sagte sie und sah Holly an, die ihr Glas ergriff und sich ein wenig verurteilt fühlte.

»Auf gute Zeiten und tolle Freunde«, sagte Jamie.

»Gute Zeiten und tolle Freunde«, wiederholte der Rest des Tisches. Alle hoben ihre Gläser, um mit denen um sie herum anzustoßen.

Holly trank von ihrer Limonade, während Michael den Rest seines Weins austrank und dann nach einer Flasche griff, um sein Glas wieder aufzufüllen. Der Geruch ihrer Frühlingsrollen brachte ihren Magen zum Knurren, und sie war gerade dabei, ihr Messer und ihre Gabel zu ergreifen, als Jamie erneut das Wort ergriff.

»Nur noch eine letzte Sache«, sagte sie. »Macht es euch nicht zu gemütlich. Sobald wir mit der Vorspeise fertig sind, werden wir uns bewegen.«

»Was meinst du?«, fragte Michael leicht schleppend.

»Es ist etwas, was ich im Internet gesehen habe, und ich dachte, wir probieren es mal aus. Nach jedem Gang wechseln wir die Plätze. So können wir den ganzen Abend mit verschiedenen Leuten sprechen. Tolle Idee, oder?«

Hollys Augen huschten sofort zu Ben, der im selben Moment auch sie anschaute. Sie wusste, dass er genau dasselbe dachte wie sie.

Mist.

KAPITEL ACHTUNDZWANZIG

Wie erwartet brach Chaos aus, als alle mit ihrer Vorspeise fertig waren und Jamies Plan in die Tat umgesetzt wurde. Alle stolperten lachend umher, während sie versuchten, denselben Stuhl zu ergattern wie jemand anders. Es war wie Stuhltanz, nur ohne Musik.

»Denkt daran, ihr dürft euch nicht neben jemanden setzen, neben dem ihr schon einmal gesessen habt«, rief Jamie über das Chaos hinweg. Sie hatte sich bereits an einem neuen Platz am Ende des Tisches niedergelassen.

»Aber ich will neben Holly sitzen«, beschwerte sich Michael in einer Lautstärke, die bewies, dass Caroline recht gehabt hatte. Er vertrug nicht sehr viel Alkohol. »Ich passe auf sie auf.«

»Michael«, zischte Caroline, als würde sie mit einem ungezogenen Kind sprechen. »Such dir einen anderen Stuhl und hör auf, dich lächerlich zu machen.«

»Aber Holly braucht mich. Oder etwa nicht, Holly?«

»Ich schaffe das schon«, antwortete sie und verzog das Gesicht.

In jeder anderen Situation hätte sie Michaels Verhalten amüsant gefunden, doch momentan zog es mehr Aufmerksamkeit auf sie, als ihr lieb war. Sie konnte Bens Blick fast körperlich spüren und hatte eine gute Vorstellung davon, was er dachte: Dass sie Michael und Caroline darum gebeten hatte, dafür zu sorgen, dass sie nicht in seiner Nähe sitzen musste. Und obwohl das stimmte, fühlte sie sich schlecht deswegen.

Sie wich seinem Blick aus, senkte den Kopf und setzte sich auf einen Stuhl am Ende des Tisches. Sie hoffte, dass sie auf diese Weise nur eine Person zu ihrer Rechten haben würde, was weniger riskant wäre, besonders, wenn diese Person mit ihrem Gegenüber sprach.

Ein Mann mittleren Alters, Vic, setzte sich neben sie. Er arbeitete mit Jamie zusammen und liebte Deutsche Schäferhunde. Nach einer kurzen Unterhaltung über das Wetter und ihre Meinung zu den Plänen, an der Rissington Road neue Häuser zu errichten, schnitt er sein Lieblingsthema an.

»Wussten Sie, dass der erste Blindenhund ein Deutscher Schäferhund gewesen war?«, fragte er, als die Hauptgerichte serviert wurden.

»Nein, das wusste ich nicht«, antwortete sie.

»Viele wissen das nicht. Sie denken, es wäre ein Labrador gewesen, weil heutige Blindenhunde oft Labradore sind. Aber das war nicht immer so. Deutsche Schäferhunde sind die drittintelligenteste Hunderasse, wissen Sie. Klüger als Labradore. Und die meisten Leute wissen auch nicht, dass sie nicht immer braun sind. Es gibt sie in einer ganzen Palette von Farben: Zobel, Braun, Silber …«

Als sie begriff, dass Vic wahrscheinlich noch stundenlang so weitermachen würde, ließ Holly ihn einfach reden und fügte nur gelegentlich ein »Wirklich? Das wusste ich nicht« ein, um ihm zu zeigen, dass sie ihm zuhörte.

Am anderen Ende des Tisches hatte sich Jamie neben Ben gesetzt, und es sah aus, als wäre sie dabei, ihm ein Ohr abzukauen. Hollys Magen drehte sich nervös. Sicher sprach sie über das Gleiche mit ihm, dass sie Freunde bleiben und sich nett behandeln sollten. Dieser Gedankengang wurde von Michael unterbrochen, der versuchte, sich an den Namen eines Songs zu erinnern, indem er den Gästen eine schlechte Interpretation davon zumutete.

Da sie vor dem Dessert erneut die Plätze wechseln sollten, würde Holly nicht nur sicherstellen, dass sie nicht neben Ben saß, sondern auch Michael davon abhalten, sich neben ihn zu setzen. Eine Welle von Ärger kam über sie. Wie hatte Caroline nur denken können, dass es eine gute Idee war, ihrem Ehemann von ihrer Schwangerschaft zu erzählen? Sie wusste, wie er war, wenn er zu viel getrunken hatte. Obwohl man Caroline zugutehalten musste, dass sie versuchte, ihren Fehler wiedergutzumachen, indem sie nur Limonade trank und Michael mit finsterem Blick beobachtete, um im Notfall eingreifen zu können. Holly fühlte sich fast etwas schuldig, auch ihren Abend ruiniert zu haben.

»Können Sie das glauben?«

Vics Frage riss Holly in die Wirklichkeit zurück.

»Wie bitte?«

»Pudel. Ich kann das einfach nicht nachvollziehen. Ich

meine, ja, sie sind intelligent, aber nicht annähernd so klug wie Schäferhunde.«

»Pudel? Oh, ja, sicher«, antwortete sie, immer noch nicht ganz sicher, worüber er sprach, aber ihre Antwort schien ihn zufriedenzustellen, wie sein zufriedenes Grinsen zeigte.

»Eben«, sagte er, lehnte sich in seinem Stuhl zurück und legte sein Besteck auf seinem Teller ab.

Er war nicht der Einzige, wie Holly bemerkte. Nach und nach beendeten immer mehr Gäste ihren Hauptgang. Sie brauchte einen Plan, um sicherzustellen, dass sie beim letzten Platzwechsel nicht neben Ben landete. Es war die letzte Hürde dieses Abends.

Die offensichtlichste Wahl wäre der Platz direkt gegenüber. So hätte sie lediglich einen Nachbarn, und sie müsste sich auch nicht zwischen allzu vielen der herabhängenden Vögel hindurchbewegen, was toll wäre, da ihre Zehen inzwischen schrecklich schmerzten. Vielleicht sollte sie das nächste Mal, wenn sie vorhatte, hohe Absätze zu tragen, vorher ein wenig üben. Aber in absehbarer Zukunft würde das ohnehin nicht passieren.

Sie dachte an die Veränderungen, die ihr Körper durchmachen würde. Sicherlich würde sie schrecklich geschwollene Knöchel bekommen. Und sie müsste sich solche Hosen besorgen, bei denen der Bauchbereich ausgeschnitten und durch ein elastisches Band ersetzt worden war. Wahrscheinlich waren sie sogar sehr bequem.

Plötzlich hatte sie das Bedürfnis nach frischer Luft.

»Entschuldigen Sie mich«, sagte sie, stand auf und griff nach ihrer Handtasche. Sie duckte sich unter einem tief hängenden Vogel hindurch und machte sich auf den Weg zur

Toilette. Sie war schon fast bei der Tür, als Jamies Stimme ertönte.

»Okay Leute, sucht euch zum letzten Mal einen neuen Platz und stellt sicher, dass ihr nicht neben jemandem sitzt, neben dem ihr heute Abend schon gesessen habt.«

»Mist!«

Sofort standen alle auf und begannen, lachend herumzugehen. Inzwischen hatten die meisten zu viel Wein getrunken, und die Lautstärke und das Durcheinander war überwältigend. Holly hatte keine Zeit, lange nachzudenken. Sie musste sich einen neuen Sitzplatz sichern, der weit weg von Ben, Michael und jedem anderen lag, der ihr persönliche Fragen stellen könnte. Sie vergaß sowohl ihre derzeitige Situation als auch die Tatsache, dass sie in ihren Stiefeln kaum gerade gehen konnte, und eilte zurück zum Tisch.

Für einen Moment lief alles nach Plan. Sie hatte einen leeren Sitzplatz ins Visier genommen, doch dann veränderte sich alles.

Später konnte sie sich nicht mehr an die genaue Reihenfolge der Ereignisse erinnern, ob zuerst ihr Haar an dem Vogel hängen geblieben oder der Stuhl direkt vor ihre Füße geschoben worden war. Eigentlich waren es die Stiefel, die die ganze Katastrophe auslösten, aber es spielte keine Rolle. Das Ergebnis wäre das gleiche gewesen.

Alles schien in Zeitlupe zu passieren. Sie hob die Hand, um ihr Haar zu befreien, während sie gleichzeitig das Gleichgewicht verlor. Der Schwung ihres anfänglichen Sprints trug sie weiter vorwärts, doch da stand ein Stuhl. Zuerst traf ihr Ellbogen auf den Tisch, dann ihre Schulter, wodurch ihr Körper herumgewirbelt wurde und auf dem Boden aufschlug. Schmerz schoss durch ihre Arme, Beine und ihre Seite, und sofort traten ihr Tränen in die Augen. Menschen eilten herbei, um ihr aufzuhelfen, und jemand tastete ihre Arme und Beine ab, um sicherzugehen, dass nichts gebrochen war.

Aber eine Stimme stach aus allen anderen hervor.

»Wir müssen sie ins Krankenhaus bringen! Wir müssen an das Baby denken!«

KAPITEL NEUNUNDZWANZIG

Eine betäubende Stille erfüllte den Raum, und für einen kurzen Augenblick bewegte sich niemand. Holly lag immer noch auf dem Boden, und das Pochen in ihren Knien wurde jetzt von einer lähmenden Angst überdeckt. Sie zitterte am ganzen Körper.

»Wir müssen sie ins Krankenhaus bringen«, wiederholte Michael, woraufhin Jamie in lautes Gelächter ausbrach.

»Sicher. Guter Witz!«, entgegnete sie. »Wirklich gut. Los, steht auf. Du kannst dich nicht drücken.«

Michael zupfte an Carolines Ärmel und schien zu hoffen, dass sie ihm zustimmen würde, aber sie besänftigte ihn nur und sagte, er hätte zu viel getrunken.

Jamie wartete immer noch mit ausgestreckter Hand, aber Holly konnte sich nicht bewegen, was nicht nur an ihren schmerzenden Knien lag. Ihre Augen waren auf Ben fixiert, und sein Blick stellte ihr die Frage, die Jamie nicht einmal in Betracht gezogen hatte. Sie konnte den Blick nicht von ihm abwenden, selbst als sich ihre Augen mit

Tränen füllten und über ihre Wangen liefen. Ben suchte ihr Gesicht nach einem Zeichen dafür ab, dass das nur ein Scherz war, dass Michael das nur gesagt hatte, weil er betrunken war, aber das konnte sie ihm nicht geben. Alles, was sie hervorbrachte, waren Tränen. Der Schmerz in ihrer Brust wanderte tiefer, und plötzlich durchzuckte ein Krampf ihren Unterleib. Sie krümmte sich, umfasste ihren Bauch und keuchte.

»Wir müssen sie ins Krankenhaus bringen«, sagte Ben, schob sich an den anderen vorbei und hob sie hoch.

»Was?«

Jamies Mund klappte auf.

»Dankeschön!«, sagte Michael, riss die Arme in die Luft und ließ sie dann wieder fallen, erleichtert, dass endlich jemand auf ihn hörte.

Holly hörte nichts anderes als das Pochen ihres Herzens und das Rauschen in ihren Ohren. Sie hatte Schwierigkeiten, sich auf etwas anderes zu konzentrieren als die verschiedenen Schmerzempfindungen, die ihren Körper durchfluteten. War es möglich, dass der Sturz dem Baby geschadet hatte? Nein, ihr Bauch war überhaupt nicht getroffen worden, nur ihre Arme und Knie. Warum tat ihr Bauch dann plötzlich so weh?

»Verdammt«, sagte Ben. »Ich kann nicht fahren. Ich habe zu viel getrunken.«

»Ich kann fahren«, sprang Caroline ein. »Ich hatte nur ein Glas.«

Michaels Jubeln war in Weinen übergegangen, und er hatte seinen Kopf an Vics Schulter vergraben.

»Du musst Michael nach Hause bringen«, sagte Ben.

»Gibt es noch jemanden, der nicht getrunken hat? Jemand anderes, der uns zum Krankenhaus fahren könnte?«

Und Holly wusste ganz genau, wer, noch bevor er den Mund aufgemacht hatte.

Sie hatte schon angenehmere Fahrten gehabt, und das Schlimmste daran waren noch nicht einmal ihre schmerzenden Gliedmaßen. Vielleicht wäre es erträglicher gewesen, wenn sie in einem Auto gesessen und sich weniger verurteilt gefühlt hätte, aber sie war zwischen Fin und Ben auf dem Vordersitz von Jamies Lieferwagen eingeklemmt, während sie schweigend auf die Straße starrten. Ihr Atem kam ihr unangenehm laut vor.

Sie konnte sich nicht einmal mit Popmusik aus dem Radio ablenken, da Fin beschlossen hatte, dass sie Walmusik hören sollten, da diese beruhigend wirkte. Also hörten sie die ganze Fahrt lang Walmusik, während sich die Muskeln in ihrem Körper verkrampften.

»Versuch, dich zu entspannen«, sagte Ben zu ihr, der ihren steifen Körper zu bemerken schien. »Ich bin sicher, dass alles in Ordnung ist.«

Sie antwortete nicht. Selbst wenn es dem Baby gutging, war nichts in Ordnung.

Als sie das Krankenhaus erreichten, hielt Fin vor dem Eingang zur Notaufnahme an und stellte den Motor ab.

»Ich kann bleiben, wenn ihr wollt«, sagte er. »Es macht mir nichts aus. Oder ich könnte euch Dessert bringen. Es wäre schade, wenn ihr das verpassen würdet.«

Holly lächelte bei dem Gedanken. Sie war sich nicht sicher, welches zucker- und genußfreie Dessert er aussuchen würde, aber das Angebot war süß.

»Das ist nicht nötig, aber danke«, sagte sie. »Ich werde von hier aus zurechtkommen.«

»Ja, wir werden zurechtkommen. Danke«, fügte Ben hinzu.

Etwas an seinem bestimmenden Ton ärgerte sie, aber sie hatte nicht die Kraft, etwas zu sagen.

»Ruft mich einfach an, wenn ich euch abholen soll«, sagte Fin. »Jamie und ich werden morgen den ganzen Tag zu Hause sein. Sie ging davon aus, dass es eine ziemlich lange Nacht werden wird und keine Arbeit eingeplant. Obwohl ich denke, dass keiner von uns erwartet hat, dass es so lange dauern wird.«

»Danke, Fin«, sagte Holly.

Einen Moment später nickte er, stieg wieder in den Wagen und ließ sie mit Ben allein.

»Ich sollte reingehen«, sagte sie und drehte sich zur Tür um, aber bevor sie einen Schritt machen konnte, packte er sie am Handgelenk.

»Wie lange weißt du es schon?«

»Seit etwa drei Stunden«, antwortete sie wahrheitsgemäß, ohne ihn dabei anzusehen.

»Und du hast Michael davon erzählt, bevor du es mir gesagt hast?«

»Nein, ich habe es Caroline erzählt, weil sie es praktisch selbst herausgefunden hatte. Caroline hat es Michael erzählt.«

Ben nickte langsam.

»Das macht Sinn. Du solltest weder ihnen noch sonst jemandem etwas erzählen, was du geheim halten willst. Einer von ihnen wird immer betrunken sein und es ausplaudern.«

Sie hob den Blick und versuchte zu lächeln, schaffte es aber nicht.

»Das weiß ich jetzt«, sagte sie.

Sie standen schweigend da. Da sie erwartet hatte, dass der längste Weg, den sie an diesem Abend zurücklegen würde, der vom Restaurant zu Jamies Haus sein würde, trug sie nur eine dünne Jacke über ihrem Kleid. Als ein kalter Wind aufkam, lief ein Schauer über ihre Haut, und sie wünschte, sie hätte etwas Wärmeres angezogen. Und bequemere Schuhe ausgesucht. Sie wünschte sich auch die Möglichkeit, in die Vergangenheit zu reisen, damit es nicht so ausgegangen wäre, aber nichts davon war möglich.

»Lass uns reingehen«, sagte Ben. »Du musst dich hinsetzen.«

Für einen Dienstagabend war die Notaufnahme voller, als Holly erwartet hätte. Viele brauchten Hilfe, von weinenden Kleinkindern, bis hin zu müde aussehenden Senioren. Da war ein kleiner Junge, der sein schmerzendes Bein festhielt, während sein linker Arm bereits in einem Gips steckte. Seine Mutter sah verzweifelt und erschöpft aus.

»Ich habe alles für dich ausgefüllt«, sagte Ben, als er sich neben sie setzte. »Alles, was ich konnte, zumindest. Sie haben gefragt, wie weit du bist, und ich sagte, du wüsstest es nicht. Weißt du es?«

Sie schüttelte den Kopf.

»Ich verstehe nicht, wie das passieren konnte. Ich dachte,

du nimmst die Pille«, sagte er dann. Seine Stimme klang ziemlich vorwurfsvoll.

»Das tat ich auch«, verteidigte sie sich. »Das tue ich noch immer. Ich weiß nicht, was schiefgelaufen ist. Wirklich, ich verstehe es nicht.«

Ihre Augen begannen zu brennen, und sie spürte, wie sich neue Tränen bildeten.

»Was auch passiert, wir werden das durchstehen«, sagte er. »Mach dir keine Sorgen. Ich bin jetzt hier.«

Er streckte seine Hand aus und nahm ihre.

Während sie so nebeneinandersaßen, dachte Holly an das letzte Mal, als sie hier im Krankenhaus gewesen waren. Sie war mit einem Krankenwagen angekommen, zusammen mit Verity, nachdem sie in ihren lächerlich hohen Schuhen gestürzt war. Damals waren Ben und sie kein Paar gewesen, aber er war trotzdem aufgetaucht, um ihr Gesellschaft zu leisten und sie zu unterstützen. Aber es gab einen großen Unterschied zwischen jener Nacht und dieser. Damals, als er ihr Handy aufgeladen und ihr guten Kaffee gebracht hatte, hatte sie ihn weggeschickt. Sie hatte ihm gesagt, dass sie nicht wollte, dass er ihr ständig zu Hilfe kam. Aber dieses Mal brauchte sie ihn.

Mehr noch. Sie wollte, dass er da war.

KAPITEL DREISSIG

Nachdem sie zwei Stunden gewartet hatte, wurde sie endlich aufgerufen.

»Holly Berry«, rief eine Stimme.

Sie sprang auf, doch dann erinnerte sie sich daran, dass es genau das gewesen war, was sie in diese Situation gebracht hatte. Sie hielt sich an Bens Arm fest und ging auf die Krankenschwester zu, die ihnen den Weg durch eine Doppeltür und einen Gang hinunter zu einem Raum zeigte, in dem ein Bett und ein Ultraschallgerät standen. Eine erschöpft aussehende Ärztin erwartete sie.

»Sie müssen Holly sein«, sagte sie und blickte auf den Bildschirm vor sich.

Die Frau hatte ein ausgesprochen mütterliches Gesicht, mit runden Wangen und ergrauendem Haar.

»Also, Sie sind schwanger und gestürzt. Ist das korrekt?«

Holly nickte. Ihr Hals war trocken. Sie konnte kaum schlucken, geschweige denn sprechen. Die Ärztin lächelte verständnisvoll.

»Aber Sie wissen nicht, wie weit Sie sind. Stimmt das auch?«

»Ja«, sagte Ben an dieser Stelle. »Wir dachten, sie nimmt die Pille. Sie nimmt die Pille. Wir haben nicht damit gerechnet, dass dies passieren könnte.«

»Und Sie sind der Vater, nicht wahr?«

Er nickte.

»Ja, ich … ich bin der Vater«, antwortete er mit belegter Stimme, als ob er Schwierigkeiten hätte, die Worte auszusprechen.

»Nun, keine Verhütungsmethode ist hundertprozentig sicher. Wir werden einen Ultraschall machen, um zu sehen, wie es aussieht, und dann kann ich Ihnen wahrscheinlich sagen, in welcher Schwangerschaftswoche Sie sind. Sind Sie damit einverstanden, dass er hier ist, während wir das tun?«, fragte sie.

»Ja, ich möchte, dass Ben hier ist«, sagte Holly und lächelte die Ärztin an. Sie war dankbar für ihre Rücksichtnahme.

»Gut, bitte legen Sie sich auf das Bett, und ich werde es mir ansehen, okay?«

Ihre Vorliebe für billige Filme und Fernsehserien bedeutete, dass Holly schon viele Ultraschalluntersuchungen gesehen hatte, aber sie hatte noch nie selbst eine erlebt. Die Kälte des Gels auf ihrem Bauch überraschte sie.

»Keine Sorge, wir wischen alles wieder ab, wenn wir fertig sind«, sagte die Ärztin. »Jetzt schauen wir mal, was wir finden können. Haben Sie sich den Magen oder den Rücken gestoßen, als Sie gestürzt sind?«

Holly schüttelte den Kopf.

»Nein, ich bin auf die Knie gefallen.«

»Nun, das ist gut … genau wie das hier. Sehen Sie das?«

Sie wies auf den Bildschirm neben ihnen. Das Bild war ein Durcheinander aus Grau und Weiß, ein Wirbel aus Pixeln, der sich in unerkennbaren Formen bewegte. Doch mitten drin pulsierte etwas, und als die Ärztin den Lautsprecher einschaltete, erschallte ein lautes, rhythmisches Geräusch durch den Raum.

»Ist das …«, begann Holly, aber ein Kloß bildete sich in ihrem Hals. »Ist das das Baby?«

»Das ist der Herzschlag Ihres Babys. Und er klingt kräftig. Vom Aussehen her würde ich schätzen, dass Sie etwa in der neunten Woche sind. Also, jetzt kann ich eine Vorsorgeuntersuchung für Sie einplanen. Sagen Sie mir einfach, wie Sie weiter vorgehen möchten.«

Ohne das Gerät wäre der kleine Herzschlag kaum wahrnehmbar gewesen, aber in diesem Moment war er Hollys ganze Welt. Das war real. Nicht nur ein Gedanke in ihrem Kopf oder ein Strich auf einem Teststäbchen. Am Ende war es Ben, der die Worte aussprach, die sie dachte, aber nicht über die Lippen bringen konnte.

»Wir bekommen ein Baby«, sagte er. »Wir bekommen ein Baby.«

Sie beschlossen, vom Krankenhaus in eine noch geöffnete Pizzeria zu gehen, die gleich gegenüber lag. Ob es nun an der Aufregung lag oder daran, dass die Portionen beim Abendessen eher klein gewesen waren, Holly hatte einen Bärenhunger, und ein paar Stücke Margherita waren genau das, was sie jetzt brauchte.

Wie in Trance gingen sie zum Restaurant. Die Ärztin hatte jedem von ihnen einen Ausdruck des Ultraschallbilds gegeben, obwohl sie kaum etwas darauf erkennen konnten. Als sie einander gegenübersaßen und die Pizza langsam abkühlte, starrten sie weiter auf das Bild und konnten es kaum fassen.

Holly wusste, dass sie keine Wahl mehr hatten. Sie mussten darüber sprechen.

»Das war unerwartet«, sagte sie. »Aber ich möchte es behalten. Ich werde es behalten.«

Anfangs hatte sie noch Zweifel gehabt, aber jetzt war sie sich sicher. Sie hatte zu viel Pech in der Liebe gehabt, um den Erfolg einer Beziehung darüber entscheiden zu lassen, ob sie Kinder haben würde oder nicht.

»Ich verstehe. Wirklich«, antwortete Ben. »Ist es merkwürdig, dass ich mich ziemlich darüber freue?«

»Du freust dich?«, fragte sie, sichtlich erleichtert.

Obwohl sie im Grunde genommen wusste, dass er ein anständiger Kerl war, hätte er auch negativ reagieren können. Sie hatte sich sogar gefragt, ob er überhaupt etwas mit dem Kind zu tun haben wollte. Zu hören, dass sie das Baby nicht ganz alleine aufziehen würde, war Musik in ihren Ohren.

»Natürlich freue ich mich. Ich meine, ich gebe zu, es ist nicht das, was ich mir vorgestellt hatte, und es wäre schön gewesen, es unter anderen Umständen zu erfahren, aber ich finde es toll. Es ist großartig. Beängstigend, aber großartig.«

»Wow«, sagte Holly.

Ihr war bewusst, dass viele Männer nicht so positiv reagiert hätten. Und doch saß Ben, ihr Ex, einfach so da und akzeptierte die Situation, obwohl die Trennung noch sehr frisch war.

»Ich glaube, es wäre am besten, wenn wir das hintere Schlafzimmer in das Kinderzimmer verwandeln würden«, fuhr er fort. »Auf der Rückseite ist es ruhiger, und ich kann das vordere Zimmer zu meinem Arbeitszimmer machen. Das könnte funktionieren. Es ist groß genug, um einen Schreibtisch für dich hineinzustellen, wenn du dann vermutlich von zu Hause aus arbeiten musst.«

»Wie bitte?«, sagte sie und hatte das Gefühl, einen Teil des Gesprächs verpasst zu haben.

»Ich denke, es ist groß genug. Aber falls wir feststellen, dass wir mehr Platz brauchen, können wir das Haus verkaufen und uns nach etwas anderem umsehen. Es wird kein Problem sein, es zu verkaufen.«

Jetzt runzelte sie die Stirn, rieb sich die Augen und versuchte zu verstehen, was hier passierte.

»Ben, was willst du damit sagen? Du willst, dass das Baby und ich bei dir leben?«

»Natürlich will ich das. Wir sind eine Familie.«

»Aber wir haben uns getrennt.«

Sie sprach das Offensichtliche aus, aber er schien es nicht zu begreifen.

Mit einem lauten Seufzer griff er über den Tisch und legte seine Hand auf ihre. Sie war so warm wie immer, und doch fand sie sie in diesem Moment zu warm, fast schon schwitzig.

»Ich weiß, dass ich letzte Woche Mist gebaut habe, Holly.

Es gab ein paar Probleme, das sehe ich ein, aber wir sollten dieses Ereignis als Zeichen dafür sehen, dass wir zusammen sein sollten.«

»Letzte Woche konntest du es nicht ertragen, ein Wochenende mit mir zu verbringen, und jetzt möchtest du, dass wir die nächsten achtzehn Jahre zusammen sind?«

»Durch das Baby werden unsere Leben ohnehin miteinander verbunden sein. Ich möchte einfach nur sagen, dass wir beide wollen, dass dieses Kind das bestmögliche Leben bekommt. Und das erfordert, dass wir beide unter einem Dach leben.«

»Nein«, sagte sie entschlossen. »Es erfordert, dass es Eltern hat, die es lieben und unterstützen. Ob wir zusammenleben oder nicht, ist unwichtig.«

»Das sehe ich anders.«

Das Gefühl von Freude, das sie beim Anblick ihres Babys empfunden hatte, verflüchtigte sich rapide.

»Du siehst das anders?«

»Ich bin sicher, ich kann Artikel darüber finden, die das beweisen«, sagte er.

»Und ich bin sicher, ich kann welche finden, die beweisen, dass die NASA die Mondlandung gefälscht hat. Das bedeutet nicht, dass es wahr ist.«

Ben lehnte sich in seinem Stuhl zurück. Er war kein Mensch, der schnell aus der Ruhe zu bringen war, aber das hieß nicht, dass es nie passierte. Holly konnte sich nur allzu gut daran erinnern, wie er mit ihr gesprochen hatte, als sie direkt vor sein Fahrrad gerannt war. Genau den gleichen Ausdruck hatte er auch jetzt im Gesicht.

»Ich verstehe nicht, warum du es so schwierig machst«, sagte er.

»Du findest, dass ich es schwierig mache, nur weil ich nicht vorgeben will, mit einem Mann glücklich zu sein, der mir nicht einmal sagen kann, dass er mich liebt?«

Ein zischendes Geräusch kam von seinen Lippen.

»Schau, du bist offensichtlich müde«, sagte er. »Es war ein langer Abend. Ich rufe uns ein Taxi. Du kannst dich ausschlafen und wir können später in der Woche oder wann auch immer darüber reden. Wir haben genug Zeit, um alle Details zu klären.«

In Hollys Kopf war das noch weit entfernt. Diese Entscheidung würde nicht nur die kommenden Monate, sondern ihre gesamte Zukunft bestimmen. Und wenn er so mit ihr sprach, war das keine gute Ausgangslage.

»Du rufst ein Taxi«, sagte sie. »Ich werde noch ein bisschen Pizza essen … und danach wahrscheinlich ein großes Eis.«

Die Muskeln in seinem Kiefer zuckten.

»In Ordnung. Ich warte hier.«

»Ich möchte nicht, dass du wartest.«

»Holly, das ist lächerlich.«

»Weil ich ausdrücke, wie ich mich fühle? Echt jetzt?«

Er hatte aufgegeben, seine Gefühle zu verbergen. Sein Gesicht verzerrte sich genau wie bei ihrer ersten Begegnung.

»Bitte, sei vernünftig. Es ist nach zehn Uhr. Du kannst nicht …«

»Doch, das kann ich, Ben. Es ist egal, was du sagst, denn Tatsache ist, dass ich es kann. Ich kann tun und lassen, was ich will. Du und ich sind nicht mehr zusammen, und selbst wenn wir es wären, könnte ich tun und lassen, was ich will, weil ich eine erwachsene Frau bin. Also, wenn du auch nur die geringste Chance haben willst, dass ich deinen Vorschlag in Betracht ziehe, dass ich auch nur einen Augenblick lang darüber nachdenke, dann solltest du jetzt gehen. Denn die Art und Weise, wie du mit mir sprichst, lässt mich daran zweifeln, ob ich will, dass du am Leben meines Babys Anteil hast.«

Den Gesichtern der Gäste an den benachbarten Tischen nach zu urteilen, die sich nun zu ihnen umdrehten, musste es eine ziemlich dramatische Reaktion gewesen sein, aber das war ihr egal. Anscheinend hörte er nicht auf sie, wenn sie normal sprach.

Ihr gegenüber war Ben still und blass geworden. Sein Gesicht war angespannt, und er schien Schwierigkeiten zu haben, ihr direkt in die Augen zu sehen.

Schließlich sagte er: »Okay. Ich verstehe. Ich gehe jetzt.«

»Danke.«

Er stand auf und steckte sein Ultraschallbild in die Tasche.

»Hast du Geld für ein Taxi?«

»Ben!«

»Tut mir leid. Es tut mir wirklich leid. Aber ich werde morgen mit dir sprechen. Oder später.«

Dieses Mal genügte ein finsterer Blick von Holly. Er drehte sich zu ihr um, küsste sie auf den Kopf und ging.

KAPITEL EINUNDDREISSIG

Holly hatte sich daran gewöhnt, zu viele Süßigkeiten zu essen. Es war ein Teil davon, einen Süßwarenladen zu besitzen. Man konnte sich nehmen, was man wollte, wann immer man es wollte. Und an manchen Tagen wollte sie viel. Aber bis zu diesem Tag hatte sie noch nie so viel Pizza gegessen.

Nach einem Stück Margherita probierte sie die mit Peperoni, dann die vegetarische Deluxe. Trotz dem, was sie zu Ben gesagt hatte, war sie nicht in der Stimmung für Eis und bestellte stattdessen eine große Portion Apfelkuchen.

Sie war wohl etwas barsch gewesen, dachte sie, als sie den ersten Bissen ihres Desserts nahm. Ben wollte nur helfen, aber dass er ihr mehr oder weniger gesagt hatte, was sie mit ihrem Baby und ihrem Leben tun sollte, machte sie wütend. Sie hatte noch nie jemanden so mit ihr sprechen lassen, und sie würde es auch jetzt nicht tun, zumal sie jetzt stärker sein musste als je zuvor. Das änderte jedoch nichts daran, dass ein

Taxi von Cheltenham nach Bourton teuer war und sie – wieder einmal – jeden Penny sparen musste.

Sie zog ihr Handy aus der Tasche, um die Buszeiten zu überprüfen, für den Fall, dass es an einem Dienstag einen Nachtbus gab. In dem Moment hörte sie eine Stimme.

»Ich glaube, du verfolgst mich wirklich.«

In einer reflexartigen Bewegung ließ sie den Kopf in ihre Hände sinken und stieß einen tiefen Seufzer aus. Ein kurzes Kichern folgte.

»Das habe ich wohl verdient«, sagte Giles und kam näher. Er war ungewöhnlich lässig gekleidet und trug Jeans und ein T-Shirt. Sein Lächeln verblasste, als er sie ansah.

»Alles in Ordnung? Du siehst nicht gut aus.«

»Glaube mir, das Letzte, was ich jetzt brauche, ist deine heuchlerische Sorge«, antwortete sie und schüttelte den Kopf.

Sie hatte angenommen, dass er aufgrund ihrer Direktheit weitergehen würde, aber stattdessen setzte er sich auf den Stuhl gegenüber. Eine tiefe Falte zeichnete sich auf seiner Stirn ab.

»Ich weiß, dass es zwischen uns gewisse … Probleme gab, und ich gebe zu, dass ich ein Idiot war. Aber vielleicht kannst du dich erinnern, dass ich ein guter Zuhörer bin.«

Sie lachte spöttisch.

»Du hast versucht, meinen Laden zu ruinieren, und es wäre dir beinahe gelungen. Außerdem hast du ein paar ziemlich üble Dinge gesagt, bevor ich dich in den Fluss geworfen habe.«

Er wirkte nachdenklich.

»Okay, vielleicht war *Idiot* eine Untertreibung. Und ich wünschte, ich hätte eine Ausrede. Wirklich. Alles, was ich sagen kann, ist, dass ich damals in einer echt schwierigen Phase war und dachte, dass der Laden alles lösen würde. Es tut mir leid.«

Er sah aufrichtig reumütig aus, aber sie wusste, dass er ein Meister der Manipulation war und sie seine Ausreden schon einmal gehört hatte. Sie würde nicht noch mal auf sein Geschwätz hereinfallen, schon gar nicht auf eine Entschuldigung, die ihm so leicht zu fallen schien. Stille folgte, und sie war froh, dass sie anhielt. Giles jedoch schien daran interessiert zu sein, das Gespräch fortzusetzen.

»Was tust du hier?«, fragte er und musterte sie von oben bis unten. »Du bist schick angezogen. Warst du im Krankenhaus? Ist alles okay?«

Sie überging seine Fragen und stellte stattdessen ihre eigene.

»Warum bist du hier? Dieser Ort hat keine Michelin-Sterne, weißt du.«

Er lachte.

»Wirklich? Vielleicht sollte er welche haben. Das Fleisch-Festival, das hier stattfindet, ist fantastisch.«

Seine Augen funkelten, aber als sie nicht reagierte, fuhr er fort.

»Ich musste ins Krankenhaus.«

»Um jemanden zu besuchen?«, fragte sie. Da er ganz entspannt mit ihr plauderte, ging sie davon aus, dass nicht er derjenige war, der krank war. Jedenfalls nicht krank genug für die Notaufnahme.

»Ja und nein«, antwortete er.

»Toll. Wie immer keine klare Antwort. Ich hätte es wissen müssen.«

Er fuhr sich mit den Händen durchs Haar.

»Tut mir leid, ich versuche nicht, ausweichend zu sein, ehrlich. Ich gehe gleich rüber ins Krankenhaus, um jemanden zu besuchen, aber es ist niemand, der krank ist. Ich hole nur ein paar Pizzen ab, um sie meiner Schwester zu bringen. Sie arbeitet dort.«

Holly wusste nicht, was sie mehr überraschte, die Tatsache, dass Giles eine Schwester hatte, oder dass er ihr Pizza brachte. Sie begann mit Ersterem.

»Du hast eine Schwester?«

»Eine Halbschwester, ja. Sie ist Hebamme und hat erst vor Kurzem hier angefangen. Sie ist das Nesthäkchen der Familie. Wie auch immer, ihre Mutter hatte erwähnt, dass sie oft kaum Zeit zum Essen hat, da ihre Schichten sehr unregelmäßig sind. Also komme ich ein- oder zweimal die Woche vorbei und bringe ihr und ihren Kolleginnen Pizza.«

So sehr sie es auch versuchte, es fiel ihr schwer zu glauben, dass Giles Caverty – der seinem Onkel geholfen hatte, ein Altersheim zu erwerben, um es in einen gewinnbringenden Neubau zu verwandeln, und dann versucht hatte, ihren Laden zu stehlen – dieselbe Person war, die kurz vor Mitternacht Essen in die Geburtsabteilung des Krankenhauses brachte. Seinem Lachen nach zu urteilen, zeichnete sich ihre Skepsis deutlich auf ihrem Gesicht ab.

»Ich weiß. Wer hätte das gedacht?«, sagte er mit einem Schulterzucken.

Ein Kellner erschien am Tisch.

»Sie werden in etwa fünf Minuten fertig sein«, sagte er zu Giles. »Kann ich Ihnen in der Zwischenzeit etwas zu trinken bringen?«

»Nein, danke, Kev, aber könnten Sie mir einen Gefallen tun und alles, was sie hatte, auch auf meine Rechnung setzen?«

Holly spürte sofort, wie sich ihre Nackenhaare aufrichteten.

»Nein danke. Ich möchte nicht, dass du das tust.«

»Es ist kein Problem«, antwortete Giles.

Was war nur mit all den Männern los, die versuchten, die Kontrolle an sich zu reißen und Dinge für einen zu tun, wenn man sie weder wollte noch brauchte?

»Ich habe gesagt, dass ich selbst zahlen werde«, sagte sie.

Er zuckte lässig mit den Schultern.

»Dann setzen Sie ihre Rechnung nicht auf meine. Die Dame wird selbst bezahlen.«

Er warf ihr ein kurzes Grinsen zu, das sie nicht erwidern wollte, aber irgendwie trotzdem tat. Wenigstens hatte er ihr zugehört.

»Also, was hast du jetzt vor?«, fragte er. »Ich gehe nicht davon aus, dass das hier dein Endziel ist.«

»Oh doch. Ich bleibe die ganze Nacht hier. Ich glaube, ich schaffe locker noch zwei Apfelkuchen.«

»Wow, sind die wirklich so gut?«

»Das sind sie.«

Er presste die Lippen zusammen, lehnte sich in seinem Stuhl zurück und neigte den Kopf.

»Warum kommst du nicht mit zu meiner Schwester?

Dann kann ich dich nach Hause fahren. Vorausgesetzt, du hattest genug Pizza.«

Jetzt war es an Holly, den Kopf zu neigen, während sie über das nachdachte, was er gerade gesagt hatte.

»Du willst mich deiner Schwester vorstellen?«

»Sicher. Warum nicht?«

KAPITEL ZWEIUNDDREISSIG

Als sie das Krankenhaus betraten, während Giles einen riesigen Stapel Pizzaschachteln trug, wurde schnell klar, dass er den Weg kannte und seine Behauptung, das hier mehrmals pro Woche zu tun, stimmte.

»Guten Abend, Chef«, sagte einer der Sicherheitsleute.

»Guten Abend, Sam.«

»Schon so spät?«, sagte jemand im Vorbeigehen.

»Die Zeit vergeht schnell, oder?«

Er hatte ein Dutzend Pizzen gekauft, und Holly hatte keine Ahnung, wie er all die Türen hätte öffnen können, hätte sie nicht zugestimmt, ihn zu begleiten. Vielleicht hatte er sie deswegen eingeladen.

Als sie die Geburtsstation erreichten, hatte er mindestens ein Dutzend verschiedene Mitarbeiter gegrüßt, die alle warm gelächelt hatten, während Holly sich in ihren lächerlichen Stiefeln völlig fehl am Platze fühlte.

Mit dem Ellbogen drückte er auf eine Klingel vor der Tür.

»Ich sollte hier warten, während du mit deiner Schwester sprichst. Du willst sicher nicht, dass ich dabei bin.«

»Aber natürlich will ich das. Deshalb habe ich dich schließlich eingeladen. Außerdem gehen wir nicht rein, sie sind etwas heikel, was das anbelangt. Sie wird herkommen und die Pizzen hier abholen. Ach, da ist sie schon, genau rechtzeitig.«

Wenn sie hätte raten müssen, welche der Frauen mit Giles Caverty verwandt war, hätte sie eindeutig nicht auf die Frau getippt, die jetzt durch die Doppeltüren kam. Ihr pink gefärbtes Haar war zu einem Knoten zusammengebunden, obwohl sich schon einige Strähnen gelöst hatten und ihr ins Gesicht fielen. Sie trug kein bisschen Make-up und hatte auch keine Designeruhr am Handgelenk. Erst als sie Giles sah und sich ein strahlendes Lächeln auf ihrem Gesicht ausbreitete, erkannte Holly eine leichte Ähnlichkeit.

»Du bist ein Held«, sagte sie und nahm ihm einige der Schachteln aus den Händen. »Wir sind am Verhungern. Was für eine verrückte Nacht.«

Sie stellte die ersten Pizzen auf einen Tisch direkt vor der Tür. Als sie zurückkam, um die anderen zu holen, bemerkte sie Holly.

»Oh, hallo«, sagte sie. Ihre Stimme klang neugierig.

»Faye, das ist Holly Berry. Holly Berry, das ist Faye, meine Schwester.«

»Halbschwester«, korrigierte Faye schnell.

All diese Pizzen zu tragen, war ein ziemlich beeindruckendes Bizeps-Training, und Holly hoffte, dass Faye ihr ihre Last abnehmen würde. Stattdessen neigte sie den Kopf, was sie noch neugieriger erscheinen ließ.

»Holly Berry …«, sagte sie. »Warum kommt mir dieser Name so bekannt vor?«, fragte sie. »Kennen wir uns? Ich bin jedenfalls Faye.«

Einen schrecklichen Augenblick lang dachte sie, dass ihr Besuch im Krankenhaus dazu geführt haben könnte, dass sie in einer nationalen Schwangerschaftsdatenbank gelandet war, auf die jede Hebamme im Land Zugriff hatte. Sie verscheuchte den Gedanken.

»Ähm, ich bin mir nicht sicher. Vielleicht liegt es daran, dass dein Bruder letztes Jahr versucht hat, meinen Süßwarenladen zu ruinieren und das Gebäude zu kaufen.«

Fayes Augen weiteten sich, ihr Mund klappte auf, und ihr Gesichtsausdruck zeigte etwas, was irgendwo zwischen Schock und Bewunderung lag.

»Du hast recht. Das ist es. Wow, ich hätte nie gedacht, dich hier zu sehen.«

»Da sind wir zwei«, erwiderte sie und spürte, wie ihre Wangen wärmer wurden.

Sie war dabei, die Pizzen an Faye zu übergeben, als eine weitere Frau durch die Türen kam.

»Bitte sag mir, dass du mir vegetarische Deluxe besorgt hast«, sagte sie und schaute Giles an.

»Als ob ich dich vergessen könnte, Nick«, sagte er und reichte ihr die letzte Schachtel.

Trotz des Erscheinens ihrer Kollegin sah Faye immer noch Holly an.

»Nun«, sagte sie, »er muss dich wirklich mögen, wenn er dich hierher mitnimmt. Er hat mir noch nie eine Freundin vorgestellt.«

»Oh, ich bin nicht seine Freundin«, antwortete sie. »Ich

meine, ich bin eine Bekannte. Offensichtlich kennen wir uns, aber ich bin nicht seine Freundin. Nein, auf keinen Fall. Glaub mir. Keine Chance, dass das je passieren wird. Niemals.«

»He!«, sagte Giles und stieß sie mit dem Ellbogen an. »Bin ich wirklich so schlimm?«

»Ja«, antwortete sie, verwirrt, dass das bestätigt werden musste. »Ja, du bist sehr schlimm. Oder hast du vergessen, dass du den Gesundheitsinspektor auf mich angesetzt hast?«

Er zuckte in gespieltem Entsetzen zusammen.

»So viel dazu, Menschen eine zweite Chance zu geben.«

»Ich glaube nicht, dass diese Regel auf jemanden wie dich angewandt werden sollte«, sagte sie.

Faye kicherte über ihren Schlagabtausch, während sie Holly endlich die Schachteln abnahm.

»Ich mag sie, du solltest versuchen, sie zu behalten«, lachte sie.

»Keine Chance«, antwortete Holly.

»Schade. Ich könnte eine normale Person gebrauchen, die mich bei Familienessen bei Verstand hält. Wie auch immer, ich muss los. Ich möchte ein Stück von dieser Pizza ergattern, bevor alles weg ist.«

Sie schlug Giles auf den Arm.

»Danke für die Pizzen, Bruder. Und Holly, ich hoffe, wir sehen uns wieder.«

»Das ist eher unwahrscheinlich, fürchte ich«, erwiderte Holly lachend.

Mit einem kurzen Winken verschwand Faye durch die Türen.

»Okay«, sagte Giles, »das war meine gute Tat für dieses

Jahr, aber wenn du niemandem davon erzählst, kann ich vielleicht noch eine weitere reinquetschen und dich nach Hause fahren?«

Instinktiv wollte sie das Angebot ablehnen, aber in der Stille des Krankenhauskorridors wurde ihr bewusst, wie müde sie war. Nicht nur ihre Arme vom Tragen der Pizzen, auch ihre Beine, ihre Schultern und Augen fühlten sich bleischwer an.

»Danke«, sagte sie aufrichtig und sah ihn an. »Das wäre toll. Könntest du mich vielleicht an einem anderen Ort absetzen?«

KAPITEL DREIUNDDREISSIG

Holly folgte Giles über den Parkplatz und suchte nach dem kleinen, grünen Sportwagen, in dem er sie bei ihrem ersten Date mitgenommen hatte. Es war kein wirkliches Date gewesen, eher eine Möglichkeit für ihn, Informationen zu sammeln. Als er auf seinen Autoschlüssel drückte, waren es jedoch die Lichter eines großen Geländewagens, die aufleuchteten.

»Den anderen fahre ich nur, wenn ich Leute beeindrucken will«, sagte er, als er ihren Gesichtsausdruck sah. »Im Sommer ist er ganz nett, aber glaub mir, im Winter braucht man eine Sitzheizung. Pass beim Einsteigen auf die hohe Kante auf, vor allem mit diesen lächerlichen Stiefeln«, sagte er grinsend.

Normalerweise hätte sie eine Erwiderung parat gehabt, aber sie war viel zu müde, außerdem wusste sie, dass er recht hatte. Es waren lächerliche Stiefel, und wenn sie das nächste Mal Zeit hatte, würde sie sie zurück in den Secondhandladen bringen.

Erst als sie darüber nachdachte, wie wenig Zeit sie zukünftig haben würde, erinnerte sie sich daran, warum sie in Cheltenham gewesen war. Sie war schwanger. Irgendwie war sie von Giles' plötzlichem Erscheinen und dem Besuch bei seiner Schwester abgelenkt worden, obwohl sie in der Geburtsabteilung gewesen waren.

»Es tut mir leid, weißt du«, sagte er plötzlich, und riss sie damit aus ihren Gedanken. Sie bemerkte, dass er, obwohl sie schon eine Weile im Auto saßen, weder den Motor gestartet noch den Sicherheitsgurt angelegt hatte.

»Was?«, sagte sie.

»Das mit dem Laden. Alles.«

»Du meinst, es tut dir leid, weil du erwischt worden bist«, sagte sie bitter.

Zu ihrer Überraschung schüttelte er den Kopf.

»Nein, wenn ich ehrlich bin, bin ich froh, dass du es herausgefunden hast. Es ist schwer zu erklären. Faye, sie ist nicht wie der Rest meiner Familie. Ich denke, da sie nur ein Halbgeschwister ist, ist ihr einiges erspart geblieben.«

»Oh nein, der arme reiche Junge musste sich durch seine Privatschulausbildung kämpfen und hatte nichts als die Gewinne seines Privatfonds. Ich kann mir vorstellen, wie schwierig das gewesen sein muss.«

»Nein, das kannst du wahrscheinlich nicht«, sagte er lachend. »Ich weiß, dass es Menschen gibt, die es tausendmal schlimmer haben als ich, aber das bedeutet noch lange nicht, dass es immer einfach war. Die Erwartungen, denen ich nicht gerecht werden konnte. Das Vermächtnis, dem ich mich nicht würdig erwiesen habe.«

Sie wartete darauf, dass er zum Punkt kam. Er hatte

immer etwas hinzuzufügen, das ihr zeigte, dass er in einer anderen Welt lebte und sie ihm nicht trauen konnte. Aber er schwieg und sah sie nicht einmal an, um ihre Reaktion zu bewerten. Nachdem er sekundenlang auf das Lenkrad gestarrt hatte, schüttelte er den Kopf und streckte sich.

»Nun, das war wesentlich persönlicher und emotionaler, als mir lieb ist, also vergiss einfach, dass ich etwas gesagt habe.« Giles straffte seine Haltung. »Du bist eine schreckliche Geschäftsfrau, Holly, und ich ein Idiot, weil ich mich von dir habe ausmanövrieren lassen.«

Das war besser, viel typischer für ihn, doch als er sie anschaute und lächelte, konnte sie aufrichtige Trauer in seinen Augen erkennen. Einen Moment später war sie verschwunden.

»Also dann. Northleach.«

Hollys Eltern waren viel zu nett und vertrauensselig. Sie gehörten zu jenen Menschen, die fünfzehn Minuten lang mit einem Telefonvertreter sprachen, weil er ihnen leidtat. An der Supermarktkasse ließen sie jeden vorbei, der nur einen Korb hatte, unabhängig davon, wie voll der Korb war oder wie wenig sie in ihrem Einkaufswagen hatten. Und sie hatten immer, trotz des Wissens, dass es ein Sicherheitsrisiko war, einen Ersatzschlüssel unter dem Blumentopf neben der Eingangstür liegen.

»Es ist eine Einladung an Einbrecher«, hatte sie ihnen immer wieder gesagt. »Könnt ihr damit bitte aufhören?«

Aber wie so oft hatten sie ihre Worte ignoriert, und in dieser kalten Nacht war Holly unglaublich dankbar dafür.

»Ich warte hier«, sagte Giles. »Nur um sicherzugehen,

dass du ins Haus kommst. Im Notfall kann ich dich nach Bourton fahren.«

»Es sollte kein Problem sein.«

»Bitte, tu mir den Gefallen. Wink mir aus dem Fenster zu, wenn du drin bist. Das genügt.«

Sie nickte und wandte sich ab, um auszusteigen, aber bevor sie die Tür öffnen konnte, sprach Giles erneut.

»Mir ist bewusst, dass ich keine Vergebung verdiene, aber ich tue mein Bestes. Ich möchte, dass du das weißt. Ich bemühe mich wirklich.«

Wieder einer seiner Tricks. Ein weiterer Versuch, sie mit seinem Charme zu manipulieren. Wenn sie darauf hereinfiel, würde es sich früher oder später rächen. Als sie die Autotür öffnete und ausstieg, sagte sie: »Danke fürs Fahren, Giles. Vielleicht sehen wir uns mal wieder.«

Damit betrat sie das Haus ihrer Eltern.

KAPITEL VIERUNDDREISSIG

Holly war nach London gezogen, als Arthur und Wendy nach Northleach umgezogen waren, also hatte sie kein eigenes Zimmer im Haus. Wenn Dan und sie zu Besuch gewesen waren, hatten ihre Eltern das unsägliche Sofabett im Wohnzimmer ausgezogen, aber sie hatte keine Ahnung, wie es funktionierte und wollte nicht riskieren, dass es über ihr zusammenklappte.

Nachdem sie sich von Giles verabschiedet hatte, nahm sie ein sauberes T-Shirt ihres Vaters aus dem Wäschetrockner und eine Steppdecke aus dem Schrank. Das Sofa war nicht gerade bequem, aber sie schlief trotzdem fast sofort ein.

»Holly, Schatz! Was machst du denn hier?«

Holly blinzelte verwirrt, als sie die Helligkeit im Raum und die Stimme ihrer Mutter wahrnahm.

»Wann bist du gekommen? Warum hast du uns nicht geweckt?«

Sie blinzelte noch einmal, dann kniff sie die Augen zusammen und richtete sich gähnend auf. Als sie es endlich schaffte, ihre Augen zu öffnen, stand ihre Mutter in einem rosa Morgenmantel und dazu passenden Pantoffeln vor ihr.

»Es tut mir leid, ich wollte dich nicht erschrecken«, sagte sie und streckte sich.

»Das hast du nicht. Na ja, vielleicht ein kleines bisschen. Alles in Ordnung? Solltest du nicht im Laden sein? Es ist schon fast neun Uhr.«

Die Müdigkeit, die sie gerade noch gespürt hatte, verschwand schlagartig. Sie sprang auf.

»Ja, das sollte ich«, antwortete sie, aber sobald sie aufgestanden war, wich alles Blut aus ihrem Kopf.

Schwindel überkam sie, und sie sank zurück auf das Sofa. Übelkeit stieg in ihrem Magen auf. Holly legte beide Hände an ihren Kopf und versuchte, das Schwindelgefühl unter Kontrolle zu bringen.

»Holly, Schatz, geht es dir gut?«

Wendy setzte sich neben sie.

»Du siehst gar nicht gut aus. Bist du krank? Soll ich der Praxis anrufen und dir einen Termin machen?«

Holly wollte eigentlich nicht lachen. Es war nicht lustig, und sie wollte auch nicht, dass ihre Mutter dachte, sie würde sich über sie lustig machen, aber nachdem sie einmal angefangen hatte, konnte sie nicht mehr aufhören. Am Ende schmerzte ihr Bauch, und eine dicke Träne lief über ihre Wange.

»Ich bin nicht krank, Mom«, sagte sie. »Ich bin schwanger.«

Wie in jeder Krise bestand Wendys erste Reaktion darin, den Wasserkocher anzumachen und ihnen beiden eine Tasse Tee zuzubereiten. Holly bemerkte, dass sie einen zusätzlichen Löffel Zucker in ihre Tassen gab. Offenbar war ein Löffel nicht genug, um mit solchen Nachrichten klarzukommen.

»Ist Dad da?«, fragte sie, während sie am Esstisch saß und ihren viel zu süßen Tee trank. Sie trug noch immer das T-Shirt ihres Vaters und ein Paar alte Pantoffeln, die ihre Mutter in der Schuhkiste bei der Tür gefunden hatte. »Ist er zu Hause?«

»Er schläft noch, Liebling. Du weißt ja, dass er ein richtiger Langschläfer ist. Er würde es nie zugeben, aber ich glaube, ihm hat die Pause von der Arbeit wirklich gutgetan. Aber ich kann ihn wecken«, fügte sie hastig hinzu. »Wenn du mit uns beiden sprechen möchtest. Wenn das einfacher wäre.«

Einfacher, als zweimal erklären zu müssen, in welcher misslichen Lage sie sich befand, dachte sie. Nun, sie würde es noch oft erklären müssen, also atmete sie tief durch und nahm einen Schluck Tee. Dann erzählte sie ihrer Mutter das ganze Desaster, von dem Moment an, als ihr Vater die Schokoladen-Limetten erwähnt hatte, bis zur Party bei Jamie, ihrem Sturz, Michaels Ausrutscher und dem Krankenhausbesuch mit Ben. Sie beschloss jedoch, die nächtliche Pizza und ihren Ausflug mit Giles auszulassen. Es wirkte unangebracht, obwohl sie sich nicht ganz sicher war, weshalb.

»Nun, das klingt nach einer wirklich schwierigen Situation, aber zuerst einmal: Wie geht es dir? Bei mir war es zum Glück so, dass ich mich fast nie übergeben musste, aber ich weiß, dass manchen Frauen die erste Zeit sehr schwer fällt. Ingwertee und Ingwerkekse, das war immer die Empfehlung.«

Holly lächelte. »Die Übelkeit ist auszuhalten. Anfangs dachte ich, ich hätte zu alten Wein getrunken.«

Bei diesen Worten hob Wendy eine Augenbraue.

»Was? Schau mich nicht so an, damals wusste ich noch nicht, dass ich schwanger bin.«

»Jetzt weißt du es aber und musst anfangen, auf dich aufzupassen. Und zum Beispiel nicht auf Sofas schlafen. Du hättest uns wecken sollen. Und hast du schon über die Wohnsituation nachgedacht? Ich weiß, es ist wahrscheinlich nicht das, was du dir vorgestellt hattest, aber wir könnten jederzeit das Gästezimmer herrichten. Wenn du ganz sicher bist, dass du nicht versuchen willst, die Sache mit Ben zu klären.«

Es stand ein unausgesprochenes Fragezeichen am Ende ihres Satzes, obwohl Holly ihrer Mutter erzählt hatte, wie wütend sie über Bens Vorschlag gewesen war, bei ihm einzuziehen.

»Danke«, sagte sie mit einem Lächeln. Sie schätzte das Angebot, bei ihnen wohnen zu dürfen. »Ich weiß einfach nicht, was ich von Ben halten soll. Wie immer will er, dass alles durchorganisiert ist, und diese Neuigkeit hat ihn völlig aus der Bahn geworfen. Aber ich werde nicht mit ihm zusammenleben, nur weil wir ein Baby erwarten. Das ist der falsche Grund, um mit jemandem zusammen zu sein.«

»Das verstehe ich«, sagte Wendy, und Holly spürte, dass ein »Aber« folgen würde.

»Aber ein Vater, der sich um sein eigenes Kind kümmern möchte, ist doch wesentlich besser als einer, der nichts mit ihm zu tun haben möchte.«

»Da hast du recht«, stimmte sie zu. »Und ich bin froh,

dass er einbezogen werden möchte. Ich brauche einfach etwas Zeit, um herauszufinden, in welchem Umfang ich ihn dabeihaben will. Ich will ehrlich zu dir sein, Mom. Momentan ist meine größte Sorge, wie ich den Laden weiterführen soll. Ich habe so hart dafür gearbeitet, ihn zu dem zu machen, was er heute ist. Es würde mir das Herz brechen, wenn ich ihn verkaufen müsste.«

Wendy wirkte noch schockierter als in dem Moment, als Holly erzählt hatte, dass sie schwanger war.

»Das würdest du nicht tun müssen, oder? Warum denn?«, fragte sie.

»Weil all mein Geld darin steckt, Mom. Ich kann mir nur gerade so viel auszahlen, um davon zu leben, dazu kommen Dreys und Carolines Gehälter und diverse Rechnungen. Wenn ich nicht arbeiten kann, müsste ich einen Vollzeitmitarbeiter einstellen, und das kann ich mir einfach nicht leisten.«

»Und was ist mit deinem Vater? Ich bin sicher, er würde nichts dagegen haben, ein paar Stunden mehr zu arbeiten, und das kostenlos.«

Holly lachte. Es war nicht böse gemeint, aber im Moment führten sie ein ernstes, ehrliches Herz-zu-Herz-Gespräch.

»Um ehrlich zu sein, Mom, Dad hat den Laden völlig durcheinandergebracht. Wenn du mich nicht darum gebeten hättest, ihn einzustellen, und er nicht mein Vater wäre, hätte ich ihn wahrscheinlich schon entlassen.«

Wendy presste die Lippen zusammen, und die Röte in ihren Wangen verblasste. Holly wartete darauf, dass sie etwas sagte. Sie erwartete einen Satz wie: »Gib ihm etwas mehr Zeit, er wird sich verbessern.« Oder vielleicht: »Du weißt, wie dankbar ich dafür bin.« Aber sie sagte gar nichts. In diesem Moment bemerkte Holly eine Veränderung in der Luft. Sie wusste, was sie sehen würde, noch bevor sie den Kopf drehte und zur Tür blickte. Ihr Magen rebellierte, und die Erleichterung darüber, sich mit ihrer Mutter unterhalten zu können, verpuffte. Das Gefühl in ihrem Bauch war schlimmer als jede Morgenübelkeit, die sie bisher erlebt hatte.

Sie drehte sich zur Tür um und sah Arthur Berry dort stehen, der jedes Wort mitgehört hatte.

KAPITEL FÜNFUNDDREISSIG

Vielleicht zum ersten Mal in ihrem Leben wusste Holly nicht, wie ihr Vater reagieren würde. Er würde sie nicht anschreien, das wusste sie, aber würde er sich einfach umdrehen und weggehen? Würde er sie und ihre Mutter konfrontieren? Könnte diese Situation zu einem Streit führen, der ihre 32-jährige Ehe in Gefahr brachte? Sie wusste, dass Beziehungen schon aus banaleren Gründen zerbrochen waren. Ihr Herz schlug so heftig gegen ihre Rippen, dass sie Angst hatte, Blutergüsse zu bekommen.

»Dad«, begann sie, obwohl sie nicht wusste, was sie als Nächstes sagen sollte. »Dad, ich habe … Wir haben nicht …«

»Schon gut«, sagte er und winkte ab. »Glaubst du, ich wusste nicht, dass deine Mutter dich dazu angestiftet hat? Mir war von Anfang an klar, dass das ihr Plan war.«

»Wirklich?« Holly fiel es immer noch schwer, zu atmen.

»Ja. Und wenn nicht, wäre es mir aufgefallen, als du mich nicht entlassen hast, nachdem ich den Laden unbeaufsichtigt gelassen habe. Ich gebe zu, das war dumm.«

Hollys und Wendys Münder standen offen, während sie darauf warteten, dass er noch mehr sagte, aber er ging nur gemächlich zum Wasserkocher und fing an, ihn zu befüllen.

»Du wusstest es?«, fragte Wendy. »Wie?«

»Ich weiß alles. So ist das, wenn man schon so lange mit jemandem verheiratet ist. Ich habe deine Telefongespräche mit Holly bemerkt, und eine Woche darauf taucht sie auf und fragt mich, ob ich für sie arbeiten will. Man muss nicht Sherlock Holmes sein, um zwei und zwei zusammenzuzählen. Aber du hast es gut verkauft, Liebling. Ich hatte wirklich das Gefühl, gebraucht zu werden. Es tut mir leid, dass ich eher eine Behinderung als eine Hilfe war.«

Er senkte den Kopf, und Holly fühlte sich noch schuldiger.

»Nein, mir tut es leid, Dad. Es war nicht nur deine Schuld. Ich hätte niemanden schon am zweiten Tag alleine im Laden gelassen. Ich war durcheinander und abgelenkt, das ist alles.«

»Ah, na ja, man lebt und lernt, nicht wahr? Ich muss sagen, es hat Spaß gemacht, all deine Kunden kennenzulernen. Da sind ein paar nette Leute dabei.«

Sein Blick schweifte kurz ab, bevor er wieder ins Hier und Jetzt zurückzukehren schien.

»Nun, es war lustig, es ausprobiert zu haben. Wo wir gerade vom Laden sprechen, warum bist du nicht dort? Arbeitet Caroline heute?«

»Er bleibt heute geschlossen«, antwortete sie.

Es fühlte sich merkwürdig an, das laut auszusprechen. Der Laden war das ganze Jahr über geöffnet gewesen, außer am Weihnachtstag. Nein, das stimmte nicht. Sie hatte auch schließen müssen, als der Gesundheitsinspektor die tote Maus zwischen den Süßigkeiten gefunden hatte. Sie hatte erst wieder öffnen können, nachdem sie bewiesen hatte, dass Giles sie dort versteckt hatte.

»Warum? Was ist passiert? Ist etwas passiert? Ist das der Grund, warum du hier bist, Liebling?«, fragte ihr Vater.

Anstatt zu antworten, öffnete sie ihre Handtasche, nahm das Ultraschallbild heraus und reichte es ihm.

»Du wirst Großvater«, sagte sie.

Arthur bereitete sich sofort eine Tasse Kaffee mit zwei Stück Zucker zu. Im Gegensatz zu Wendy, die all ihre Aufmerksamkeit auf Holly und ihr Wohlbefinden gerichtet hatte, war Arthur, wie seine Tochter, um ihr Geschäft besorgt.

»Du kannst es nicht aufgeben. Es ist zu speziell. Wir werden das schaffen, Liebling. Mach dir keine Sorgen. Ich weiß, ich hatte vielleicht keine so gute erste Woche, wie wir gehofft hatten, aber ich werde es schon lernen. Deine Mutter kann ebenfalls helfen. Vielleicht kann sie nachmittags mit dem Kassenabschluss helfen, wenn sie mit dem Putzen fertig ist.«

Er blickte Wendy an und sie nickte.

»Ich bin sicher, ich kann auch ein paar meiner Schichten verschieben, sodass ich früher Schluss machen kann. Und an den Wochenenden bin ich immer frei.«

»Das ist viel verlangt«, sagte Holly. »Und wie ich schon

sagte, bin ich mir nicht einmal sicher, ob ich euch bezahlen kann.«

»Du kannst uns mit Umarmungen von unserem Enkelkind bezahlen«, antwortete ihre Mutter sofort. »Ich weiß, es gibt noch vieles, was wir organisieren müssen, aber du hast noch sieben Monate, um alles in den Griff zu bekommen. Mach dir keine Sorgen. Wir werden das schaffen. Versprochen.«

Heiße Tränen stiegen in Hollys Augen auf, aber es waren Tränen der Erleichterung. Mit ihren Eltern an ihrer Seite würde sie es irgendwie schaffen.

»Danke«, sagte sie. »Ihr seid unglaublich.«

»Wir sind ein Team, oder?«, sagte ihr Vater und gab ihr einen Kuss auf den Kopf.

Auch seine Augen glänzten, und Holly erkannte die tiefste Liebe darin, die sie je gesehen hatte. Doch dann änderte sich sein Gesichtsausdruck, und er runzelte die Stirn. Ein nervöses Kribbeln machte sich auf Hollys Rücken bemerkbar.

»Ist das mein Lieblings-T-Shirt, das du da trägst?«

WENDY FUHR HOLLY NACH HAUSE. Holly trug immer noch das T-Shirt ihres Vaters und die Hausschuhe ihrer Mutter, dazu eine Pyjamahose mit elastischem Bund. Ihre Eltern hatten nie viel für Luxus übrig gehabt, und wenn sie einmal mehr verdient hatten, hatten sie weiter gespart und Geld beiseite gelegt, für den Fall, dass es irgendwann einmal eine Krise geben würde.

Das Auto, in dem sie saßen, war ein gutes Beispiel für ihre Sparsamkeit. Holly schätzte, dass sie den dunkelblauen Kleinwagen seit mindestens zehn Jahren besaßen. Es könnten auch leicht fünfzehn oder mehr Jahre gewesen sein, und sie hatten das Auto gebraucht gekauft. Um die Stoßstange herum und an verschiedenen anderen Stellen war der Lack abgeblättert, und es gab zahlreiche kleine Kratzer und Beulen. Heutzutage musste das Auto keine langen Strecken mehr zurücklegen. Ihre Mutter benutzte es, um zu ihren verschiedenen Putzjobs zu fahren, und gelegentlich machten sie einen Ausflug nach Cheltenham, aber das war es dann auch schon. Jedes Mal, wenn sie einstieg, hatte Holly Angst, dass die Bremsen versagen und sie unkontrolliert einen Hügel hinunterrollen würden. Aber sie hatte nur die Wahl zwischen dem Auto und dem Bus gehabt, und angesichts ihrer Kleidung war das Auto eindeutig besser.

»Soll ich dich beim Laden oder zu Hause absetzen?«, fragte Wendy, als sie auf die Hauptstraße fuhren.

»Ich denke, ich sollte zuerst nach Hause. Du weißt schon, um mich umzuziehen.«

»Natürlich, ja. Und was ist mit Ben? Er sollte jetzt bei der Arbeit sein, oder? Wirst du heute mit ihm reden?«

»Ich weiß nicht. Ich muss erst genau überlegen, was ich sagen will. Muss erst meinen Kopf klären.«

Wendy brummte zustimmend.

»Du könntest ihm einen Brief schreiben. Das ist eine gute Möglichkeit, jemandem seine Gedanken mitzuteilen. Dein Vater und ich haben das immer gemacht, wenn wir etwas Schwieriges zu besprechen hatten.«

Holly konnte sich nicht daran erinnern, dass ihre Eltern

je Kommunikationsprobleme gehabt hätten. Sie hatten immer offen miteinander gesprochen, auch in schwierigen Situationen. Vielleicht bedeutete das, dass die Briefmethode funktioniert hatte. Selbst wenn sie Ben den Brief nie gab, würde sie danach zumindest genau wissen, was sie sagen wollte, wenn sie endlich miteinander sprachen.

»Danke, das ist vielleicht eine gute Idee.«

Die Straße zwischen Bourton-on-the-Water und Northleach war der Fosse Way, die lange, römische Straße, die für ihre Geradlinigkeit bekannt war. Sie war der direkteste Weg zwischen den beiden Dörfern, aber unverhältnismäßig stark befahren. Einheimische bevorzugten die Nebenstraßen, die sich über Hügel hinweg und um Bauernhöfe herum schlängelten und voller Wildtiere wie Fasane und Kaninchen waren, die plötzlich aus den Hecken sprangen und Holly fast zu Tode erschreckten. Aufgrund der vielen Schlaglöcher mochte sie diese Strecke nicht. Es waren nicht nur die vielen Kurven und Wildtiere, die ein Problem waren, sondern auch das ständige Auf und Ab. Hollys Auto hatte manchmal Schwierigkeiten, wenn es hinter einem mit Heuballen beladenen Traktor feststeckte, der sich im Schneckentempo bergauf bewegte, aber der Lärm, den Wendys machte, wenn es eine Steigung überwinden musste, war schrecklich. Es war eine Mischung aus Schleifen und Klappern, die durch das gesamte Fahrzeug hallte, wenn Wendy herunterschaltete und auf das Gaspedal drückte.

»Mom, das klingt nicht gut«, äußerte sie besorgt. Sie blickte zurück und erwartete beinahe, eine Wolke aus schwarzem Rauch hinter sich aufsteigen zu sehen. Glücklicherweise gab es keine, was sie aber nur wenig beruhigte.

»Keine Sorge«, meinte Wendy. »Das Auto macht das schon seit vier Jahren. Es besteht die TÜV-Prüfung jedes Mal mit Bravour.«

Holly konnte nicht verstehen, wie das möglich war, sagte aber nichts und umklammerte die Seiten ihres Sitzes.

Ein eleganter Sportwagen überholte sie mit hoher Geschwindigkeit, gefolgt von einem weiteren, großen Auto. Es war schwer zu sagen, ob diese Fahrzeuge schnell fuhren, oder ob sie einfach extrem langsam unterwegs waren.

»Die denken wohl, sie wären auf einer verdammten Rennstrecke«, schimpfte ihre Mutter ärgerlich. »Diese Typen glauben, in ihren fetten Autos unverwundbar zu sein. Das bringt mein Blut zum Kochen.«

Weniger als zwei Minuten später wurden sie erneut überholt. Der Motor ihres Kleinwagens knurrte, so als würde er Wendys Ärger spüren. Jetzt kam auch noch ein hohes Pfeifen dazu, was Holly noch mehr beunruhigte. Es war kein gutes Gefühl, dass ihre Eltern in so einer Klapperkiste herumfuhren. Als sie noch in London gelebt und mehr verdient hatte, hätte sie ihnen vielleicht bei der Anzahlung für ein neues Auto helfen können. Jetzt hatte sie leider keine Chance mehr.

Ihre Gedanken schweiften ab. Sie dachte darüber nach, wie sie ihre Finanzen in den Griff bekommen könnte, selbst wenn ihre Eltern regelmäßig im Laden aushelfen würden. Vielleicht wäre es eine gute Idee, nach der Geburt des Babys für eine Weile bei ihnen zu wohnen, um Miete zu sparen.

Während sie darüber nachdachte, bemerkte sie nicht, wie gleichzeitig drei Ereignisse eintraten. Zuerst tauchte ein massiver Geländewagen auf. Danach watschelte ein großer Fasan auf die Straße – sein leuchtendes Gefieder ließ vermuten, dass es sich um ein Männchen handelte –, zuletzt tauchte auf der Straße vor ihnen ein riesiges Schlagloch auf.

Wendy wich schnell nach rechts aus, musste aber sofort wieder nach links lenken, wodurch das Auto direkt auf das Schlagloch zusteuerte und mit einem heftigen Ruck in die Luft gehoben wurde. Sie wurden aus ihren Sitzen und gegen ihre Gurte geschleudert, während das Auto auf die Hecke am Straßenrand zuraste.

KAPITEL SECHSUNDDREISSIG

Während der Fasan unversehrt davonflog und der andere Fahrer, ohne auch nur einen Blick in den Rückspiegel zu werfen, davonraste, blieben Holly und Wendy atemlos und mit pochenden Herzen am Straßenrand zurück.

»Mom, geht es dir gut?«, fragte Holly.

Wendy war kreidebleich und umklammerte das Lenkrad so fest, dass ihre Knöchel durch die dünne Haut schimmerten.

»Alles in Ordnung?«, wiederholte sie.

»Holly, Liebling, es tut mir so leid. Geht es dir gut? Und dem Baby?«

»Ich bin in Ordnung, Mom. Mach dir keine Sorgen«, antwortete sie und drückte die Hände gegen ihren Bauch, um sich selbst zu beruhigen. Die Ärztin hatte gesagt, dass der Herzschlag ihres Babys trotz des heftigen Sturzes stark und gesund war. Dieser Vorfall war nicht schlimmer gewesen, obwohl sie sich gewünscht hätte, endlich etwas Ruhe zu bekommen.

»Diese verdammten Raser. Sie sollten auf diesen Straßen Kameras installieren! Ich werde dem Stadtrat schreiben, das kann ich dir sagen. Sobald ich zu Hause bin, werde ich einen Brief schreiben. Und eine E-Mail. Und ich werde anrufen. Wir hätten tot sein können, und alles nur wegen dieser Straße und diesen verdammten Rasern.«

Während sie ihrer Mutter zuhörte, bemerkte sie, wie blass sie geworden war. Holly nahm ihre Hand und drückte sie. Sie zitterte wie Espenlaub.

»Mom?«

»Ich bin in Ordnung, Liebling. Ich brauche nur eine Minute, das ist alles.«

So am Straßenrand zu sitzen, mit dem Kühler in der Hecke und dem Rest des Autos mitten auf der Straße, war wahrscheinlich ziemlich gefährlich. Holly wollte ihre Mutter nicht unter Druck setzen, aber sie wusste auch, dass sie einen weiteren Unfall riskierten, wenn sie noch lange warteten.

»Was meinst du?«, fragte sie. »Kannst du rückwärts fahren? Soll ich es tun?«

»Ich bin in Ordnung, Liebling«, sagte Wendy erneut und streckte ihre Arme und Schultern, als würde sie sich auf eine sportliche Aktivität vorbereiten. »Mach dir keine Sorgen.«

Holly rechnete damit, dass der Motor nicht anspringen würde, aber beim zweiten Anlauf hustete und röchelte er und erwachte dann zum Leben. Leider war ihre Erleichterung nur von kurzer Dauer, da sich das Auto weigerte, sich von der Stelle zu bewegen.

»Ich schaue nach«, bot sie an, aber Wendy schüttelte den Kopf.

»Warte einen Moment«, bat sie.

Leider scheiterte auch der zweite Versuch, und Holly, immer noch in Pantoffeln und Pyjama, sah keine andere Möglichkeit, als aus dem Auto zu steigen und sich durch die Brombeersträucher und Brennnesseln neben der Straße zu kämpfen.

Die gute Nachricht war, dass man kein Experte in Fahrzeugwartung sein musste, um zu erkennen, was das Problem war. Das Auto war eingeklemmt, und die Vorderreifen hingen über dem Straßenrand in der Luft. Die schlechte Nachricht war, dass sie abgeschleppt werden mussten.

Sie sah sich kurz um und suchte nach einer Lösung, aber hier gab es nichts außer Bäumen, Feldern und dem kalten Wind. Natürlich war es der kälteste Tag seit Wochen, passend zu ihrer leichten Kleidung.

Ein Unglück kam bekanntlich selten allein, aber nach ihrer Trennung von Ben, Fins Einzug, dieser Panne, dem peinlichen Ausrutscher mit ihrem Vater und der Schwangerschaft hätte sie ihre Pechsträhne eigentlich schon überwunden haben sollen.

Sie öffnete die Autotür und schaute hinein.

»Wir müssen jemanden anrufen, Mom. Wir haben keine Chance, das alleine zu schaffen. Du solltest aussteigen. Es ist nicht sicher, hier zu warten.«

Holly fühlte sich ohnehin schon schuldig, weil sie ihre Eltern mit ihren katastrophalen Lebensumständen belastete, aber dies war nun wirklich der Tropfen, der das Fass zum

Überlaufen brachte. Mit sichtlicher Anstrengung zwängte sich Wendy aus dem Fahrzeug.

»Ich rufe deinen Vater an«, sagte sie. »Gerald, unser Nachbar, hat einen Pick-up. Er hat Iris aus Nummer vierzehn kurz vor Weihnachten bei Cold Aston aus einem Graben gezogen.«

»Bist du sicher, dass du nicht einfach einen Abschleppdienst rufen willst? Das Auto muss vielleicht abgeschleppt werden.«

»Abgeschleppt? Dieses Auto? Das ist doch lächerlich. Es hat schon schlimmere Dinge überstanden, glaub mir.«

Holly wusste zwar nicht genau, wann das gewesen sein könnte, hielt es aber für den falschen Zeitpunkt, um mit ihrer Mutter darüber zu diskutieren. Stattdessen ließ sie ihre Mutter machen, was diese für richtig hielt.

Als sie einen Schritt zurücktrat, um ihr etwas Privatsphäre zu geben, kam ein Auto auf der Straße auf sie zu. Es war ein ähnliches Modell wie ihres, klein und ziemlich alt. Es wurde langsamer, als es an ihnen vorbeifuhr. Zuerst dachte sie, dass der alte Mann anhalten würde, aber dann beschleunigte er wieder und fuhr davon. Vielleicht ging er davon aus, dass sie die Situation im Griff hatten.

Aber direkt hinter ihm folgte ein größeres Auto, das ihre Aufmerksamkeit erregte. Irgendetwas an der kastenförmigen Form des Geländewagens kam ihr bekannt vor. Erst als sie den Fahrer sah, wurde ihr bewusst, warum.

Der Wagen hielt direkt hinter ihnen an. Trotz der verzwickten Situation konnte sie ein Lächeln nicht unterdrücken. Es war wohl ein Zeichen dafür, dass sie unter dem

Druck der aktuellen Ereignisse dabei war, durchzudrehen. Die Fahrertür öffnete sich.

»Holly Berry. Hast du schon wieder für Drama gesorgt?«

KAPITEL SIEBENUNDDREISSIG

»Sind Sie sicher, dass ich Sie nicht irgendwohin fahren soll? Ich kann das Auto später zur nächsten Werkstatt schleppen. Sie ist nicht weit entfernt.«

Es war nicht das erste Mal, dass Giles Holly zur Hilfe kam. Er hatte sie schon Monate zuvor nach ihrem Zusammenstoß mit Ben zurück zu ihrem Süßwarenladen gebracht. Damals hatte er jedoch Hintergedanken gehabt: Er hatte so viel wie möglich über ihren bevorstehenden Kauf von *Just One More* herausfinden wollen. Aber jetzt hatte er keine Chance mehr, den Laden zu übernehmen.

Nachdem er sie sicher auf seinem Rücksitz untergebracht hatte, kniete er sich auf den Boden, um einen Abschlepphaken zu befestigen, wobei seine perfekten Chinos schmutzig wurden. Sie fragte sich, welchen Vorteil er sich erhoffte.

Dreißig Minuten später waren sie und ihr Kleinwagen wieder auf der Landstraße, und ein sehr schlammiger Giles lehnte sich ans Fenster.

»Sie sollten es wirklich überprüfen lassen. Stellen Sie sicher, dass das Fahrwerk und die Aufhängung nicht beschädigt sind«, riet er.

»Ich denke, das ist eine gute Idee, Mom.«

Ihm zuzustimmen war etwas, was sie nie wieder hatte tun wollen, aber es war ein guter Ratschlag.

»Hundert Pfund dafür zahlen, dass die Leute mal unter die Motorhaube schauen und feststellen, dass alles in Ordnung ist? Nein, danke.«

»Jetzt verstehe ich, wo Holly ihre Sturheit herhat«, sagte er und lächelte.

Da er gerade so viel für sie getan hatte, erwiderte sie sein Lächeln.

»Wohin waren Sie unterwegs?«, fragte er, während Wendy versuchte, den Motor zu starten. »Ich könnte Ihnen folgen, damit Sie anhalten können, falls etwas nicht stimmt.«

»Das müssen Sie nicht«, wehrte sie ab, aber Giles ignorierte sie und wandte sich an Holly.

»Wohin fahrt ihr?«, fragte er erneut.

»Mom wollte mich nach Hause bringen und dann nach Northleach zurückfahren.«

»Dorthin, wo ich dich gestern Abend abgesetzt habe?«

Wendy hob bei dieser Bemerkung die Augenbrauen, und Holly nickte, ohne sie anzusehen.

»Nun, das ist viel näher als Bourton«, fuhr er fort. »Warum begleite ich Sie nicht zurück nach Northleach und fahre danach Holly nach Hause?«

»Sie haben bereits so viel Ihrer Zeit für uns geopfert«, wehrte Wendy ab, aber er ließ sich nicht beirren.

»Glauben Sie mir, ich habe eine Menge Wiedergutmachung zu leisten, wenn es um die Familie Berry geht. Es ist wirklich kein Problem.«

Es gefiel ihr nicht, aber Holly musste zugeben, dass es ein vernünftiger Plan war. Sie wollte nicht, dass ihre Mutter diese lange Strecke alleine fuhr, falls es ein Problem mit dem Wagen gab, außerdem würde der Laden heute sowieso geschlossen bleiben. Was waren da schon dreißig Minuten mehr?

»Das klingt nach einem guten Plan«, antwortete Holly, bevor ihre Mutter erneut widersprechen konnte. »Das wäre fantastisch. Danke. Lass uns losfahren, Mom.«

»Das ist sehr nett von Ihnen, Giles«, sagte Wendy, die einzusehen schien, dass sie überstimmt worden war. Sie startete den Motor.

Giles stoppte den Verkehr für sie, und nachdem Wendy die 180-Grad-Wendung gemeistert hatte, machten sie sich auf den Weg zurück zu Hollys Elternhaus.

Holly wusste, was als Nächstes passieren würde, doch das Schweigen hielt länger an, als sie erwartet hatte. Ihre Mutter hasste Stille genauso sehr wie sie selbst, aber sie hielt ihren Blick fest auf die Straße gerichtet und trug ein gezwungenes Lächeln auf den Lippen. Sie schien darauf zu warten, dass sie als Erste etwas sagte, aber sie hatte kein Interesse daran, über Giles zu sprechen.

»Wie geht es dir?«, fragte sie, als sie bemerkte, dass sie etwas sagen konnte, ohne den sprichwörtlichen Elefanten im Raum – oder Auto – anzusprechen. Leider ließ sich Wendy nicht so leicht ablenken.

»Also, das ist Giles Caverty«, sagte sie. »Er ist nicht das, was ich erwartet hätte. Es überrascht mich nicht, dass du in ihn verliebt warst. Er ist sehr charmant und hilfsbereit.«

»Er ist auch ein Lügner, dem man nicht trauen kann.«

»Nun, du musst es ja wissen«, erwiderte sie. »Aber er schien sehr reumütig zu sein. Er hätte uns nicht helfen müssen, oder? Er scheint dich sehr zu mögen«, sagte sie und blickte dabei im Rückspiegel sein Auto an, das ihnen folgte. Seine Lippen bewegten sich, was darauf schließen ließ, dass er am Handy sprach.

»Was willst du damit sagen, Mom? Soll ich in derselben Woche, in der ich herausgefunden habe, dass ich mit dem Kind des Mannes schwanger bin, von dem ich mich gerade getrennt habe, eine Beziehung mit einem Typen anfangen, der vor weniger als einem Jahr versucht hat, mich zu ruinieren?«

»Das habe ich nicht gesagt«, entgegnete Wendy mit einem schelmischen Grinsen. »Ihr beide seht einfach gut aus zusammen, das ist alles.«

Holly schnaubte. Sie wusste nicht, warum sie diese Worte so ärgerten, denn es stimmte wahrscheinlich. Sie hatte bereits am Abend zuvor frustriert festgestellt, wie entspannt sie sich in seiner Gegenwart fühlte, obwohl sie ihm anfangs am liebsten ihre Pizza ins Gesicht geworfen hätte. Sie hatte nicht gewollt, dass er ihnen zu Hilfe kam. Warum hatte sie also lächeln müssen, als sie seinen Wagen gesehen hatte?

»Wir sind da«, sagte Wendy und bog in ihre Einfahrt ein. »Ruf mich an, wenn du zu Hause bist, okay? Nur damit ich weiß, dass es dir gut geht. Und vergiss nicht, egal zu welcher Tageszeit – ich bin immer für dich da, wenn du über Ben, das Geschäft oder jemand anderen reden möchtest.«

»Ich weiß, Mom.«

Holly umarmte ihre Mutter und drückte sie fest.

»Ich liebe dich.«

»Ich liebe dich auch, Holly, Liebling, und was auch immer geschehen wird, dieses Baby wird sich glücklich schätzen, dich als Mutter zu haben.«

Als sie aus dem Auto stieg, stand Giles schon auf dem Gehweg.

»Schön, Sie kennengelernt zu haben, Mrs. Berry«, sagte er. »Und nur damit Sie es wissen, ich habe einen Freund angerufen, der in Compton Abdale eine Garage betreibt. Er wird vorbeikommen und das Auto ganz kurz für Sie überprüfen. Es wird Sie nichts kosten, keine Sorge. Er schuldet mir einen Gefallen.«

»Das hätten Sie nicht tun müssen«, sagte Wendy, nahm seine Hände und küsste ihn auf die Wange. »Sie haben bereits so viel für uns getan.«

»Ich weiß. Aber wie ich bereits sagte, ich habe eine Menge wiedergutzumachen.«

Er drehte sich um und sah Holly an.

»Also, nach Hause? Oder wolltest du in diesen Kleidern irgendwo schick essen gehen?«

KAPITEL ACHTUNDDREISSIG

Als sie Bourton erreichten, hatte Holly Magenkrämpfe, die allerdings nichts mit dem Baby zu tun hatten. Die Tatsache, dass Giles sie so sehr zum Lachen bringen konnte, beunruhigte sie.

»Ehrlich, als du da auf der Straße gestanden hast, in flauschigen Pantoffeln und einer Schlabberhose, dachte ich: Ja, das ist eine Frau, die ihr Leben im Griff hat. Eine Frau, die weiß, was sie will und keine Angst hat, es sich zu holen. Klassische Mode ist überbewertet.«

»Oh, hör auf«, lachte sie. »Wir Normalsterblichen haben keine unendliche Auswahl an rosa Hemden und cremefarbenen Chinos.«

»Rosa?«, fragte er mit gespielter Empörung. »Ich möchte dich darauf hinweisen, dass dieses Hemd nicht rosa, sondern lachsfarben ist. Das ist etwas völlig anderes. Definitiv maskuliner.«

»Wirklich?«

»Absolut.«

Sie kicherte vor sich hin. Angesichts des katastrophalen Tages, ihrer Wohnsituation und der aktuellen Lage, fühlte sie sich erstaunlich gut. Sie war so von ihrem Lachen abgelenkt, dass sie überrascht war, als er den Motor abstellte. Als sie aufblickte, erkannte sie, dass sie bei ihrem Haus angekommen waren.

»Keine Einladung auf eine Tasse Kaffee, nehme ich an«, sagte er mit einem schiefen Grinsen.

Zum Glück war Jamies Lieferwagen nicht da. Es gab nur wenige Leute, die er mehr verabscheute als sie, und Holly hatte keine Ahnung, wie sie Jamie diese Situation hätte erklären können. Die Vorstellung, ihn in ihr Zuhause einzuladen, war doch etwas befremdlich für sie.

»Wie du selbst gesagt hast, du hast noch viel wiedergutzumachen.«

Er nickte und schenkte ihr ein trauriges Lächeln.

»Weißt du«, sagte er, »mir ist klar, dass du das wahrscheinlich nicht möchtest, und das habe ich auch wirklich verdient, aber ich würde es wirklich gerne wiedergutmachen. Auch wenn wir nie mehr als Freunde sein werden.«

Holly spürte, dass ihr Mund offenstand, aber er war noch nicht fertig.

»Ich war letztes Jahr in wirklich mieser Verfassung. Ich weiß, das habe ich schon gesagt und es gibt keine Entschuldigung für das, was ich getan habe. Aber das Dumme ist, als alles vorbei war und du deinen Laden hattest, war es mir egal, dass ich verloren und mein Onkel mich aus seinem Leben und seinem Testament gestrichen hatte. Ich war nur traurig, nicht mehr mit dir sprechen zu können. Du hast mir gefehlt.«

Sie hatte keine Antwort anzubieten. Es wäre eine Lüge zu sagen, dass er ihr gefehlt hätte. Sie war viel zu wütend gewesen. Sie hatte ihn mit jeder Faser ihres Wesens verachtet. Ihr Schweigen sagte alles.

»Nun, genug damit, so viel Verletzlichkeit zu zeigen«, sagte er lachend. »Los, raus mit dir. Ich habe einige super schändliche Geschäfte abzuschließen, und wenn dich jemand in dieser Aufmachung in meinem Auto sieht, wird das meinen Ruf endgültig ruinieren. Ich sollte mich nur mit heißen Mädchen treffen, weißt du.«

»Hey!«, sagte sie und schlug ihn gegen die Schulter.

»Ich sage nicht, dass du normalerweise nicht heiß bist, du bist nur gerade ein bisschen, du weißt schon, ungepflegt.«

»Gut, ich gehe«, sagte sie, lachte erneut und drehte sich um, um auszusteigen. Aber ihre Tür war nicht die Einzige, die sich öffnete. Im selben Moment flog Bens Haustür weit auf, und er stürmte in die Auffahrt.

»Holly, wo zum Teufel warst du?«, forderte er und rannte auf sie zu. »Wir waren krank vor Sorge. Du hast den Laden nicht geöffnet, dein Handy war aus, und keiner von uns hatte eine Ahnung, wo du bist.«

Ben gestresst zu sehen, war nichts Neues – ein angespanntes Brettspiel konnte ausreichen, um ihn aus der Fassung zu bringen –, aber das hier war völlig anders. Sein Haar war völlig zerzaust, und offensichtlich hatte er sich heute nicht rasiert, ganz zu schweigen davon, dass er unterschiedliche Socken trug.

»Warum bist du nicht bei der Arbeit?«, konterte sie.

»Warum bin ich nicht bei der Arbeit? Hast du mir denn gar nicht zugehört? Warum bist du nicht bei der Arbeit?

Caroline musste öffnen. Was hast du dir nur dabei gedacht, einfach so zu verschwinden und niemandem zu sagen, wo du bist? Ist dir klar, dass ich noch mal zurück ins Krankenhaus und zur Pizzeria gefahren bin?«

Holly wusste nicht, was sie darauf sagen sollte. Seinem Aussehen nach musste er den ganzen Vormittag wie verrückt herumgelaufen sein, um sie zu suchen, aber vielleicht hätte er erst einmal tief durchatmen und etwas gesunden Menschenverstand einsetzen sollen.

»Ich war bei meinen Eltern«, sagte sie. »Wo sollte ich sonst sein?«

Die Logik von dem, was sie gerade gesagt hatte, schien bei ihm einzuschlagen, und er wich einen Schritt zurück. Dann wanderte sein Blick zur anderen Seite des Autos, wo Giles ausstieg.

»Alles in Ordnung?«, fragte er.

»Du!«

Ben marschierte auf ihn zu und stieß ihm den Zeigefinger gegen die Brust.

»Was zur Hölle tust du hier? Du darfst dich Holly nicht nähern. Ich rufe die Polizei.«

»Ganz ruhig, Thornbury, ich habe sie nur mitgenommen, das ist alles.«

Ben richtete seine Aufmerksamkeit wieder auf Holly.

»Warum sprichst du mit ihm? Wenn du eine Mitfahrgelegenheit brauchst, solltest du mich anrufen.«

In weniger als einer Minute erinnerte sie sich genau daran, warum Ben sie am Vorabend in der Pizzeria so sehr genervt hatte.

»Ich habe ihn nicht angerufen. Und Mom und ich wären

in einer sehr schwierigen Situation gewesen, wenn er nicht vorbeigekommen wäre und uns geholfen hätte. Wen ich anrufe, ist meine Entscheidung. Zumindest war das noch so, als ich das letzte Mal nachgesehen habe.«

Sie konnte sehen, dass Ben innerlich kochte. Sein Kiefer knackte vor Wut.

»Du hättest mich wenigstens wissen lassen sollen, wo du bist. Du hättest wissen müssen, dass ich mir Sorgen mache.«

Trotz ihrer Wut konnte sie sich nicht gegen ein Gefühl der Schuld wehren. Er hatte recht. Sie hätte wissen müssen, dass das passieren würde, besonders, wenn sie den Laden nicht öffnete. Trotzdem bedeutete das nicht, dass sie ihm alles erklären musste.

»Schau, ich bin erschöpft. Es war eine sehr lange Nacht und keine besonders bequeme. Wenn es dir also nichts ausmacht, werde ich erst einmal schlafen, bevor ich entscheide, was zum Teufel ich mit meinem Leben anfangen werde.«

Sie machte ein paar Schritte auf ihre Tür zu, änderte dann aber ihre Meinung und ging auf Giles zu.

»Danke, dass du meiner Mutter mit dem Auto geholfen hast. Das weiß ich zu schätzen.«

»Kein Problem. Vielleicht kann ich dich wieder mitnehmen, wenn du das nächste Mal allein in einer Pizzeria herumhängst«, sagte er lächelnd.

In diesem Moment verlor Ben die Beherrschung.

KAPITEL NEUNUNDDREISSIG

Es gab einen Moment der Stille, und Holly dachte, alles wäre in Ordnung. Sie wollte sich umdrehen, ins Haus gehen und vielleicht bis zum nächsten Morgen durchschlafen. Aber dann sah sie zu Ben zurück und bemerkte den tiefroten Farbton, den seine Wangen angenommen hatten.

»Du machst wohl Witze. Ihn hast du gestern Abend angerufen? *Ihn?*«

»Ich habe niemanden angerufen. Giles kam zufällig vorbei, nachdem du gegangen warst.«

»Oh, was für ein praktischer Zufall, nicht wahr? Und ich wette, du hast dich köstlich auf meine Kosten amüsiert, oder?«

»Wovon redest du?«, sagte sie. »Vielleicht ist es dir entgangen, aber die letzte Nacht war nicht gerade toll für mich.«

»Oh, wirklich? Nun, für mich war es auch nicht gerade

ein Vergnügen, herauszufinden, dass du nicht willst, dass ich etwas mit meinem eigenen Baby zu tun habe.«

»Wann habe ich bitte gesagt, dass ich nicht will, dass du etwas mit dem Baby zu tun hast?«, schrie Holly. Ein Paar, das mit ihrem Hund unterwegs war, sah nervös in ihre Richtung und beschleunigte ein wenig.

»Ich habe nie gesagt, dass ich nicht will, dass du etwas mit dem Baby zu tun hast. Natürlich will ich das, du bist schließlich der Vater. Ich habe nur gesagt, dass ich nicht einfach in ein gemeinsames Leben springen und vorgeben will, eine glückliche Familie zu sein, wenn du bis vor Kurzem noch nicht einmal sicher warst, ob du eine Zukunft für uns siehst.«

»Ihr beiden seid zusammen? Und bekommt ein Baby? Wow, das ist eine verrückte Kombination«, seufzte Giles, bevor er auf Ben zutrat.

»Schau, es ist klar, dass ihr beide viel zu besprechen habt, aber ich denke, es ist offensichtlich, dass Holly ein bisschen Abstand braucht, alter Freund. Du bist ziemlich aufdringlich.«

»Sprich nicht so mit mir!«

Ben platzte fast vor Wut. Seine Augen weiteten sich auf eine Weise, die Holly noch nie gesehen hatte. Giles trat einen Schritt zurück und hob die Hände.

»Ich will keinen Ärger. Ich wollte nur Holly nach Hause bringen. Sobald ich sehe, dass sie sicher drinnen ist, werde ich verschwinden.«

»Du musst jetzt gehen«, zischte Ben.

Trotz seines aggressiven Verhaltens blieb Giles ruhig.

Holly vermutete, dass es nicht das erste Mal war, dass er bedroht wurde.

»Wie gesagt, ich werde gehen, sobald sie im Haus ist.«

»Du gehst jetzt, Freundchen. Verzieh dich!«

Giles schlenderte völlig entspannt auf Holly zu, doch seine Augen wanderten noch einmal zu Ben, bevor er sprach.

»Weißt du was, Holly Berry, ich glaube, du solltest mich doch zu einer Tasse Kaffee einladen. Ich fühle mich gerade nicht wohl dabei, dich alleine zu lassen.«

Sie hätte es nicht für möglich gehalten, aber Ben wurde noch wütender. Er verlor endgültig die Beherrschung und stürzte sich auf Giles.

»Ben, was zum Teufel tust du da?«

Sie sprang gerade noch rechtzeitig zur Seite, als er Giles einen Schlag versetzte und ihn am Kinn traf. Giles wurde zurückgeworfen, stürzte aber nicht, und einen Augenblick später hatte er sich wieder gefangen und ging entschlossen auf Ben zu. Er warf ihn zu Boden und hielt ihn mit einer Hand auf seiner Brust dort fest, während er die andere erhob.

»Fordere mich nicht heraus«, sagte er. In seinen Augen funkelte die gleiche Hitze, die sie auch in Bens Augen gesehen hatte, doch Giles' sahen viel bedrohlicher aus.

»Nein! Bitte hört auf! Nein! Nicht!«, schrie Holly und packte sein Handgelenk.

»Nur um sicherzugehen, dass wir uns nicht missverstehen, Thornbury, ich mag dich nicht. Ich habe dich noch nie gemocht …«

»Nun, das beruht auf Gegenseitigkeit.«

Ganz unerwartet, zumindest für Holly, richtete sich Ben

auf und rammte Giles den Kopf in die Brust. Es zeigte kaum Wirkung und schien ihn nur noch wütender zu machen.

»Wie gesagt, ich mag dich nicht, und ich habe dich nur deshalb noch nicht geschlagen, weil ich weiß, dass das Holly aufregen würde. Sie weiß, dass ich versuche, ein besserer Mensch zu werden, aber ich schwöre, wenn du noch einmal so mit ihr redest, werde ich nicht zögern, dir eins auf die Nase zu geben. Hast du das verstanden?«

Wäre Holly in Bens Situation gewesen, hätte sie sehr genau über Giles' Worte nachgedacht, denn er lag am Boden und konnte sich kaum bewegen. Sie dachte, Ben würde sich geschlagen geben und sich in sein Haus zurückziehen, aber sie täuschte sich.

Als Giles seinen Griff lockerte, hob Ben ein Knie und rammte es Giles in den Unterleib, sodass er mit einem tiefen Stöhnen zu Boden ging.

Von diesem Punkt an wurde der Kampf zu einem wilden Durcheinander aus wirbelnden Gliedmaßen und lauten Flüchen, während die beiden Männer immer wieder aufeinander einschlugen.

»Hört auf, ihr beide! Was glaubt ihr, was ihr da tut? Hört auf damit!«, rief Holly erfolglos.

Dann stieß Ben einen schrillen Schrei aus.

»Hast du mich verdammt noch mal gekniffen?«

»Du bekommst noch mehr davon, du eingebildeter Idiot!«

Sie versuchte, die beiden zu trennen.

»Halt dich da raus, Holly!«, rief Ben.

»Endlich sind wir uns in etwas einig«, sagte Giles, und schwang sein Bein in einem schlecht gezielten Tritt.

»Bitte! Hört sofort auf!«, schrie Holly erneut.

Sie wusste, dass sie keine Chance hatte, die beiden Männer alleine zu besänftigen. Wie sollte man zwei Menschen trennen, die wie tollwütige Hunde kämpften, ohne sich selbst zu verletzen? Hollys Gedanken rasten, bis ihr klar wurde, dass sie die Lösung direkt vor sich hatte.

Es dauerte weniger als dreißig Sekunden, bis sie den Gartenschlauch an der Seite des Hauses erreicht hatte. Sie drehte das Wasser auf und zog den Schlauch bis zur Einfahrt, wo sie die Spritzdüse aufdrehte und den Wasserstrahl auf die beiden kämpfenden Männer richtete.

KAPITEL VIERZIG

Da standen sie jetzt, durchnässt und fröstelnd in der kalten Märzluft. Es wäre komisch gewesen, wären da nicht die blauen Flecken in ihren Gesichtern gewesen.

»Was zum Teufel hast du dir dabei gedacht?«

Sie richtete ihre Worte an Ben, warf jedoch auch Giles einen kurzen Blick zu, um ihm zu zeigen, dass sie ihm genauso die Schuld an dem Vorfall gab.

»Das ist lächerlich.«

So musste es sein, als Lehrkraft auf dem Pausenhof einen Streit schlichten zu müssen, nur ohne Wasser. Beide Männer schauten beschämt zu Boden, als wären sie kleine Schuljungen.

»Ben, geh rein und zieh dich um. Und bring ein paar trockene Kleider für Giles mit. So kann er nicht nach Hause fahren.«

»Das meinst du doch wohl nicht ernst«, erwiderte Ben, immer noch wie ein ungezogener Schüler.

Hollys Blick sagte alles.

»Ich komme nachher bei dir vorbei und hole sie, sobald ich Giles ein Handtuch gegeben habe.«

»Das ist wirklich nicht nötig«, sagte Giles. Es war das erste Mal seit ihrer unfreiwilligen Dusche, dass er sprach.

»Dann sieh es als noch etwas, wofür du mir Wiedergutmachung schuldest. Extra-Karma.«

Sie griff nach ihren Schlüsseln und öffnete die Haustür, um ihn hereinzulassen. Als er ins Haus ging, blickte er über die Schulter zu Ben zurück.

»Was ist nur in dich gefahren?«, fragte sie, nachdem sie im Flur standen und um seine Füße herum eine Pfütze entstand.

»Bist du sicher, dass Jamie nicht bald nach Hause kommt?«, fragte Giles. Er sah sich unruhig um, als könnte sie plötzlich durch die Tür kommen, obwohl ihr Auto gar nicht draußen stand. »Ich glaube nicht, dass ich heute noch mehr Gewalt ertragen kann. Nicht, dass man das, was Ben getan hat, als Gewalt bezeichnen könnte. Ich bin mir ziemlich sicher, dass mein zweijähriger Neffe härter zugeschlagen hätte. Jamie hingegen ist in einer ganz anderen Gewichtsklasse.«

Trotz ihrer Wut konnte Holly über den Kommentar lachen. Es war kein Geheimnis, dass er und Jamie sich nicht verstanden, und das, was mit dem Süßwarenladen passiert war, schien ihn einen linken Haken von ihr fürchten zu lassen.

»Sie wird bei der Arbeit sein«, sagte sie. »Ihr Freund Fin könnte jedoch jeden Moment nach Hause kommen«, fügte sie mit einem schelmischen Grinsen hinzu.

Giles' Augen weiteten sich.

»Jamie hat einen Mann, der hier lebt? Reden wir von der gleichen Person?«

»Ja, hat sie.«

»Wow, es ist wirklich viel passiert.«

Er machte eine Pause, und sie wusste, was als Nächstes kommen würde.

»Schwanger?«

Dieses eine Wort war alles, was er zu sagen brauchte.

»Sind Glückwünsche angebracht? Ich meine, ich kann deine Wahl des Samenspenders nicht befürworten, aber ein Baby zu bekommen ist aufregend, oder? Oder vielleicht nicht?«

Sie lächelte vor sich hin. Es war sehr erfrischend, nicht gesagt zu bekommen, wie sie sich fühlen sollte.

»Es ist aufregend«, gab sie zu. »Nur ein bisschen kompliziert.«

»Wegen des eingebildeten Bankdirektors nebenan?«

»Wegen vieler Dinge, die dich nichts angehen. Jetzt bleib einfach hier stehen, während ich dir ein Handtuch hole. Wenn du das ganze Haus nass machst, wird Jamie sehr wütend werden und dich noch mehr hassen.«

»Oh, ich glaube nicht, dass das möglich ist«, grinste er.

Nachdem sie das Handtuch geholt und ihm das Badezimmer zum Abtrocknen gezeigt hatte, atmete sie tief ein, ging nach draußen und klopfte an Bens Haustür.

Noch vor einer Woche waren sie gemeinsam von der Arbeit nach Hause gegangen und hatten gemeinsam Filme gesehen. Sie hatten aus großen Weingläsern getrunken, geplaudert und gelacht, als ob es immer so bleiben würde.

Holly hatte gelernt, dass sich das Leben innerhalb von einem Jahr vollkommen verändern konnte, aber jetzt wusste sie, dass das nicht stimmte: Es konnte sich in weniger als einem Tag verändern.

Ben öffnete die Tür fast sofort. Sein Haar war immer noch feucht, aber er hatte sich ausgezogen und trug ein Handtuch um die Hüften. Er hielt einen Stapel Sportkleidung in der Hand.

»Ich dachte, diese wären am besten geeignet«, sagte er. »Ich nehme an, er ist noch da?«

Seine Stimme klang nicht böse, aber sie antwortete nicht. Da Giles' Auto noch draußen stand, schien die Frage überflüssig.

»Danke für die Kleidung«, sagte sie.

Als sie zu ihrem Haus zurückging, rief er ihr hinter: »Holly, können wir reden?«

Ein schweres Gewicht legte sich auf ihre Brust, als sie sich umdrehte, um ihn anzusehen. Zumindest vergoss sie zum ersten Mal seit langer Zeit keine Tränen. Vielleicht waren ganz einfach keine mehr übrig.

»Es scheint nie gut zu enden, wenn du und ich reden, oder?«

Sie versuchte zu lächeln, aber ihre Mundwinkel bewegten sich nicht.

Bens Gesicht blieb ausdruckslos.

»Ich habe einen Fehler gemacht«, sagte er. »Ich habe viele Fehler gemacht, das weiß ich. Ich möchte nur die Gelegenheit haben, mit dir zu sprechen, um alles zu erklären. Bitte. Wann auch immer du bereit bist. Kein Druck.«

Holly nickte. Bisher waren die Tränen ausgeblieben, aber

sie hatte das Gefühl, dass sich das ändern würde, wenn sie nicht bald ging. Mit einem Kloß im Hals drehte sie sich um.

»Ich schicke dir eine SMS«, sagte sie.

»Danke«, antwortete er, aber sie war bereits in ihrem Haus. Sie schloss die Tür und wischte die Tränen von den Wangen.

»Weißt du, dass er mir die hässlichsten, formlosesten Kleider gegeben hat?«, bemerkte Giles, als er in Bens Kleidung im Flur stand.

Es war nicht zu leugnen.

Obwohl Sportkleidung eine vernünftige Wahl gewesen war, das verwaschene Fußballtrikot mit der abblätternden Nummer und die extrem kurzen Jogging-Shorts sahen merkwürdig an ihm aus. Giles' lange, blasse Beine wurden zur Schau gestellt, und es sah aus, als wäre er auf dem Weg zu einem Wohltätigkeitslauf. Selbst sie war nicht naiv genug, um zu glauben, dass Bens Wahl ein Zufall war.

»Nun, zumindest kannst du jetzt keinen dummen Kommentar zu meinen Klamotten mehr machen«, sagte sie.

»Du genießt das, oder?«

»Ich denke, ich habe mir einen Lacher verdient«, antwortete sie.

Zu ihrer Überraschung nahm sein Gesicht einen ungewöhnlich ernsten Ausdruck an.

»Ich weiß, dass du von guten Menschen umgeben bist, aber ich habe es ernst gemeint, als ich sagte, dass ich Wiedergutmachung leisten und ein besserer Mensch werden will.

Nicht nur in Bezug auf dich. Es mag dich überraschen, aber ich habe es mir schon mit vielen Leuten verdorben.«

»Nein, das überrascht mich nicht.«

»Nun, wenn ich irgendetwas tun kann, wenn du irgendetwas brauchst, dann bin ich hier. Jederzeit, Tag und Nacht.«

Damit drehte er sich um und öffnete die Tür.

»Bis bald, Holly Berry«, sagte er.

KAPITEL EINUNDVIERZIG

Erst als Giles weg war und die Stille über sie hereinbrach, dachte Holly plötzlich an den Laden.

Sie schloss ihr Handy zum Aufladen an, wartete, bis es wieder zum Leben erwachte, und wählte dann die Nummer. Niemand ging ran. Ben musste sich geirrt haben, dachte sie. Vielleicht hatte Caroline doch nicht geöffnet, schließlich war es nicht ihr Arbeitstag. Sie versuchte es erneut, und dieses Mal wurde nach dem ersten Klingeln abgehoben.

»Gott sei Dank«, seufzte Caroline. »Es tut mir so leid wegen Michael. Ich hätte ihm nichts sagen sollen. Geht es dir gut? Mach dir keine Sorgen um den Laden. Hier ist alles in Ordnung. Gott, es tut mir so leid.«

Holly kicherte.

»Kein Problem. Wirklich. Es wäre sowieso irgendwann herausgekommen, obwohl ich zugeben muss, dass es etwas dramatischer war, als ich erwartet hatte. Danke, dass du im Laden ausgeholfen hast.«

»Sei nicht albern. Nach all dem Ärger, den ich dir gestern

Abend bereitet habe, war es das Mindeste, was ich tun konnte. Holly, es tut mir wirklich leid.«

»Es ist in Ordnung«, sagte sie.

Carolines Schuldgefühle färbten auf sie ab.

»Wie geht es Michael?«

»Oh, er hat sich eine Menge Ärger eingebrockt, glaube mir. Er hat sich krankgemeldet. Natürlich musste er das Frühstück und das Mittagessen für die Kinder zubereiten und sie zur Schule bringen. Und er wird auch mindestens einen Monat lang das Abendessen und das Zubettbringen übernehmen müssen.«

»Sei nicht so hart zu ihm.«

»Oh, ich bin genauso hart, wie er es verdient hat«, erwiderte sie. »Ich muss los, Holly. Da kommt eine große Gruppe. Ich rufe dich später an, okay? Gib Bescheid, wenn ich etwas für dich tun kann. Und mach dir keine Sorgen, heute brauchst du nicht in den Laden zu kommen. Es ist nicht so viel los, und Michael holt die Kinder ab.«

»Danke.«

»Und wenn du einen weiteren Tag brauchst, lass es mich einfach wissen. Wir schaffen das schon, ja?«

»Danke«, sagte sie erneut und legte auf.

Erst als sie sich hinsetzte und erleichtert die Augen schloss, bemerkte sie, wie erschöpft sie war. Angesichts ihres Schlafmangels war das keine große Überraschung.

Sie spürte, wie ihre Hände zu ihrem Bauch wanderten. Sie bekam ein Baby, und es fühlte sich immer noch nicht real an. Selbst als sie mit ihrer Mutter gesprochen hatte, hatte es sich angefühlt, als würden sie über ein abstraktes Konzept reden. Tatsache war jedoch, dass sie schwanger war. Sie würde ein Baby bekommen. Sie würde Mutter werden.

»Keine Sorge«, flüsterte sie, während sie ihren Bauch rieb. »Ich weiß, dass gerade alles ein bisschen verrückt ist, aber ich bringe das in Ordnung. Versprochen. Du wirst ein glückliches Leben haben, kleiner Bär.«

Und dann tat sie das, was sie schon seit Tagen hatte tun wollen.

Sie ließ sich ein schönes, langes Bad ein.

SIE HATTE GAR NICHT VORGEHABT, zu schlafen, schon gar nicht so lange, aber als Holly die Augen öffnete, bemerkte sie, dass jemand auf ihrem Bett saß. Sie blinzelte ein paar Mal, um sich an das Licht zu gewöhnen, nur um festzustellen, dass es keines gab.

»Hallo, Schlafmütze«, sagte Jamie. »Du hast es wirklich geschafft, mir an meinem Geburtstag die Show zu stehlen.«

Holly streckte sich, dann setzte sie sich auf.

»Es tut mir so leid wegen gestern Abend. Ich habe alles ruiniert, oder?«

»Nein, natürlich nicht.«

»Mist, ich habe mich nicht einmal bei Fin bedankt, weil er mich ins Krankenhaus gefahren hat. Das hätte ich längst tun sollen.«

»Mach dir keine Sorgen. Ich glaube, er war froh, von den betrunkenen Gästen wegzukommen. Die Kneipenszene ist nicht so sein Ding, wie du wahrscheinlich bereits erraten hast.«

Sie nickte und war dankbar, dass Jamie ihr keine Vorwürfe machte.

»Also, ich werde Tante, was?«, sagte Jamie grinsend. »Das ist ziemlich aufregend.«

»Ja, irgendwie schon.«

»Nun, bezüglich der Wohnsituation … Fin und ich denken, es wäre wahrscheinlich am besten, wenn …«

Holly wurde flau im Magen. Ihre Eltern und Ben hatten ihr Unterkünfte angeboten, was Sinn ergab, da sie wohl schon damit gerechnet hatten, dass sie nicht bei Jamie wohnen bleiben könnte.

»Ich verstehe. Wirklich, das tue ich. Mach dir keine Sorgen. Ich weiß, dass ich nicht hier bleiben kann.«

»Was? Nein!«

»War das nicht das, was du gerade sagen wolltest? Dass es wohl am besten wäre, wenn ich umziehen würde?«

Jamies Mund klappte auf, als hätte sie gerade erfahren, dass Holly Ben und Giles mit einem Schlauch nass gespritzt hatte, um sie daran zu hindern, sich gegenseitig zu verprügeln, aber das würde später kommen.

»Nein, das wollte ich nicht sagen. Auf keinen Fall. Das ist dein Zuhause, solange du hier wohnen möchtest. Das habe ich dir bei deinem Einzug versprochen, und daran hat sich nichts geändert, nur weil Fin eingezogen ist. Ich wollte sagen, dass wir die Zimmer tauschen könnten. Du könntest unseres nehmen, und wir dieses hier.«

»Wie bitte?«, sagte Holly, verwirrt von dieser unerwarteten Wendung.

»Nun, ehrlich gesagt war es Fins Idee, aber es ergibt Sinn. Unser Zimmer ist viel größer, sodass du Platz für die Wiege, den Wickeltisch und all die anderen Dinge hättest, die du für das Baby benötigst. Außerdem hättest du dann das angeschlossene Badezimmer, obwohl das Baby natürlich immer noch die Badewanne benutzen müsste.«

Holly starrte ihre Freundin mit weit aufgerissenen Augen an. Sie hatte vieles erwartet, aber nicht das.

»Das war Fins Idee?«

»Er ist ein guter Kerl. Ich weiß, ihr hattet einen schwierigen Start, aber er ist wirklich nett. Und ich meine, du wirst einen Skateboard-Weltmeister im Haus haben, der dem Kleinen irgendwann beibringen kann, wie man Skateboard fährt.«

»Was?«

Es fühlte sich an, als wären sie in das falsche Gespräch geraten, ohne es zu bemerken.

»Was meinst du damit?«

»Fin, natürlich. Er ist ein ehemaliger Skateboard-Weltmeister. Ich dachte, ich hätte dir davon erzählt. Das war natürlich vor einigen Jahren, heute entwirft er Skateparks. Bist du sicher, dass ich dir das nicht erzählt habe?«

»Ganz sicher«, sagte sie und versuchte, die Tatsache zu verarbeiten, dass ihr neuer Mitbewohner eine bekannte Sportpersönlichkeit war. »Ich würde mich daran erinnern.«

Sie wollte gerade nach seinem Nachnamen fragen, um ihn online nachschlagen und bestätigen zu können, dass das wahr war, als es an der Tür klingelte. Jamie schmunzelte immer noch über Hollys Schock und stand auf.

»Ich schaue nach, wer das ist, aber denk über die Idee mit dem Zimmertausch nach. Es eilt nicht. Die Entscheidung liegt ganz bei dir.«

Als Jamies Schritte auf der Treppe verklangen, blieb Holly auf dem Bett sitzen und dachte über den Verlauf ihres Tages nach. Bisher hatte Caroline den Laden voll im Griff und ihr keine einzige Nachricht geschickt. Auch ihre Eltern hatten angeboten, im Laden zu helfen und in ihrem Haus ein Zimmer für sie und das Baby einzurichten, und nun war auch Jamie bereit, ihr Zuhause für sie auf den Kopf zu stellen. Eine beruhigende Wärme breitete sich in ihrer Brust aus. So kompliziert ihre Situation auch war, sie würde es schaffen. Sie konnte es spüren.

In der Stille ihres Zimmers konnte sie ihren Magen knurren hören, jedoch nicht das Geräusch der Haustür. Vielleicht hatte sie es einfach nur überhört. Ein paar Sekunden später tauchte Jamie wieder auf.

»Das ist gerade für dich angekommen«, sagte sie und hielt ihr einen kleinen Umschlag hin.

Es gab keine Briefmarke in der Ecke, und auf der Vorderseite stand nichts außer ihr Name … in Bens Handschrift.

»Ich kann ihn unten lassen, wenn dir das lieber wäre«, sagte Jamie. »Du kannst ihn lesen, wenn du bereit bist. Oder ich kann ihn zurückbringen und ihm sagen, dass du mehr Zeit brauchst. Ich weiß, dass es sich gerade nicht so anfühlt, aber du hast noch viel Zeit, um alles zu klären, weißt du.«

Holly nickte. Sie hatte recht. Sie könnte problemlos noch einen oder zwei Monate über die Frage nachdenken, wo sie wohnen und wie der Betrieb des Ladens funktionieren würde, aber was würde das nützen? Es würde nur das Unvermeidliche hinauszögern.

»Es ist in Ordnung«, sagte sie und griff nach dem Brief. »Ich werde ihn lesen.«

Mit einem besorgten Lächeln nickte Jamie und gab ihr den Umschlag, blieb allerdings im Türrahmen stehen.

»Ich bin hier, wenn du mich brauchst.«

»Ich weiß. Danke.«

Sie wartete, bis Jamies Schritte nicht mehr zu hören waren, bevor sie den Umschlag öffnete und zu lesen begann.

KAPITEL ZWEIUNDVIERZIG

Meine liebe Holly,

man kann wohl sagen, dass ich völlig versagt habe. Ich weiß nicht, ob ich jemals wiedergutmachen kann, wie ich dich in der letzten Woche und wahrscheinlich auch schon davor behandelt habe, aber ich möchte, dass du einen Teil des Grundes kennst, warum ich mich so verhalten habe. Denn die Wahrheit ist, auch wenn ich es nicht gesagt habe: Ich liebe dich, Holly Berry. Ich liebe dich und werde es wohl mein ganzes Leben lang bereuen, dir das nicht schon früher gesagt zu haben.

Wie du vielleicht bemerkt hast, bin ich nicht besonders gut darin, über meine Gefühle zu sprechen. Ich war nie gut darin, aber bei dir, so unglaublich das auch erscheinen mag, hatte ich wirklich das Gefühl, besser zu werden. Aber selbst das erklärt nicht, warum ich mich so kontrollierend verhalten habe, was das Baby, unser Baby, betrifft. Ich hoffe, dass dieser Brief das erklären kann.

Falls du dich an unser letztes Gespräch erinnerst, das

auch nicht so gut lief, so habe ich Ella in Paris einen Heiratsantrag gemacht. Ich hatte es seit Monaten geplant und den Ring schon fast ein Jahr lang bei mir getragen, weil ich wusste, dass ich es irgendwann tun würde. Was ich nicht eingeplant hatte, war die Tatsache, dass wir drei Wochen vor unserer Abreise erfuhren, dass sie schwanger war.

Es war eine Überraschung, aber eine schöne, und es überzeugte mich noch mehr davon, dass Paris der perfekte Ort für den Heiratsantrag sein würde. Und so war es. Ich möchte nicht ins Detail gehen, aber sie hat Ja gesagt. Das weißt du bereits. Sie hat Ja gesagt, und alle unsere Familien und Freunde waren überglücklich. Aber sie wussten nur von dem Heiratsantrag, nicht, dass Ella schwanger war. Die einzige andere Person, die davon wusste, war Jess. Deswegen ist sie so überbeschützend mir gegenüber, wie du ja festgestellt hast.

Wir waren sechs Tage lang in Paris, und ich hatte ihr den Antrag am zweiten Abend gemacht. Die nächsten paar Tage machten wir all die üblichen Dinge, besuchten den Louvre und den Eiffelturm, aber am fünften Tag war Ella erschöpft. Wir dachten uns nichts dabei. Sie war schwanger. Wir dachten, das sei normal, also entschied sie sich, den Tag im Bett mit Lesen zu verbringen, und ich zog alleine los. Ich amüsierte mich gut, nahm die U-Bahn und spazierte der Seine entlang. Ich aß in einer Konditorei zu Mittag und kaufte eine Zitronentarte für Ella, für den Fall, dass sie noch nichts gegessen hatte. Als ich nach etwa sechs Stunden ins Hotel zurückkam, fand ich sie zusammengekauert im Badezimmer. Wir hatten das Baby verloren.

Wie gesagt, wir hatten es niemandem zu Hause erzählt,

also erwarteten uns alle mit Glückwünschen zu unserer Verlobung. Unsere Eltern hatten eine Feier organisiert und eine Liste von Hochzeitslocations für uns zusammengestellt. Ella wollte nicht an der Feier teilnehmen. Sie wollte sich verkriechen und trauern, aber ich ließ sie nicht. Ich nahm sie zu all den Orten auf der Liste mit und begann, Caterer und Blumen zu organisieren. Sie machte automatisch bei allem mit.

Ich dachte, es wäre besser, so zu tun, als wäre alles normal. Ich wollte nicht an das Baby denken und einfach so weitermachen wie bisher. Und wenn ich das konnte, warum konnte sie es dann nicht? Erst als sie mich verließ, verstand ich die Leere, die sie all die Monate lang gefühlt haben musste, und wie es war, einen Teil von sich zu verlieren. Ich weiß, dass mein Schmerz nicht mit dem vergleichbar ist, was sie durchgemacht hat, aber damals begriff ich nicht, wie tief es ging. Das hat mich meine Beziehung gekostet. Ella war diejenige, die mich verließ, aber in Wahrheit war ich derjenige, der sie zuerst verlassen hatte.

Als Michael gestern die Neuigkeiten ausplapperte, wusste ich, dass ich nicht zulassen durfte, dass sich die Dinge weiter so entwickelten wie bisher. Ich durfte dir niemals das Gefühl geben, dass du alleine bist und ich nicht für dich da bin. Ich bin zu weit gegangen, das erkenne ich jetzt. Ich möchte nur, dass du verstehst, warum.

Ich liebe dich, Holly. Es fällt mir nicht so leicht wie anderen Menschen, das zu sagen, aber ich liebe dich über alles, und ich weiß, dass wir diesem Baby, ob wir zusammen sind oder nicht, das bestmögliche Leben bieten werden.

Ich bin hier und warte, bis du bereit bist, mit mir zu sprechen.

In Liebe,

Ben

KAPITEL DREIUNDVIERZIG

Sie las den Brief immer und immer wieder, bis sich ihre Augen kaum noch auf die Wörter konzentrieren konnten. Jetzt ergab alles Sinn. Es erklärte, warum er so kontrollierend gewesen war. Und warum er wegen Paris ausgeflippt war. Er hatte nicht übertrieben, als er sagte, dass der Ort voller Erinnerungen steckte. Holly war sich nicht sicher, ob sie jemals wieder an einen Ort zurückkehren könnte, an dem etwas so Traumatisches passiert war. Plötzlich verstand sie sein Verhalten und seine Reaktionen auf viele Dinge. Trotzdem wusste sie nicht, wie es jetzt weitergehen sollte.

Sie wusste, dass Liebe nicht innerhalb von einer Woche verschwand, aber war es wirklich das, was sie für Ben empfunden hatte? Er hatte seine Gefühle niedergeschrieben, aber das war wesentlich einfacher, als sie zu zeigen. Und selbst wenn sie ihn liebte, war das genug, um gemeinsam mit ihm ein Kind großzuziehen? Was war die Alternative? Das Baby alleine großzuziehen, im Haus ihrer besten Freundin?

Ein Klopfen an der Tür riss sie aus ihren Gedanken.

»Herein«, rief sie.

Sie hatte erwartet, dass es Jamie war, die nachsehen wollte, ob sie den Brief gelesen hatte und emotionale Unterstützung brauchte, aber es war Fin. Sein langes Haar war zu einem Knoten gebunden, und er hielt einige der Papiervögel vom Vorabend in der Hand.

»Hey, ich habe dir ein kleines Geschenk mitgebracht«, sagte er, als er ins Zimmer kam. »Weißt du, in manchen Ländern nennt man diese hier Friedenskraniche. Ich dachte, du könntest ein paar davon gebrauchen. Nach deinem Sturz hat der Restaurantbesitzer entschieden, dass sie wahrscheinlich zu gefährlich sind, um sie dauerhaft hängen zu lassen.«

Holly lachte, als sie sie von ihm entgegennahm.

»Danke. Sie sind wirklich schön.«

»Ich kann dir beibringen, wie man sie macht, wenn du möchtest? Es ist sehr meditativ. Falls du auf so etwas stehst«, fügte er hastig hinzu. »Es tut mir wirklich leid wegen der Pflanzen, und wenn ich etwas zu aufdringlich war. Oft muss ich so sein, weißt du? Wenn man in einer so wettbewerbsintensiven Branche arbeitet wie ich, muss man auffallen. Aber wenn man mich etwas besser kennt, bin ich nicht schlimm. Versprochen.«

Holly ergriff seine Hände. »Sag mir, wie sehen meine Energiekanäle jetzt aus?«

Er trat einen Schritt zurück und blinzelte sie an.

»Ich würde sagen, sie zeigen mir, dass du sehr entschlossen bist. Als würdest du genau wissen, was du willst.«

»Das hört sich ziemlich richtig an.«

»Und …« Er hielt inne und brach ab.

»Was?«, fragte sie. Ihr Gesichtsausdruck wurde ernst.

Auf Fins Gesicht hingegen breitete sich ein breites Lächeln aus.

»Scheinbar sind viele dieser Blockaden verschwunden.«

Und weil sie wirklich glaubte, dass es stimmte, lächelte sie ihn an.

BEN ÖFFNETE DIE TÜR SOFORT. Er war jetzt angezogen, steckte aber in einer bequemen Jogginghose und einem T-Shirt, was weit von seiner normalen Kleiderwahl entfernt war.

»Ich habe dich nicht schon heute Abend erwartet«, sagte er. »Ich wollte dich nicht drängen.«

Sie nickte.

»Ich weiß, aber es hat keinen Sinn, es auf die lange Bank zu schieben, oder? Wir müssen dieses Gespräch führen.«

Er wurde blass und trat zurück, um sie hereinzulassen.

»Komm rein. Setz dich. Möchtest du etwas trinken? Ich habe keinen Saft oder so etwas, aber ich kann welchen holen, wenn du möchtest. Es dauert nicht lange, wenn ich zum Laden laufe.«

»Wasser ist in Ordnung«, sagte sie, zog ihre Schuhe aus und ging in die Küche.

Sie hatte die Punkte, die sie ansprechen wollte, mindestens ein Dutzend Mal im Kopf durchgegangen, bevor sie hierhergekommen war, aber jetzt wünschte sie, sie hätte sie aufgeschrieben. Es fiel ihr schwer, klar zu denken. Während

Ben ihr ein Glas Wasser holte, versuchte sie, sich daran zu erinnern, wo sie beginnen wollte.

»Möchtest du hier sitzen oder im Wohnzimmer?«, fragte er und reichte ihr das Glas.

»Ich denke, wir sollten uns ins Wohnzimmer setzen«, sagte sie, »wenn das in Ordnung ist.«

»Natürlich ist das in Ordnung.«

Sie ließ ihm den Vortritt, obwohl sie den Weg natürlich sehr gut kannte. Als sie im Wohnzimmer waren, wartete er, bis sie einen Sitzplatz ausgesucht hatte, bevor er sich für einen minimalistischen Sessel entschied, der steif und unbequem aussah.

»Danke für den Brief«, begann sie. »Er hat vieles erklärt.«

Erleichterung machte sich auf seinem Gesicht breit. Er holte so tief Luft, dass es aussah, als wäre es der erste richtige Atemzug, den er den ganzen Tag gemacht hatte.

»Was passiert ist, hat viele schlechte Erinnerungen zurückgebracht, das verstehst du sicher. Meine Reaktionen hatten nicht nur mit dir zu tun. Nicht ganz.«

»Ja, das verstehe ich«, antwortete sie langsam, »aber ich weiß auch, dass wir nur eine Chance haben, unser Kind gemeinsam großzuziehen, wenn du dich auf das Baby konzentrierst und nicht auf das, was in der Vergangenheit passiert ist. Und du darfst mich nicht mit anderen vergleichen.«

»Das werde ich nicht. Es gibt keinen Vergleich, Holly, das verspreche ich dir. Ich habe alles, was ich in meinem Brief geschrieben habe, ernst gemeint. Ich liebe dich, und ich liebe die Person, zu der du mich machst. Die Person, die ich sein möchte.«

Sie presste die Lippen zusammen und kämpfte gegen die Tränen an, von denen sie sich versprochen hatte, sie nicht zu vergießen.

»Ich liebe dich auch«, flüsterte sie.

In Sekundenschnelle war er vor ihr auf die Knie gefallen.

»Ich verspreche dir, dass es funktionieren wird. Du wirst es nicht bereuen«, sagte er.

Aber auch sie hatte Dinge zu sagen. Dinge, die er vielleicht nicht hören wollte.

»Ich gebe zu, dass es praktisch gesehen am sinnvollsten wäre, wenn ich bei dir einziehen würde«, sagte sie. »Aber noch nicht jetzt, und ich bin noch nicht sicher. Ich möchte, dass wir erst mit jemandem sprechen.«

»Mit jemandem sprechen?«

»Mit einem Berater. Einem Eheberater. Ich weiß, wir sind nicht verheiratet, aber ein Kind zu bekommen ist die größte Verpflichtung, die wir einander gegenüber eingehen könnten. Und ich denke, dass wir beide Probleme haben, über die wir sprechen müssen.«

»Das verstehe ich. Das tue ich wirklich.«

»Und wenn das Baby kommt, musst du bei der Bank auf Teilzeit reduzieren.«

»Was?«

Er zuckte zurück.

»Nicht für immer, aber mit den Kosten und den Herausforderungen in Bezug auf die Kinderbetreuung werden wir beide Opfer bringen müssen. Ich kann mir selbst keine bezahlte Elternzeit geben, aber die Bank hat wahrscheinlich ein gutes Paket. Du musst das nehmen, was sie dir anbieten können.«

Diese Nachricht war schwerer zu schlucken als der Vorschlag, einen Eheberater aufzusuchen, aber nach einem Moment nickte Ben.

»Okay, ich werde morgen mit der Personalabteilung sprechen. Ich werde herausfinden, was sie mir anbieten können.«

»Nicht so schnell«, sagte sie und stand auf. »Wir müssen erst alles besprechen. Pläne machen.«

Er nickte, dann stand er ebenfalls auf, nahm ihre Hände in seine und küsste sie sanft auf die Lippen.

»Es tut mir so leid, Holly. Wirklich. Und ich verspreche, ich werde weder dich noch unser Baby im Stich lassen.«

Ihr Lächeln war zaghaft, aber es fühlte sich gut an, und das nächste Mal, als er sie küsste, erlaubte sie sich, den Kuss zu erwidern.

»Willst du heute Nacht hier bleiben?«, fragte er. »Ich habe dich so vermisst. Ich will einfach nur kuscheln. Bitte. Würdest du das tun?«

»Vielleicht habe ich dich auch ein bisschen vermisst«, sagte sie, »auch wenn es bedeutet, dass ich mich nicht mehr so sehr ausstrecken kann, wie ich gerne würde.«

»Du kannst dich ausstrecken«, sagte er. »Du kannst einen Schnee-Engel machen. Du kannst mich sogar aus dem Bett werfen, und ich werde auf dem Boden schlafen. Es ist mir egal. Ich möchte nur, dass du hier bei mir bist.«

Holly ließ ihren Kopf gegen seine Brust sinken.

»Ich liebe dich, Holly Berry«, flüsterte er ihr ins Ohr.

»Wenn ich bleibe, muss ich ein paar Sachen holen«, sagte sie.

»Hol dir, was du brauchst. Ich kann ein paar meiner

Schubladen leeren. Oder auch nicht«, korrigierte er sich schnell. »Wenn du es langsam angehen möchtest, ist das völlig in Ordnung. Keine Schubladen. Keine Schränke. Überhaupt kein Platz.«

Sie lachte.

»Eine Schublade wäre vielleicht ganz gut.«

»Gut. Eine Schublade.«

Er zog sie an sich und küsste sie auf die Stirn, bevor er einen Schritt zurücktrat und ihre Hände losließ.

»Also, geh schon. Ich möchte, dass du so schnell wie möglich zurückkommst. Und da es ein besonderer Anlass ist, lasse ich dich sogar den Film aussuchen.«

»Ah, ich habe wohl vergessen zu erwähnen, dass ich die volle Kontrolle über die Fernbedienung fordere. Das ist eine meiner Bedingungen für meine Rückkehr.«

Er runzelte die Stirn.

»Das ist dann wohl eine Sache, die wir mit dem Eheberater besprechen müssen.«

Sie lachte, dann betrat sie den Flur, zog ihre Schuhe an und ging.

Fin und Jamie saßen im Wohnzimmer und lachten ebenfalls, obwohl das Gelächter verstummte, kaum hatte sie die Haustür geschlossen.

Noch bevor sie ihre Schuhe ausgezogen hatte, stand Jamie vor ihr.

»Na, wie ist es gelaufen?«, fragte sie. »Alles in Ordnung zwischen euch beiden?«

Holly nickte langsam.

»Ich denke, wir werden es schaffen.«

»Das sind tolle Neuigkeiten!«, rief sie und umarmte Holly so fest, dass sie aufschrie.

»Vorsicht. Baby im Bauch, erinnerst du dich?«

»Entschuldige, ich bin nur so aufgeregt, dass ich bald Tante werde.«

»Es ist noch früh. Ich habe noch nicht einmal die zwölfte Woche überstanden.«

»Also müssen wir dafür sorgen, dass es keinen Stress gibt. Und viel gesundes Essen«, rief Fin ihnen zu.

Die Frauen warfen sich grinsend Blicke zu.

»Ich bin nur gekommen, um ein paar Sachen zu holen«, sagte sie und ging zur Treppe. »Ich werde heute bei Ben übernachten.«

»Cool. Oh, und bevor ich es vergesse. Da liegt ein Paket für dich auf dem Küchentisch. Ich bin nicht sicher, von wem es stammt. Es gibt weder einen Poststempel noch eine Absenderadresse.«

Ihre Neugier in Bezug auf das mysteriöse Paket war stärker als Hollys Wunsch, ihre Sachen zu packen. Während Jamie zurück zu Fin ging, schlenderte sie in die Küche, wo ein großes, braunes Paket auf der Kücheninsel lag. Ihr erster Gedanke war, dass Ben ihr mehr Mehl gekauft haben musste, aber das hätte er erwähnt, außerdem war dieses Paket ein gutes Stück kleiner. Neugierig nahm sie eine Schere und öffnete es.

Oben lagen vier Gläser mit Vitamintabletten für die Schwangerschaft, und darunter lagen vier größere Flaschen. Als sie eine herausziehen wollte, entdeckte sie einen Zettel und nahm diesen zur Hand.

Versuche nur, mein Karma auszugleichen. Man sieht sich, Holly Berry.

Sie kicherte, während sie eine der Flaschen herauszog und das Etikett las: alkoholfreier Wein.

»Giles Caverty«, sagte sie, schmunzelte vor sich hin und legte die Flasche zurück in die Schachtel.

Sie würde wahrscheinlich mehr als das brauchen, um die nächsten sieben Monate zu überstehen. Sie ging von der Kücheninsel zu einem der Schränke und holte eine große Tüte heraus.

Schokoladen-Limetten.

Genau das, was sie jetzt brauchte.

GILES CAVERTY IST die allerletzte Person, mit der sich Holly treffen sollte.

Holen Sie sich noch heute Ihr Exemplar von *Ein süßer Neuanfang: Hoffnung im Herzen, das vierte Buch in der Reihe, und finden Sie es heraus!*

EIN SÜSSER NEUANFANG: HOFFNUNG IM HERZEN

Sonderlieferung für Miss Holly Berry

Dank eines erfolgreichen Sommers floriert Hollys Laden »Just One More« zum ersten Mal seit der Übernahme, was eine rosige Zukunft verspricht. Doch sie sieht sich auch Herausforderungen gegenüber: In etwas mehr als einem Monat wird sie versuchen, den Laden mit einem Baby auf dem Arm zu führen.

Wenn ihr Liebesleben nur genauso einfach wäre. Da ihre Beziehung mit Ben alles andere als reibungslos verläuft und Giles wieder in der Gegend ist, befürchtet Holly, dass sie sich bald um viel mehr als nur Windeln kümmern muss …

VERFÜGBAR AUF AMAZON

EINE NACHRICHT VON HANNAH

Zunächst einmal vielen Dank, dass Sie sich die Zeit genommen haben, »**Ein süßer Neuanfang: Tumult in der Familie**«, das erste Buch der gleichnamigen Serie, zu lesen. Wenn Ihnen das Buch gefallen hat, würde ich mich freuen, wenn Sie es Ihren Freunden weiterempfehlen, damit auch sie Hollys Abenteuer im Süßwarenladen miterleben können.

Wenn Sie eine Rezension zu »**Ein süßer Neuanfang: Tumult in der Familie**« auf Amazon, Ihrem persönlichen Blog oder in den sozialen Medien hinterlassen, würde ich diese sehr gerne lesen. Sie können mir den Link per E-Mail an Hannah@hannahlynnauthor.com senden.

Wenn Sie über bevorstehende Veröffentlichungen und Verkaufsaktionen auf dem Laufenden gehalten werden möchten, abonnieren Sie bitte meinen Newsletter, folgen Sie mir in den sozialen Medien oder besuchen Sie meine Website.

https://www.hannahlynnauthor.com/

Newsletter abonnieren

ÜBER DEN AUTOR

Hannah Lynn ist eine preisgekrönte Romanautorin. Nach der Veröffentlichung ihres ersten Buches *Amendments* – einem düsteren, dystopischen Roman mit spekulativem Einschlag – im Jahr 2015, hat sie weitere Werke verfasst, darunter *Wer will schon ewig leben* – ein Roman mit einem übernatürlichen Twist, der sowohl den Kindle Storyteller Award 2018 als auch die Goldmedaille für das beste E-Book für Erwachsenenliteratur bei den IPPY Awards gewann – und die lustige und rührende Serie *Peas and Carrots.*

Zu ihren neuesten Werken gehören Nacherzählungen klassischer griechischer Mythen. Für das erste Buch ihrer Serie *Grecian Women,* den herzzerreißenden Roman *Das Kind der Athene: Medusas Geheimnis,* gewann sie ihre zweite IPPY-Goldmedaille.

Hannah wurde 1984 geboren und wuchs in den Cotswolds in Großbritannien auf. Nach ihrem Universitätsabschluss arbeitete sie zehn Jahre lang als Physiklehrerin in Großbritannien, Thailand, Malaysia, Österreich und Jordanien. Inspiriert von der Fantasie der jungen Menschen, die sie unterrichtete, begann sie Kurzgeschichten für Kinder zu schreiben, bevor sie sich der Erwachsenenliteratur zuwandte.

Heutzutage findet man sie meistens zu Hause beim Schreiben, umgeben von ihrem Ehemann, ihrer Tochter und einer Schar von Katzen.

Printed in Poland
by Amazon Fulfillment
Poland Sp. z o.o., Wrocław

43818972R00185